莫泊桑——著
Guy de Maupassant
呂佩謙——譯
多次入圍「台灣法語譯者協會——法國巴黎銀行翻譯獎」

莫泊桑短篇小說選集 2

Contes et Nouvelles Choisis de Maupassant

:: 目錄 ::

甘草茶，甘草茶，清涼的甘草茶

我聽人述說了我的舅舅奧利維臨死的經過。

我知道，那時正值七月，烈日炎炎，人們早已關上了百葉窗。他的大臥室裡一片陰暗，當他即將緩緩地、平靜地嚥下最後一口氣時，在那炙熱夏日午後沉悶的寂靜中，街上忽然傳來了清脆的小鈴鐺聲，接著，有個明亮的嗓音穿過令人昏沉的燠熱：「清涼的甘草茶，女士們，快來清熱消暑呀，甘草茶，甘草茶，誰要來杯甘草茶？」我的舅舅身體動了一下，某種東西，類似一抹輕微的笑意，牽動他的嘴唇，他的眼裡閃過一絲最後的喜悅，片刻之後，那雙眼睛就永遠地闔上了。

我參加遺囑開封。我的表哥理所當然繼承了他父親的財產。遺留給我父親、做爲紀念的是幾件家具。最後一則條文和我有關，內容如下——「我留給我的姪兒皮耶爾幾頁手稿，可以在我的寫字檯左側抽屜裡找到。另外，五百法郎給他買獵槍，還有一百法郎，請他替我拿給他遇見的第一個賣甘草茶的小販！……」

這段話讓在座所有人都感到錯愕。交付給我的手稿，則對這令人訝異的遺贈，做了解釋。

以下，我將它一字不差地抄錄下來——

「人類向來生活在迷信的桎梏之下。從前的人相信，一個孩子誕生的同時，天上就會亮起一顆星。這顆星星伴隨著孩子一生的禍福興衰，星光明亮，表示孩子幸福，星光黯淡，表示孩子受苦。現在的人則相信彗星、閏年、星期五和數字13對人的影響。大家認爲某些人會施魔法，拋毒眼。有人說：『每次遇見他，我就有倒楣事。』這一切都不假，我確實相信。且容我說明一下：我不相信有生命或無生命的東西具有神祕影響力，但是我相信冥冥之中的巧合。可以肯定的是，巧合讓一些重大事件發生在彗星造訪天際的時候，讓重要事情在閏年裡出現；某些記載下來了的災難，或是落在星期五，或是與數字13連在一起；以及，某些人的相見和某些事情的反覆出現不謀而合等等。諸多迷信正是由此產生。迷信之所以形成，就是因爲人們觀察事情既片面又膚淺，把巧合當成原因，不做深入探究。

「至於我，我的星辰，我的彗星，我的星期五，我的數字13，對我下蠱的巫師，毫無疑問是賣甘草茶的小販。

「家裡的人告訴我，在我出生的那天，有個賣甘草茶的小販在我們的窗邊叫賣了一整天。

「八歲時，我和保母去香榭麗舍大道散步，當我們穿越林蔭大道時，有個從事這一行的攤販忽然在我的背後搖起了鈴鐺。保母正在觀望自遠處經過的一隊士兵，我則轉身想看看這個賣甘草茶的小販。這時，一輛由兩匹馬拉著的馬車，像閃電一樣，耀眼迅捷地朝我們疾駛過來。車夫大聲叫喊，保母沒有聽到，我也沒有。我感覺自己被撞倒，翻滾了幾圈，傷痕累累……而我（至今還不知道是怎麼回事），竟然就躺在那個賣甘草茶小販的懷裡，他爲了安撫我，把我的嘴湊到一個茶水開關下，轉開水龍頭，灌了我一身茶湯……也使我的精神完全恢復了過來。

「保母撞斷了鼻梁。即使她繼續看那些士兵隊伍，士兵們也不會再看她了。

「十六歲時，我剛買了第一把獵槍。在打獵期開始的前夕，我用手挽著老母親，前往公共馬車站，她因爲患有風溼病，走得很慢。突然間，我聽見我們背後有人喊著：『甘草茶，甘草茶，清涼的甘草茶！』那聲音越來越近，像在跟隨我們，對我們窮追不捨。我感到它似乎是針對我而來的，簡直是一種人身攻擊，一種辱罵。我敢肯定，人們正看著我，取笑我。而小販則始終吆喝著：『清涼的甘草茶！』彷彿在嘲笑我那把發亮的獵槍、新的獵物袋和簇新的栗色絲絨獵裝。

「直到坐在馬車裡了，我還能聽見他的叫賣聲。

「第二天，我一隻獵物也沒打到，卻把一條奔跑的狗錯當成了野兔擊斃，把一隻小母雞誤看作山鶉射殺。一隻小鳥停在籬笆上，我開了一槍，鳥兒飛走了，但是一陣淒厲的哞叫聲把我嚇得杵在原地，不敢動彈。那叫聲一直持續到深夜……唉！我父親不得不賠償一個貧苦的農夫一頭牛。

「二十五歲那年，有天早上，我看見一位賣甘草茶的老人，滿臉皺紋，背駝得很厲害，拄著拐杖，舉步艱難，彷彿快被茶水罐壓垮似的。在我看來，他就像一尊神明，世上所有賣甘草茶小販的族長、始祖、大首領。我喝了一杯甘草茶，付給他二十蘇[1]。有個深沉的聲音，聽起來倒像是從老人揹著的馬口鐵罐子裡發出來似的，呻吟著說：『這會給您帶來好運的，親愛的先生。』

「這一天，我認識了我的妻子，她一直以來都讓我過得很幸福。

「最後，來說說一個賣甘草茶的小販如何阻礙我，使我當不上省長。

「一場革命剛剛結束。我興起了成爲公眾人物的慾望。我有錢，受人尊重，又認識一位部長。我請求他接見我，並表明拜訪的目的。對方極親切地應允了。

「到了約定的日子（正值夏季，天氣酷熱），我身穿淺色長褲，戴淺色手套，腳上套著漆皮鞋頭的淺色呢絨短靴。街上路面灼燙。人行道都融化了，腳踩在上面就陷下去。幾輛大型灑水車把馬路變成了汙水坑。清道夫每隔一段距離就把這種可以說是人爲的熱騰騰泥漿聚成一堆，推進水溝裡。我心裡只想著被接見的事，走得很快，這時，遇到了一條夾雜著泥巴的汙水

1 蘇（sou）：法國早期貨幣之一。五生丁（centime）相當於一蘇。四里亞（liard）相當於一蘇。二十蘇相當於一法郎（franc），而五法郎等於一百蘇，被稱為一埃居（écu）。

流，我加把勁，縱身往前跳，一……二……一聲尖銳刺耳的喊叫穿透了我的耳朵：『甘草茶，甘草茶，甘草茶，誰要來點甘草茶？』我像那些受驚嚇的人一樣，不由自主地晃動了一下，滑倒了……這實在可悲又難堪……我整個人坐在爛泥巴裡……我的長褲變成了深色，白襯衫沾滿泥漿，帽子在我身邊載浮載沉。而那個因過度吆喝而沙啞的瘋也似的聲音，還在嘶喊著：『甘草茶！』在我面前，二十來個人笑得前仰後合，一邊看著我，一邊扮著醜陋的鬼臉。

「我急忙奔回家，換上乾淨衣服。但是會面的時間已經過了。」

手稿的結尾是這樣寫的——「我的小皮耶爾，找個甘草茶小販做朋友吧。至於我，如果能在臨死前，聽到一個甘草茶小販的叫賣聲，就可以心滿意足地離開這個人世了」。

第二天，我在香榭麗舍大道上遇見了一個揹著甘草茶罐叫賣、老邁不堪的老人，樣子十分可憐。我給他舅舅交代的一百法郎鈔票。他驚訝得渾身打顫，愣了一下，對我說：「非常感激您，少爺，這會給您帶來好運的。」

——〈甘草茶，甘草茶，清涼的甘草茶〉（Coco, coco, coco frais!），發表於一八七八年九月十四日

怪物之母

幾天前，我在一個有錢人愛去的沙灘上，看見巴黎的一個名女人從我身邊經過，這位女士年輕、優雅、漂亮，深受公眾喜愛和尊敬。這讓我想起了那個恐怖的故事和那個可怕的女人。

我要說的這個故事，其發生年代已經相當久遠，但是這樣的事情任誰也忘不了。

當時，我應一位朋友的邀請，到他位在外省小城的家中小住一陣子。爲了盡地主之誼，他帶我四處遊覽，讓我看了不少當地人引以爲傲的風景、城堡、廢墟遺址；還領我參觀了許多古蹟、教堂、雕花的舊宅門，拔地參天或奇形怪狀的樹木，諸如聖安德烈橡樹和羅科波紫杉等等。

我親切熱情地讚嘆所見所聞，當欣賞完該地區所有的奇景名勝之後，我的朋友一臉歉意地說，再也沒有什麼可看的了。我鬆了一口氣。我終於可以到樹蔭下休息片刻了。

可是，他忽然叫了一聲：「啊，對了！我們還有怪物之母。我得帶你去見識見識。」

我問：「怪物之母？是誰？」

他接著說：「是一個罪大惡極的女人，一個十足的惡魔，她每年都故意生幾個畸形、醜陋、嚇人的小孩，總之是一些怪物，然後把他們賣給專門舉辦畸形秀的人。

「這些可惡的生意人不時來打聽消息，看她是否又生出了畸形兒，如果小傢伙讓他們中意，就付給這個母親一筆定期租金，把他帶走。

「她有十一個這樣的孩子。她可賺了不少錢哩。

「你可能認爲我在說笑話，編造故事，誇大其詞。不，我的朋友，我對你說的，完全是事實，千眞萬確的事實。

「我們先去看看這個女人。然後我再告訴你，她是如何變成了怪物製造所的。」

他把我帶到了郊區。

這個女人住在大路邊一棟漂亮的小房子裡。房子很雅致，維護得很好。花園裡種滿香氣撲鼻的花朵。不知情的人還以爲這是退休公證人的住所。

有位女僕帶我們進入一間鄉村風格的小客廳，然後那個無恥之徒就現身了。

她年約四十歲左右，是一個身材高大的人。臉部線條突出，但是體格好，精力充沛，身體健康，是眞正典型的健壯農村婦女，半牲畜，半女人。

她知道自己受到眾人譴責，因此接待來客時，只能表現得謙卑，內心卻不免滿是仇恨。

她問道：「請問，先生們有什麼事嗎？」

我的朋友說：「我聽說，您最後一個孩子長得和一般人一樣，一點也不像他的哥哥們。我想要查證一下。這是眞的嗎？」

她帶著狡詐又憤怒的目光看了我們一眼，回答：「喔，沒這回事！喔，沒這回事！我可憐的先生。他也許比其他幾個還要更醜。我眞命苦，眞命苦。個個都這樣，我好心的先生，個個都這樣，太慘了。仁慈的上帝怎麼能對一個孤苦無依的女人這樣狠心呢？怎麼能這樣狠心呢？」

她說話的語速很快，眼睛看著下方，那虛僞的神情，就像一頭顯出害怕模樣的凶猛野獸。她使勁想讓聲音裡那生硬的腔調變得柔和一些，然而這些假聲假氣、哭哭啼啼說出的話語，竟出自這個骨頭嶙峋的龐大身體，實在令人驚訝，因爲這樣稜角粗獷、過於強健的體魄，生來似乎應該是動作猛烈、像狼一樣嚎叫的。

我的朋友要求道：「我們想看看您的小孩。」

我感覺她臉紅了。也許是我的錯覺吧？

她沉默了一會兒，提高嗓門說：「你們看他做什麼？」

她已經抬起頭，狠狠地掃視了我們幾下，目光裡充滿怒火。

我的同伴接著說：「爲什麼您不讓我們看看他呢？您已經讓好多人看過了。您知道我說的是誰！」

她的神態勃然大變，放開喉嚨，憤怒傾瀉而出，嚷道：「你們就是爲了這個而來的，對嗎？

就爲了羞辱我，是嗎？就因爲我的孩子們長得像禽獸，對嗎？不給你們看，不、不，就是不給你們看。你們走吧，快滾。我不懂，你們所有這些人憑什麼這麼凌辱我？」

她雙手叉著腰，朝我們走過來。她粗暴的話語才剛結束，隔壁房間就傳來一陣呻吟，或者不如說是有如貓叫一般的聲音，一種愚痴的哀哀哭啼聲。我渾身打顫，毛骨悚然。面朝著她的我們，連連後退。

我的朋友語氣嚴厲地說：「你小心一點，魔鬼（當地百姓都這麼叫她）。小心點，總有一天，你會遭到報應的。」

她氣得發抖，揮動著拳頭，發狂似地吼叫著：「滾！我怎麼就遭報應了？滾！你們這群無法無天的傢伙！」

她就要朝我們迎面撲過來。

我們急忙逃走，內心已經受夠了這個可憎的場面。

來到門外，我的朋友問我：「怎樣！你看見她了吧？你有什麼想法？」

我回答：「告訴我這個野蠻女人的故事吧。」

我們在白色大路上慢慢地往回走，路兩旁的農作物已經成熟，輕風陣陣吹過，田野如平靜的大海般微波盪漾。以下是他在回程中對我講述的故事——

這個女人從前在一處農莊裡當幫傭，是一個勤奮、規矩、節儉的女孩。不曾見她有過情人，也沒有人會懷疑她有什麼不檢點的行爲。

有個收割期的傍晚，天空正醞釀著一場暴風雨，空氣凝滯而沉悶，似乎充滿火爐般的熱氣，讓小夥子們和女孩們曬黑了的身體汗水淋漓；就是這個時候，她在剛收割的一捆捆小麥中間，犯下了一樁錯事，是女孩們都會做的那種傻事。

不久，她發現自己懷孕了，內心飽受羞恥和恐懼的煎熬。她不惜一切代價都要掩藏自己的不幸，於是她想出了一套方法，用木片和繩索做成強力束身衣，拚命勒緊自己的腹部。胎兒不斷成長，使得她的腰腹越脹越大，她就把她的刑具越縮越緊。她像殉道者一樣遭遇著殘酷折磨，但是她勇敢地忍受痛苦，始終面帶微笑，動作靈活，不讓人看出或猜出什麼來。

她讓肚子中的小生命受到可怕器械的束縛，變成殘廢。她壓迫他，使他扭曲變形，成了怪物。他的頭顱被擠壓拉長，冒出一個尖尖的末端，兩顆斗大的眼睛從額頭向外突出來。他的四肢因爲受到壓制，只能平貼著身體生長，像葡萄藤一樣彎曲糾結，延伸得特別長，手指和腳趾則有如蜘蛛的細腿。

他的軀幹變得很短小，圓圓的，像一顆核桃。

一個春天的早晨，她在田野間產下了胎兒。

鋤草的女工們前來幫忙，看見從她體內生出來的怪物，個個嚇得尖叫逃跑。消息在地方上傳開了，說她生出了一個妖怪。就是從那時候起，人們都叫她「魔鬼」。

她被趕出了農莊，靠旁人的施捨度日，或許也靠暗地裡的情愛交易過活，因爲她是一個身材健美的女孩，而並不是所有的男人都害怕下地獄。

有一天，一群經營畸形秀的人經過當地，聽說有個嚇人的殘廢怪胎，便要求看一看，如果中意了，就要帶走。他們看過後相當滿意，給了母親五百法郎現金。她一開始覺得羞恥，拒絕讓人看這個牲畜一樣的嬰孩。可是，當她發現他値錢，引起了那些人濃厚的興趣時，就和他們討價還價起來，對每一分錢都斤斤計較，用她孩子的醜陋畸形來誘引他們，以鄉下人的頑強態度一再抬高價錢。

爲了避免受騙，她還和他們簽下了字據。他們保證每年另外支付她四百法郎，就好像租用了這個怪物似的。

這份意外收益使這個母親失去了理智。從此，她一心只想著再生一個畸形怪物，好讓自己像有資產的富人一樣坐領幾筆年金。

她的生育能力很強，所以稱心如意地成功了，而且看起來更得心應手了，她善於在懷孕期間，依照對胎兒的不同擠壓方式，變化出形態互異的怪物。

她產下的怪胎，身體有長有短，有些長得像螃蟹，另一些像蜥蜴。有好幾個死了，讓她十分傷心。

司法單位試圖干預，但是無法找到任何違法之處。只好任由她無所顧忌地製造她的怪物。

目前，她養活了十一個，不論景況好壞，平均每年爲她賺進五到六千法郎。唯獨有一個還沒推銷出去，就是她不讓我們看的那一個。不過，這一個也不會在她身邊留太久，因爲當今全世界雜耍賣藝的人都知道她，經常會來看看她有沒有新產品。

當推出的產品身價看漲時，她甚至會用拍賣的方式，讓買家競相出價。

我的朋友講完了。我打從心底湧出一股作嘔的厭惡感。我感到萬分憤怒和後悔——方才這個畜牲還近在身邊時，沒把她掐死。

我問道：「那麼，孩子的父親是誰？」

他回答：「無從得知。他或者他們多少都有羞恥心。他也罷，他們也罷，從來不露面。他們也許還一起分享獲利。」

這天，我在一處時髦的海灘上看到一位優雅、漂亮、嫵媚，被周圍的男士喜愛、尊重的女子；當時，我已經沒有再去想那件遙遠的往事了。

我和一位在海水浴場擔任醫生的朋友，在沙灘上走著。十分鐘後，我瞧見一個保母，正照顧著三名在沙土裡打滾的小孩。

地上擺放著一副小拐杖，觸動了我的心。這時候，我才發現那三名小孩個個畸形、駝背，手腳蜷曲，醜陋不堪。

醫生告訴我：「這幾個，都是你剛才遇見的那位迷人女士生的。」

一陣深深的憐憫襲上心頭，我對女子和孩子都感到深切的同情，禁不住大聲喟嘆：「哦！可憐的母親！她怎麼還笑得出來呀！」

我的朋友接著說：「親愛的老兄，別可憐她了。應該同情的，是那幾個不幸的小孩。這都是，直到分娩最後一天還要保持纖細腰身的結果。這些怪物一樣的孩子是緊身胸衣製造出來的。她清楚知道這種戲法可能會要了她的命。她根本不管，只要自己美麗，讓人愛慕就行了。」

我因此想起了另一個女人，那個鄉下女人，那個出售她畸形小孩的魔鬼。

——〈怪物之母〉（La mere aux monstres），發表於一八八三年六月十二日

珍珠小姐

一

那天晚上，我怎麼會有如此奇特的想法，居然選珍珠小姐做我的王后。

每年，我都到老朋友尚塔爾家歡度主顯節[1]。他是我父親的摯友，在我還是小孩的時候，每年這天父親都會帶我到他家過節。我把這個慣例維持了下來，而且只要我還活著，只要這世界上還有一個尚塔爾家的人，我就會一直持續下去。

不過，尚塔爾一家人過日子的方式實在有點古怪——他們雖然生活在巴黎，卻好像居住在格拉

1 主顯節（Epiphanie），又稱「三王來朝」節，為每年一月六日，是天主教的重要節日，用來紀念，耶穌誕生不久後，東方外邦三國王依循星象，不遠千里前來朝見聖嬰的事蹟。法國人常在當天吃國王餅（Galette des Rois）加以慶祝，餅中藏有一粒蠶豆或一個小瓷偶，吃到的人會被封為國王，可指定一人為王后。

斯、伊沃托或蓬塔穆松[2]似的。

他們那帶有一個小花園的房子，位在天文臺附近，住在那裡，有如住在外省一般，他們顯然自得其樂。對於巴黎、眞正的巴黎，他們一無所知，也無法想像——他們離巴黎那麼遙遠，那麼遙遠。然而，他們有時候也去那裡旅行，來趟長途旅行；用這家人的話來說，是尚塔爾夫人去進行民生用品大採購。以下且看他們如何大採買——

珍珠小姐握有櫥櫃的鑰匙（衣物櫃則由女主人親自掌控），珍珠小姐通知，白糖快用完了，罐頭已經吃光了，袋子裡的咖啡也所剩不多了。

得到家中即將鬧飢荒的警訊後，尚塔爾太太便逐一查看存餘的品項，在筆記本上詳加記錄。寫下了許多數字之後，她首先花上長時間仔細計算，然後再花長時間和珍珠小姐討論。不過，兩人最後總會達成共識，確定好爲了供應未來三個月的飲食需要，得採買的每樣東西的數量，如糖、米、李子、咖啡、果醬、豌豆罐頭、四季豆罐頭，以及罐裝龍蝦、鹹魚、燻魚等等。

計畫完成後便選定一個採購日期，乘坐出租馬車，是車頂有行李架的那種出租馬車，前往位於橋的彼端、新市區裡一家很大的食品雜貨店。

尚塔爾太太和珍珠小姐一起神神祕祕地進行這趟旅行，直到晚餐時分才返家。馬車像一輛搬家貨車似的，車頂堆滿了紙盒和麻袋，而兩人在車上經過了一路顚簸，雖然精神還很亢奮，身子卻已疲憊不堪。

對尚塔爾一家人來說，塞納河對岸的那一整片巴黎都屬於新市區，住在那裡的人都怪裡怪氣、吵吵鬧鬧，難以讓人尊重，這些人白天不務正業，夜晚尋歡作樂，揮金如土。然而，尚塔爾夫婦有時也帶年輕的女兒們到喜歌劇院或法蘭西喜劇院[3]觀看演出，所看的戲劇都是尚塔爾先生平日常讀的那份報紙上推薦的。

女兒們如今分別為十九歲和十七歲，都長得很美，身材修長，容貌清純，非常有教養，太過有教養了，十足循規蹈矩，就像兩個漂亮的洋娃娃似的，在人群中並不引人注意。我從來沒有特別留意過這兩位尚塔爾小姐，或者動過追求她們的念頭；她們給人的印象是那麼純潔無瑕，讓人幾乎不敢與之交談；就連向她們打招呼，也生怕舉止有失禮儀。

至於她們的父親，則是一位親切和藹的人，學識豐富，很坦率真誠，但是最愛休憩、平靜和安寧。把一家人弄得了無生氣，好讓他隨自己的意思生活在一成不變的滯怠中，在這方面，他確實居功闕偉。他讀過很多書，樂於閒聊，而且容易感動。由於缺乏與外界往來、接觸和衝突，他的皮

2格拉斯（Grasse）、伊沃托（Yvetot）、蓬塔穆松（Pont-à-Mousson）皆是首都巴黎以外的外省市鎮，分別位在法國的東南部、西部和東北部。

3喜歌劇院（Opéra-Comique）和法蘭西喜劇院（Comédie-Française），合稱法蘭西劇院，是巴黎著名的古老劇院，都在塞納河右岸。尚塔爾家則位於天文臺區，在塞納河左岸。

膚，他的精神皮膚，變得非常敏感和脆弱，一點小事就會讓他激動、煩躁和痛苦。

不過，尚塔爾家與人也是有所聯繫的，只不過往來的對象寥寥可數，都是在鄰人圈子裡謹慎挑選過的。每年，他們也會和一些住在遠方的親戚相互拜訪兩三次。

而我呢，則每逢八月十五日[4]和主顯節都到他們家吃晚餐。這成了我的一項義務，正如同天主教徒在復活節要領聖體一樣。

在八月十五日，他們甚至會邀請幾個朋友，但主顯節那天，我卻是唯一的外來賓客。

二

所以，今年，就像往年一樣，我來到了尚塔爾家吃晚餐，慶祝主顯節。

依照慣例，我擁抱親吻了尚塔爾先生、尚塔爾太太和珍珠小姐，向路易絲和寶玲娜兩位小姐行一個深深的鞠躬禮。他們詢問我各式各樣的問題——關於巴黎林蔭大道上發生的大事，關於政治局勢，關於社會大眾對東京事件[5]的看法，還有關於我們那些民意代表的作爲。尚塔爾太太身材胖墩墩的，在我印象中，她的所有想法都是方方正正的，像劃一的建築石塊一樣。對於任何政治議題的爭論，她總習慣以一句話做結論：「這一切都不會有好結果的。」爲什麼我始終把尚塔爾太太的意見想像成是正方形的呢？我不知道；不過，所有她說過的話在我腦海裡都具有這個形狀——一個正方形，一個四角對稱的大正方形。此外，有些人的想法給我的感覺就總是圓圓的，而且像鐵箍環一樣會滾動。他們一旦對某件事情發表意見，才開始說出了個句子，那些圓形的想法便滾動而出，越來越多，十個、二十個、五十個，有大有小，我就看著它們一個接一個直滾到天際。還有一些人的想法是尖頭形的……不過，這些都是題外話。

我們如同往常一樣坐下來吃晚餐，直到晚餐結束，並沒有說什麼值得一提的事。

飯後甜點時間，端來了國王餅。過去每年都是尚塔爾先生當國王。是連續的巧合，抑或是家人間的約定，我不得而知，反正他總是絲毫不爽地在分給他的那份糕餅裡發現那顆蠶豆，而且總是宣布尚塔爾太太做王后。所以，當我咬下一口糕餅，感覺裡頭有某個非常堅硬的東西，差點兒弄斷我的一顆牙齒時，不免大吃一驚。

我慢慢地把那個東西從嘴裡拿出來，看到的是一個不比四季豆大的小瓷娃娃。我驚訝地發出一聲：「啊！」大家都朝著我看，尚塔爾先生則拍手高喊道：「是加斯東。是加斯東。國王萬歲！國王萬歲！」

---

4 八月十五日是天主教的聖母升天節（Assomption）。

5 東京（Tonkin）泛指今日越南北部紅河三角洲流域一帶。一八八三年，法國為爭奪該地區宗主權與滿清政府發生戰爭。一八八五年，中法戰爭末期，法軍戰事挫敗，消息傳回國內，朝野民間一片譁然，反對殖民聲浪高漲，迫使當時主戰的總理儒勒費里（Jules Ferry）辭職下臺。此一政壇危機被稱為東京事件。

所有人都齊聲歡呼：「國王萬歲！」我的臉頓時發紅，一直紅到耳根，就像人們在有點尷尬的情境裡常會沒由來地臉紅一樣。我低著頭，兩隻手指捏著這個豆子大小的彩色瓷偶，努力擠出笑容，竟不知該做什麼、說什麼好，這時，尚塔爾先生又接著說：「現在，該選一個王后了。」

我當下驚呆了。頃刻間，我在腦海裡閃過各式各樣的想法，各式各樣的猜測。他們會不會是想讓我在兩位尚塔爾小姐之間指定一位呢？是不是想用這種方式讓我說出偏愛其中哪一位呢？這會不會是爲人父母想慢慢地、輕輕地、不露痕跡地推一把，促成一樁可能成功的婚姻呢？對婚嫁的籌謀，向來都在每個有成年女兒的家庭裡徘徊不休，而且總是以各種形式、各種僞裝、各種手段出現。我非常害怕被牽連進去，路易絲和寶玲娜兩位小姐那一貫莊重又難以捉摸的態度也讓我極度膽怯。在她們之中挑選一位，冷落另一位，對我而言，就如同在兩滴水之間做選擇一樣困難。再說，一想到，就這樣被人用毫無意義的王位，這種委婉又不易察覺的平和手段，不容自主地被緩緩拖進婚姻的冒險中，實在讓我害怕得要命。

不過，我突然靈機一動，伸出了手，把這個象徵性的小瓷偶遞給珍珠小姐。

一開始，大家都感到訝異，接著，大概都對我的細心周到和謹慎表示讚賞，因爲他們開始瘋狂鼓掌，高喊著：「王后萬歲！王后萬歲！」

而她，這位可憐的老小姐，神色慌張，渾身發抖，非常惶恐，結結巴巴地說：「不……不……不……別選我……我請求您……別選我……我請求您……」

這時，我才生平第一次仔細地看著珍珠小姐，思忖她是怎麼樣的一個人。我已經習慣在這個家裡看到她了，就好像人們對待那些從小就經常坐於其上的老舊絨繡扶手椅一樣，是見著了它們，卻從來沒有注意過它們。有一天，不知出於什麼緣故，就因為一道陽光落在這個座位上，你突然對自己說：「咦，這件家具，倒是挺有意思的。」繼而你會發現，那木頭框架原來是由一位巧手藝匠精心雕刻的，使用的布料也精美絕倫。總之，我從來都沒有留意過珍珠小姐。

她是尚塔爾家族的成員，如此而已；可是，她是如何成為家中一員的呢？又是以什麼身分呢？這個身材瘦長的女人，儘管竭力不惹人注意，卻並非無足輕重的人物。他們對她非常友善，勝過一個女僕，但又不如一個親人。我忽然間理解了許多之前一點也不曾關心過的細微差異。尚塔爾太太叫她：「珍珠。」兩位年輕女孩稱她：「珍珠小姐。」尚塔爾先生卻只叫她「小姐」，或許態度比其他人還更尊重些。

我因此開始打量她。她年紀多大了？四十歲？沒錯，四十歲。這位小姐並不老，卻把自己裝扮得很老氣。

這突如其來的發覺讓我大感驚訝。她的髮型、穿著、打扮都顯得滑稽可笑，但是，儘管如此，這個人卻一點也不滑稽，因為她身上帶著一份樸素自然的優雅氣質，只是這份優雅顯得非常含蓄，被小心刻意地隱藏了起來。確實，多麼奇特的人啊！我怎麼從來沒有好好觀察過她呢？她把頭髮梳成相當古怪的樣式，那老氣的小小髮捲，十足引人發噱；在那專為聖母瑪利亞保留的髮型下方，可以看見一個平靜寬闊的額頭，額頭上有兩道深深的皺紋，是長期憂鬱留下的皺紋；接著，下方有雙柔和的藍色大眼睛，眼神那麼害羞、那麼畏怯、那麼謙卑，美麗雙眼依舊純眞，充滿少女的驚奇、青春時期的感觸，也充滿著過往所經歷的憂傷，然而哀愁並沒有擾亂這雙眼睛，反而使它們的神情更加溫柔。

她的面容清秀而端莊，是那種未曾經受勞累磨難，或因生活中大喜大悲而衰竭憔悴，便兀自凋零了的臉孔。

多麼漂亮的嘴啊！多麼漂亮的牙齒啊！可是，她卻好像連笑也不敢笑！

我猛然拿她和尙塔爾太太比較了起來。可以肯定，珍珠小姐比尙塔爾太太好，好過百倍，更優雅、更高貴、更脫俗。

我對自己的這些觀察結果大感吃驚。大夥倒了香檳酒。我向王后舉起酒杯，用字斟句酌的讚美詞敬酒，祝她健康。我察覺她想把臉埋進餐巾裡；然後，她終於把嘴唇浸入了清澈的美酒中，所有人都齊聲喊：「王后喝酒！王后喝酒！」她的臉變得通紅，一時之間幾乎透不過氣來。大家哄然而笑；但是，我看得出來，這個家裡的人都很喜歡她。

三

晚餐剛結束，尙塔爾先生就拉住我的手臂。抽雪茄的時間到了，這是他的神聖時刻。他獨自一人的時候，總是到街上抽菸；有人來家裡吃晚餐時，就一起上樓到撞球室，他一邊抽菸一邊擊球。這天晚上，因爲是主顯節，撞球室裡甚至早已生了火。我的老朋友拿起撞球桿，一根十分精緻的球桿，用白粉仔細地摩擦了一會兒，然後說：「你來開球，小夥子！」

雖然我已經二十五歲了，對我，他卻還是用「你」字來稱呼，因爲他早在我很小的時候就認識我了。

我於是擊球開局；我幾次一桿連撞了兩球，也有幾次失誤打空；由於我腦中一直想著珍珠小姐的事，便忽地開口問道：「尙塔爾先生，請問，珍珠小姐是您的親人嗎？」

他十分驚訝，停止擊球，望著我：「怎麼，你不知道？你不知道珍珠小姐的身世來歷嗎？」

「不知道。」

「你的父親從來沒有跟你講過？」

「沒有。」

「嘿，嘿，眞奇怪。哈，居然如此，眞奇怪。哦，不過，這可是一樁不折不扣的奇遇哩！」

他沉默了片刻，接著又說：「你可知道，你竟然在今天，主顯節，問我這件事情，這眞是太特別了！」

「爲什麼？」

「啊，爲什麼，你聽著，那已經是四十一年前的事了，就發生在四十一年前的今天，主顯節的時候。

「當時，我們住在魯依——勒托爾的城牆上面；不過，得先向你說明一下我們那棟房子，你才能清楚了解。魯依城建造在一個山坡上，更確切地說，是建造在一個俯臨一大片草原的圓山頂上。我們在那裡有一棟房子和一個美麗花園，那花園被古老的護城牆支撐著，高懸在半空中。所以，房子在城裡，在街上，而花園則居高臨下地可以俯瞰原野。這個花園有一扇門可通往田野，就像在小說裡經常會讀到的，厚厚城牆裡暗藏一條祕密階梯，走下階梯，盡頭就是那扇門。門前有一條大路經過，門口安裝了一個大鐘，農民們送來我們所採購的生活必需品時，爲了避免繞一大圈，都會從這扇門進出。

「現在，你相當清楚幾個相關位置了，對吧？話說，那一年，主顯節的時候，大雪已經下了一個星期，那簡直像世界末日。當我們到城牆上眺望平原時，只見遼闊的雪地，一片白茫茫，結了冰，有如上過漆一樣閃閃發亮，令人感覺嚴寒徹骨。就好像老天爺把大地打包起來，準備送進古老世界的閣樓雜物間似的。我向你保證，那景象實在淒涼。

「那時，我們一家人住在一起，人數不少，非常多，有我的父親、母親、舅舅和舅媽，兩個哥哥和四個表妹；這四個表妹都是漂亮的女孩，我娶了最小的那一位。這些人當中，只有三位還存活在世上——妻子、我，還有我的大姨子，如今她住在馬賽。該死呀，這麼大一個家庭竟然像果粒脫落般一一凋零了！一想起來，就讓我不寒而慄。而我呢，那時候才十五歲，現在已經五十六歲了。

「且說，我們就要慶祝主顯節了，大家都很高興，非常高興！所有人都在客廳裡等著吃晚餐，這時，我哥哥雅克突然說：『有一隻狗已經在平原上嚎叫十分鐘了，這隻可憐的畜牲一定是迷路了。』

「他的話還沒講完，花園的大鐘就響起。那聲響如同教堂的鐘聲一樣低沉，教人聯想起死人。大家都不由得打起顫來。我的父親傳喚了僕人，叫他去看看。我們悄然無聲地等待，心裡全都想著那覆蓋大地的白雪。僕人回來，稟報說他什麼也沒看見。但那隻狗始終不停地叫，而且叫聲的遠近毫無二致。

「我們坐下來用餐；但是大家的情緒都有點受到驚擾，尤其是年輕人。直到吃烤肉的時候，一切都還好；然後大鐘又響了起來，接連被敲了三下，那三記又重又長的鐘聲震得我們連手指都發抖，霎時透不過氣來。我們面面相覷，手握著空叉子，傾聽那聲音，內心充滿一種神祕的恐懼感。

「我的母親終於說話了：『隔了這麼久又回來敲鐘，眞是奇怪；巴蒂斯特，你去看看，別一個人去，讓在座的一位先生陪你去。』

「我的舅舅馮索瓦站起身來。他是一個大力士，對於自己的強壯有力非常引以爲傲，向來天不怕地不怕。我的父親對他說：『帶一把槍，誰也不知道會是怎麼回事。』

「但是我的舅舅只拿了一根棍子，就立刻和僕人走出去了。

「我們其他人留在原處，既焦慮又恐懼，飯也不吃了，也無心交談。我的父親試圖安撫我們，他說：『你們等著看吧，這不是乞丐就是路過的行人，在大雪裡迷路了。他先敲一次鐘，見沒人立即來開門，就又嘗試找路，之後，沒有找到，又折回來我們的門口敲鐘。』

「我們感覺舅舅似乎去了一個小時。他終於回來了，氣呼呼地，咒罵道：『什麼都沒有，見鬼了，一定是哪個愛搗蛋的傢伙！什麼也沒有，除了那隻該死的狗，在離城牆一百公尺遠的地方狂吠。我要是帶上一把槍，就轟掉牠，好讓牠閉嘴。』

「我們又繼續用餐，但內心惴惴不安；大家都清楚事情還沒結束，有什麼事即將發生，門口的鐘過一會兒還會再響！

「正當我們切國王派的時候，那鐘果然又被敲響了。在場所有男性全都不約而同站起來。我的舅舅馮索瓦才剛喝了幾杯香檳酒，誓言一定要殺了『他』，看他怒火沖天似的，我的母親和舅媽都連忙跑上前去攔住他。我的父親儘管非常鎮靜，而且肢體有點不靈便（他從馬背上跌落，摔斷了一條腿，自那以後，就拖著腳走路），也表示要去看看到底是什麼事。我的兩個哥哥，年齡分別是十八和二十歲，都跑去拿槍。眼見沒有人留意我，我也抓起一把卡賓槍，準備跟著去探險。

「探險隊伍即刻出發。我的父親、舅舅，還有手持燈籠的巴蒂斯特走在前面。兩位哥哥雅克和保羅緊隨著他們，我則不顧母親的再三勸阻，也跟在最後。母親和她的姊姊，以及我的幾個表妹在家門口等待。

「雪已經又下了一個小時，樹木都被積雪覆蓋。樅樹被這沉重的灰白色外衣壓得彎下枝幹，看上去就像一個個白色的金字塔，又像許許多多巨大的圓錐形糖塊。透過細密雪花所形成的灰色簾幕，只能勉強看見一些較小的灌木，樹影在黑暗中顯得很模糊。

「雪下得那麼大，僅能望見十步遠的距離。但是，燈籠在我們前方投射出閃耀的亮光。大家開始沿著盤在城牆裡的旋轉階梯往下走，這時候我眞是害怕極了，感覺彷彿有人在我背後行走，而那人就要抓住我的肩膀，把我帶走；我想往回走，但是得穿越整座花園才能回到家，我實在不敢。

「我聽見通向平原的那扇門打開了，接著，舅舅又咒罵起來：『他媽的，又走掉了，這個孬種，只要再看到他的影子，我絕對一槍斃了他。』

「那原野看起來陰森恐怖，或者，不如說是感覺起來陰森恐怖，因爲它在前方，我們卻根本看不見；只能看見無盡的雪簾幕，在頭上、腳下、面前、右邊、左邊，漫天蓋地。

「舅舅接著又說：『你們聽，那隻狗又叫了；我去讓牠領教一下我的槍法，就只有這一招管用。』

「但我的父親是個仁慈的人，他說：『最好去找找這隻可憐的畜牲，牠是餓慌了才叫的。這個不幸的生命是在求救，就像遭遇急難的人一樣，向外呼喊。我們還是快點過去吧。』

「我們於是啓程上路，穿過這雪花簾幕，穿過這持續不斷降下的濃密大雪，穿過這充滿黑夜和夜空的飛絮。雪片飛舞著、飄蕩著，緩緩落下，落在肌膚上，融化了；那帶來的冰凍感覺，就像被火灼燒了一樣，白色的小小雪花每觸及皮膚，霎時就會引起一陣劇烈疼痛。

「我們陷在綿軟而寒冷的積雪中，深度直達膝蓋，必須把腿高高抬起才能邁開步伐。

「我們越往前走，狗的叫聲越清晰、響亮。舅舅突然大喊：『在那裡！』大夥像必須面對在夜間遭遇了敵人那般，停下來察看。

「我呢，什麼也沒看見，便趕緊跑到其他人身邊，這才看到了牠。這隻狗看起來奇特又嚇人，是一隻大黑狗，一隻長著茂密長毛、頭部像野狼的牧羊犬，牠就站在雪地上，那條長長燈籠亮光的盡頭。牠並沒有移動，而且已經安靜不叫了，牠注視著我們。

「舅舅說：『眞奇怪，牠既不衝過來，也不後退。我倒眞想給牠一槍。』

「我父親語氣堅定地說：『不，得捉住牠。』

「這時，我的哥哥雅克補充道：『那可不是獨自的一隻狗呢，牠旁邊還有一個東西。』

「牠的背後的確有一個東西，一個灰色的東西，無法分辨出究竟是什麼。我們又開始小心翼翼往前走。

「那隻狗看見我們靠近，便後腿著地坐下。牠並沒有露出凶惡的樣子，不如說，牠似乎因爲能把人們吸引過來而感到高興。

「我父親直接朝牠走去，撫摸牠。那狗舔了舔父親的手；這時，我們才發現牠被栓在了一輛小車的輪子上，那是一輛玩具似的小車，整個車身用三、四層羊毛毯包裹住，就像一處裝有輪子的小窩。我們小心揭開毛毯，巴蒂斯特把燈籠湊近這輛小篷推車的車門，只見裡面睡著一個小嬰兒。

「我們都驚訝得說不出話來。

「我父親最先恢復鎮定，他心地善良，還有點容易衝動，當下伸出手來放在車頂，說：『可憐的棄嬰，你從此就是我們家的人了！』他吩咐我的哥哥雅克推著我們意外的這個發現走在前面。

「父親又自言自語地接著說：『這是一個私生子。那可憐的母親一定是聯想起了聖嬰，所以選在主顯節的夜晚來敲我們家的門。』

「他又停下腳步，透過黑夜，朝四面八方的天空大喊了四聲：『我們收留他了！』然後，他把手擱在我舅舅的肩膀上，低聲說：『馮索瓦，要是你對狗開了槍，後果會怎麼樣呢？』

「舅舅沒有回答，但是他舉起手在黑暗中劃了一個大十字，他這個人雖然一副愛說大話的模樣，其實是非常虔誠的教徒。

「繫狗的繩子已經解開了，狗跟著我們。

「啊，回家的情況，真是夠瞧的。大家首先把車子從城牆裡的祕密階梯抬上去，這實在困難重重；然而，我們還是辦到了，並且把車子一直推到前廳裡。

「我媽媽的表情是多麼逗趣呀！她既高興又驚慌。我的四個小表妹（最小的當時才六歲），就像四隻母雞那樣圍著一個雞窩。我們終於把仍在熟睡的嬰兒從小車子裡抱出來。那是一個女嬰，約莫六週大。在她的襁褓裡，還發現了一萬法郎金幣，是的，一萬法郎！爸爸把這筆錢存起來，準備做她的嫁妝。所以，這並不是一個窮人家的孩子……倒可能是，某個貴族和城裡一個小市民階級女子所生的……又或者是……總之，我們進行過許多推測，卻從來無法得知眞相……毫無所知……毫無所知……甚至連那隻狗，也沒有人認得出來。

「那並非本地的狗。不過，無論如何，來我家門口敲了三次鐘的那個男人或女人，一定相當了解我的父母，才會選擇了他們。

「這就是珍珠小姐在出生剛六週、來到尙塔爾家的經過。

「不過，我們是後來才稱呼她珍珠小姐的，一開始給她的名字是『瑪麗・西蒙娜・克萊爾』，以『克萊爾』作她的姓。

「我敢保證，當我們抱著這個小娃娃走進飯廳時，那情景眞是太奇妙了。她已經醒了，用著她那雙朦朧、迷離的藍眼睛望向周遭的這些人和燈光。

「我們又重新圍坐在餐桌旁，分食著糕餅。我當上了國王，並且選珍珠小姐做王后，就像你剛才那樣。不過，這一天，她完全意會不到人家給予她的榮耀。

「孩子因此被收養下來，在家中撫育。她長大了，許多年轉眼過去了。她乖巧、溫柔、聽話，所有人都喜歡她；要不是母親從中攔阻，我們不知會把她寵溺成什麼樣子。

「我的母親是一個講求尊卑秩序和階級分際的人。她同意像對待自己的兒子一樣善待小克萊爾，但是她堅持我們之間的距離要清楚區別，身分要明確。

「是以，小孩才剛懂事，母親就讓她知道自己的身世，並且用柔和，甚至溫情的方式把觀念灌輪到小女孩的腦海裡——對尙塔爾家人而言，她是個養女，是被收容的，總之是一個外人。

「克萊爾有著獨特的智慧和驚人的本能，很快明瞭了自己的處境；她知道要接受並遵守留給她的地位，而且總是那麼有分寸、那麼心甘情願、那麼善解人意，常常讓我的父親感動得流淚。

「這個總是滿懷熱情的報答、略帶敬畏的忠誠的可愛溫柔小女孩，也讓我的母親深深受到了感動，開始喊她『我的女兒』。有時，小女孩做了某件善良、體貼的事，我母親會把眼鏡推到額頭上，那就是她情緒激動的表示，連聲地說：『這孩子，眞是一顆珍珠，一顆眞正的珍珠。』這個名稱就此留給了小克萊爾，從此以後，克萊爾變成了珍珠小姐，而我們也一直這麼稱呼她。」

四

尙塔爾先生沉默不語了。他坐在撞球臺上，雙腳懸空晃動，左手把弄著一顆撞球，右手揉捏著一塊抹布，那是擦拭寫在石板上的得分用的，我們稱之爲「粉筆擦」。他的臉微微泛紅，聲音低沉，現在他是在對自己說話，彷彿離開了現實，踏入回憶的國度，緩緩前行，穿越在他思緒中那重新甦醒的歷歷陳跡和往事裡，就像我們去到家族的舊花園散步那樣，我們在那裡長大，那裡的每棵樹木、每條小徑、每種花草……葉片尖銳的冬青，芬芳撲鼻的月桂，還有紫杉，那果實鮮紅肥美，手指一掐即破，每走一步，就勾起我們過去生活的一件小事，一件微不足道卻趣味橫生的小事，而正是這些小事構成了人生的實質和脈絡。

而我呢，仍面對著他，背靠牆，雙手拄著那根已經派不上用場的撞球桿。

他靜默了片刻，又繼續說：「天啊，她十八歲的時候，那眞是漂亮……那麼優雅……那麼完美……啊，漂亮……漂亮……漂亮……善良……誠實……又迷人的女孩呀！……她的眼睛……那雙藍色的眼睛……晶瑩……清澈……我從來沒見過這樣的眼睛……從來沒有！」

他又不說話了。我便問道：「她爲什麼沒有結婚呢？」

他回答了，並不是回答我，而是回答那一閃而過的「結婚」二字。

「爲什麼？爲什麼？她不願意……不願意。她有三萬法郎的陪嫁財產，而且曾經有好幾個人向她求婚……她就是不願意！那段時間她似乎很憂鬱。

「就是在那時候，我娶了我的表妹小夏洛特爲妻，我和她在六年前就已經訂婚了。」

我望著尙塔爾先生，彷彿進入他的靈魂裡，突然看見發生在這些誠實、正直、無可指謫的心靈中，一幕平凡又殘酷的悲劇，這悲劇深藏在那些心靈裡，既不曾向人吐露，也無人探索過，任何人都不曾了解，即便是默默承受著悲劇的犧牲者也不知情。

我受到好奇心驅使，突然冒失地開口問：「您原本應該娶她的，對嗎，尙塔爾先生？」

他顫抖了一下，望著我，說：「我？娶誰？」

「珍珠小姐。」

「爲什麼？」

「因爲您愛她勝過愛您的表妹。」

他眼睛睜得圓圓的，注視著我，目光裡流露出驚異和慌張，然後呑呑吐吐地說：「我？……我愛她……怎麼愛？誰告訴你的？……」

「根本不用說，一看就知道……甚至就是因爲她，您才會拖了那麼久才娶您的表妹，讓您的表妹等了您六年。」

他放下握在左手裡的撞球，兩手抓起粉筆擦，蓋住臉，嗚咽了起來。他哭泣的樣子既可憐又可笑，就像受擠壓的海綿一樣，淚水同時從眼睛、鼻子和嘴巴流了出來。他咳嗽、吐痰、用粉筆擦擤鼻涕、揉眼睛、打噴嚏，臉上的所有縫隙又開始流出液體來，喉嚨還發出一種令人聯想起漱口的聲響。

而我，驚慌又愧疚，眞想一走了之，我實在不知道該說什麼、做什麼，該怎麼辦才好。

突然，樓梯間傳來尙塔爾太太的聲音：「你們菸快抽完了吧？」

我打開門，大聲說：「是的，夫人，我們這就下樓。」

然後，我連忙跑到她丈夫身邊，抓著他的兩個手肘，說：「尙塔爾先生，我的友人尙塔爾，請聽我說：您的太太在叫您，請冷靜些，快振作起來，該下樓了；請冷靜些。」

他結結巴巴地說：「好……好……我就來……可憐的女孩！……我就來……請告訴她，我這就下去。」

他開始用已然擦拭了石板上各種標記兩、三年的那塊抹布，認眞地擦起臉來。之後，他的臉露出來了，一半白一半紅，額頭、鼻子、兩頰和下巴到處沾著白粉；眼睛也哭腫了，還滿含淚水。

我抓住他的手，把他拉到他的臥室，低聲說：「請您原諒我，眞的對不起，尙塔爾先生，原諒我讓您難過……可是……我並不知道……您……您一定了解……」

他緊握我的手，說：「是的……是的……人總有難過的時候……」

接著，他把臉浸在臉盆裡。他抬起頭的時候，我覺得那副模樣還是無法見人；不過，我想出了一個小對策。見他看著鏡子裡的自己十分憂慮的樣子，我告訴他：「您只要說，眼睛裡跑進了一粒灰塵，就可以在眾人面前盡情地哭了。」

他果眞用手帕擦著眼睛走下樓去。眾人都很擔心，每個人都要找一找那粒根本找不到的灰塵，還提到以往發生過一些演變到不得不去找醫生的類似情況。

我呢，則早已走到珍珠小姐身邊。我望著她，一股強烈的好奇心折磨著我，這好奇心正在變成一種痛苦。的確，她從前一定相當漂亮，她那雙溫柔的眼睛那麼大、那麼平靜、那麼清澈，感覺從不像其他平常人般闔上過似的。她的打扮有點可笑，十足老處女的打扮，這使她看起來不美，卻並不讓她顯得笨拙。

正如同我方才看到了尙塔爾先生心靈中的一切，此刻我似乎也完全看見了她的內心；我感覺她那謙卑、簡樸、忠誠的一生，彷彿從頭到尾地展現在我的眼前。不過，還是有一股來到我唇邊的渴望，一股揮之不去的渴望，讓我想問她，想知道，她是否也曾經愛過他，是否也像他一樣——在暗地裡長久忍受這劇烈的痛苦，沒有人看出來，沒有人曉得，沒有人猜到，但是，夜裡，孤獨一人在漆黑的臥室裡時，就會禁不住神傷。我望著她，彷彿看見她的心在高領胸衣下跳動；我尋思著，這張純真溫柔的臉是否每晚在淚水浸溼的枕頭裡悲嘆，身軀是否曾在燥熱難眠的床上顫抖著不停啜泣。

就像孩子們為了看看首飾裡面有什麼、不惜做出砸壞珠寶的舉動那樣，我壓低了聲音對她說：「您要是看到尚塔爾先生剛才痛哭的樣子，一定會可憐他。」

她一陣顫慄：「怎麼，他哭了？」

「喔，是呀，他哭了。」

「為什麼哭？」她似乎很激動。

我回答：「因為您的緣故。」

「因為我？」

「是的，他告訴我，他從前怎樣愛著您，沒有娶您而娶了現在的妻子，他付出了多大的代價……」

我感覺她蒼白的臉微微拉長，那雙始終睜大著的眼睛，那雙平靜的眼睛瞬間闔上了，快得好像再也睜不開似的。她從椅子上滑了下來，輕輕地、緩緩地倒在地板上，就像一條滑落的披巾一樣。

我大喊：「快來，快來，珍珠小姐身體不舒服了！」

尙塔爾太太和她的女兒們連忙跑過來，正當大家忙著找水、找毛巾、找醋時，我拿起帽子，離開了。

我大步走出來，內心相當震驚，腦子裡充滿後悔和歉疚。不過，有時，我卻也感到高興，覺得自己做了一件值得稱許又很有必要的事。

我思忖著：「我做錯了？還是做對了？」他們以前把這些事藏在心裡，就好像把鉛彈留在封閉的傷口裡那樣。現在，他們難道不會比較快樂嗎？要他們重新開始折磨人的舊情爲時已晚，但是讓他們柔情地回憶起那段時光卻還來得及。

也許，在即將到來的春天裡的某個夜晚，一道穿過枝椏、落在他們腳邊草地上的月光，會觸動他們的心弦，他們將彼此依偎、緊握雙手，一塊兒回憶那壓抑在內心的殘酷痛苦；又或許，這短暫的擁抱，將在他們身上激起些微從未體驗過的震顫，爲這些瞬間甦醒的人，注入稍縱即逝的神聖陶醉感和瘋狂感，這股瘋狂在一陣顫慄之間所給予戀人們的幸福，將比其他人終其一生所能得到的還要更多。

——〈珍珠小姐〉（Mademoiselle Perle），發表於一八八六年一月十六日

修軟墊椅的女人

一場慶祝打獵季開獵的晚宴，在德貝特朗侯爵家中舉行，當時正值尾聲。十位參加狩獵的男子、八位年輕女子和一位當地醫生，圍坐在燈光燦亮的大餐桌旁，桌上則擺滿水果和鮮花。

一夥人正在談論愛情，這個話題掀起了一場激烈的辯論、恆久不衰的爭辯，大家都想知道，人的一生能眞心眞意地愛一次，還是能愛好幾次？有人舉出了幾個例子，說明那些人終生只認眞愛一回；也有人列出其他實例，那是些經常談戀愛的人，而且每回都愛得死去活來。在座的男士們普遍都認爲，愛情像疾病，可以侵襲同一個人許多次，假如碰上障礙阻撓，還可能會致命。雖然這種看待事情的方式無可爭議，女士們的見解卻多是依據詩意，而非實際觀察，她們斷定愛情、眞愛、偉大的愛情，在一個凡人的一生中只會降臨一次。這種愛情像雷電一樣，一顆心被它擊中之後就會被掏空、摧毀、焚燒，任何其他強烈的感情，甚至任何夢想，都無法在那裡重新萌芽。

侯爵曾經愛過無數次，於是大力抨擊這種信念：「我告訴你們，人，是可以竭盡所有心力，用整個靈魂戀愛好幾次的。你們列舉了那些爲愛而死的人，拿他們來證明不可能再愛第二次。而我卻要回答你們，那些人那樣做無非奪走了再次墜入情網的一切機會，如果他們沒有犯下自殺的蠢事，那麼，他們便會痊癒；他們將可以重新開始，一再戀愛，直到自然死去。情人們就像嗜酒的酒徒。喝過了還會再喝，愛過了還會再愛。這個，是人格特質的問題。」

大家推舉之前在巴黎任職、後來退隱鄉間的老醫生來評判，請他發表意見。

他並沒有確切的看法：「正如侯爵剛才說的，這是人格特質的問題；至於我，我倒是見過一段愛情，持續了五十五年，沒有停歇過一天，直到人死了才結束。」

侯爵夫人拍手道：「這可眞是太美了！能被人這樣愛，實在是夢寐以求！整整五十五年，生活在這種堅定不渝、刻骨銘心的愛情裡，是多麼幸福啊！能受到這般摯愛的男人該有多快樂，他對生活該多麼心存感恩啊！」

醫生微微一笑：「的確，夫人，這一點您沒有說錯，被愛的確實是一名男性。這個人您認識，就是鎭上的藥師，修凱先生。至於那個女的，您也認識，就是每年都會來城堡修理軟墊椅的老婦人。且讓我來給大家細細講明白。」

女士們的熱烈興致一下子低落了下來，她們的臉上露出嫌惡的表情，似乎在說「呸」，彷彿愛情只該降臨在細緻高雅的人身上，只有這樣的人才配擁有體面人士的關注。

醫生接著說了下去：「三個月前，我被叫到一個臨終老婦人的床邊。她前一天駕著馬車來到這裡，那車子也是她的家，拉車的那匹駑馬你們是見過的，還有，伴著她的兩條大黑狗是她的朋友也是她的護衛。神父已經到場了。婦人要求我們做她的遺囑執行人，而爲了讓我們理解她的遺願，她對我們講述了自己的一生，我不知道還有什麼比這更奇特，更令人心碎的。

「她的父親以修理軟墊椅爲業，她的母親也是。她從來不曾擁有過蓋在地上的固定居所。

「從很小的時候開始，她就四處漂泊，穿著破爛衣服，滿身蝨子，骯髒不堪。他們每到一個村落，就在村子入口處的溝渠邊落腳；卸下馬匹拉車的套具；馬在一旁吃草；狗把嘴鼻擱在爪子上睡覺；小女孩在草地上打滾，這時，父母親就在路旁榆樹蔭下，零零星星修補鎮上送來的所有舊椅子。在這個流動的居所中，一家人鮮少交談。偶爾吐出幾句必要的話，也是爲了決定在挨家挨戶兜攬生意時，由誰來吆喝那聲人人熟悉的『修椅子呀』，然後，一家三口便開始面對面，或肩並肩搓著麥桿。小孩若跑太遠，或者想接近村子裡的孩童時，做父親的就會怒氣沖沖地朝她喊著：『還不趕快回來，野丫頭。』這是她聽過的唯一一句親愛的話。

「當她稍微大一點時，父母就派她去收集損壞的椅座。於是她在這一村那一都認識了一些小孩；不過，這一回，輪到她那些新朋友的父母疾言厲色地召喚自己的孩子：『快給我回來，小淘氣！再讓我看到你跟這些乞丐說話！……』

「經常有頑皮的小男孩朝她扔石頭。

「一些太太們會給她幾個蘇[1]，她便小心翼翼地把錢存起來。

1蘇（sou）：法國早期貨幣之一。五生丁（centime）相當於一蘇。四里亞（liard）相當於一蘇。二十蘇相當於一法郎（franc），而五法郎等於一百蘇，被稱為一埃居（écu）。

「那年她十一歲，有一天，她路過我們這個地區，在墓園後方遇見了小修凱，小傢伙正因爲一個玩伴偷走了他兩里亞而哭泣。這個小小富家子弟的眼淚深深打動了她，在這個身心匱乏的不幸孩子虛弱腦袋裡，她想像著，那種有錢人家的孩子應該總是心滿意足、快快樂樂的。她走近前去，得知他難過的理由之後，就把自己的所有積蓄七個蘇，倒在他手裡，而他則擦擦眼淚，十分自然地收下了。這時，她欣喜若狂，竟大膽地親吻了他。小修凱正專心打量手上的錢幣，便任她擺布。她見自己沒有被推開，也沒有被打，又故技重施，把他緊緊摟在懷裡，熱情地親吻。然後，就跑掉了。

「在這個可憐的小腦袋裡，發生了什麼事？她對這個小男生產生了愛戀，究竟是出於，她對他奉送上自己那四處流浪得來的財富，還是因爲她把自己溫柔的初吻給了他？這對大人和小孩來說，都同樣是一個謎。

「接連好幾個月，她都念念不忘這個小男孩和那墓園的角落。抱著重新見面的期待，她偷取父母親的錢，從修椅墊的收入中，或趁著去採買食物的時候，從這裡藏一個蘇，自那裡攢一個蘇。

「當她再回到這裡來的時候，口袋裡已經有兩塊法郎了，卻只能透過修凱家藥房的玻璃門窗，瞥見這個在當時還是個孩子的藥師，打扮得一身乾乾淨淨的，站在一個紅色藥水瓶和一隻條蟲標本之間。

「這景象只能讓她更加愛他，那帶顏色的藥水透出的耀眼光芒，那亮晶晶玻璃器皿的閃爍輝煌，都吸引著她，令她感動，令她著迷。

「她心裡面保留了不可抹滅的記憶。第二年，她在學校後方遇見他，他正在和同伴們玩彈珠，小女孩便朝他撲過了去，一把將他抱在懷裡，猛烈地親吻他，力道之大，把他嚇得大叫起來。爲了平緩他的情緒，她把自己存的錢拿給他：三法郎二十生丁，簡直是一筆眞正的財富，他睜大了眼睛望著這些錢。

「他把錢收下，任由她盡情地溫柔撫摸。

「接下來四年裡，她把自己所有的積蓄一筆一筆倒在他的手中。而他則心安理得地把錢放進口袋裡，做爲交換的是，他同意讓她親吻。有一次，她給了三十蘇，另一次，兩法郎，另一次二十蘇（她因爲金額太少，難過羞愧得哭了，不過那年的生意也的確很差），最後一次，她給了五法郎，一枚大大的圓硬幣，讓小傢伙開心地笑了。

「她心裡只想著他，他則帶著某種迫不及待的心情等待她的到來，看見她，隨即跑著迎上前，讓這顆少女的心高興得撲撲直跳。

「後來，他不見了。家人把他送進中學念書。她旁敲側擊地詢問出他的下落。於是，她使出花言巧語，千方百計地改變父母的路線，讓他們在學校假期時經過這裡。她成功了，不過，卻是在耗費了一年的心機之後。因此，她已經兩年沒有見到他了。他改變了很多，她幾乎認不出來，他人長高了，也更英俊了，穿著鑲有金鈕扣的制服，模樣嚴肅莊重。他假裝沒看見她，高傲地從她身邊走過。

「她爲此哭了兩天，從那時候起，她便承受著無止盡的痛苦。

「每年，她都會回來這裡，經過他面前，卻不敢和他打招呼，而他，甚至不屑抬眼看她。她瘋狂地愛著他。她對我說：『醫師先生，他是我在這個世界上，眼裡唯一的男人；我甚至不知道是否還有其他男人存在。』她的父母去世了，她接續他們修椅墊的職業。不過，她不是養一條狗，而是兩條狗，兩條沒有人敢招惹的猛犬。

「一天，她又回到這個心之所繫的村莊，她看見一個年輕女人挽著她心愛的人，從修凱藥局裡走出來。那是他的妻子。他結婚了。

「當天晚上，她跳進了鎮公所廣場上的池塘。有個遲歸的酒鬼把她救起來，送到藥房。老闆的兒子小修凱披著睡袍下樓來照料她。他似乎沒有認出她來，只替她脫下衣服，揉擦身體，然後用嚴厲的聲音對她說：『你瘋了不成！不應該愚蠢到這個地步！』

「這些就足夠使她復原起來了。他對她說話了！她因此快樂了好長一段時間。

「儘管她極力堅持要支付醫療費，他卻一分錢也不肯收。

「她的一生就這樣流逝。她一邊修補椅墊，一邊想著修凱。每年，她都會來望一望站在五彩玻璃藥罐後方的他。她養成了習慣，到他的藥房買一些零星的常備藥品。如此一來，她就能靠近他，看看他，和他說話，還可以給他錢。

「正如我一開始告訴你們的，她在今年春天過世了。她講完這整個傷心的故事之後，請求我將她畢生節省下來的全部積蓄，交給那位她曾經摯愛不悔的人，因爲，她說，她辛苦工作只爲了他，爲了存錢，她甚至挨餓不吃東西，這樣做才能讓她確信在自己死後，他會想到她，哪怕只有一次。

「她交給我兩千三百二十七法郎，我把二十七法郎留給神父做爲安葬費，其餘的，在她嚥下最後一口氣之後，由我帶走。

「第二天，我來到修凱家。他們剛吃完午餐，面對面坐著，兩人體態肥胖，紅光滿面，身上散發著藥品的氣味，一副志得意滿的模樣。

「他們請我坐下，給我倒上一杯櫻桃酒，我接過酒杯，開始敘述來意經過，我的聲音裡帶著幾分激動，我相信他們聽完後一定會流淚。

「修凱才一剛聽明白，這個到處流浪的修軟墊椅女人，這個不三不四的女人竟然曾經愛過自己，就憤怒地跳了起來，彷彿她竊取了他的名聲，偷走了正派人士對他的敬重，以及他最切身的榮譽感，那是某種比他自己生命更珍貴高尙的東西。

「他的妻子和丈夫一樣氣惱，反覆地說著：『這個賤女人！這個賤女人！這個賤女人！……』。似乎找不出其他的話來。

「他已經起身，在飯桌後面大步走來走去，那頂希臘式軟帽斜傾到一邊的耳朵上。他結結巴巴叫嚷著：『醫師，你知道這意味著什麼嗎？對一個男人來說，這種事實在太可怕了！怎麼辦，哼！假如她活著的時候我知道了這件事，我早就叫憲兵把她抓起來，扔進監獄裡。她一輩子休想再出來，我向你保證。』

「我懷著悲憫之情奔走這一趟，卻得到了這樣的結果，讓我一時之間感到錯愕。我不知道該說什麼，也不知道該做什麼。但我必須完成他人交待的任務。於是接著說：『她曾託付我把她的積蓄轉交給你，總共是兩千三百法郎。既然我方才告訴你的事似乎讓你很不愉快，或許最好把這筆錢捐贈給窮人。』

「這一男一女驚呆了，愣愣地看著我。

「我從口袋裡把錢掏出來，一筆在艱辛哀傷中累積下來的錢，來自各個地區，有各種圖案，有金幣，還夾雜著銅板。我問道：『你們決定怎麼做？』

「修凱太太第一個開口：『可是，既然這是她，這個女人，最後的遺願……我覺得我們實在很難拒絕。』

「那位丈夫，隱隱有些尷尬，接著說：『我們好歹可以用這筆錢給我們的孩子買些東西。』

「我表情冷淡地說：『悉聽尊便。』

「他又繼續說道：『既然她這麼交代你了，那還是給我們好了；我們會想辦法拿它來做些善事。』

「我把錢交給了他們，就告辭離開。

「第二天，修凱來找我，突然問道：『那個……那個女人，她把馬車也留在這裡了。這車子，你有什麼用途嗎？』

『沒任何想法，你要的話就拿走吧。』

『太好了，這個正合我的需要，我要用它來做我菜園裡的窩棚。』

「他正要走時，我叫住了他：『她還留下了她的一匹老馬和兩條狗。你要嗎？』他感到驚訝，停下腳步：『啊！不，這我可不要；你要我拿牠們做什麼用呢？隨便你怎麼處理吧。』他笑嘻嘻地，接著朝我伸出手，我只得握了一下。能怎麼辦呢？在同一地區裡，醫生和藥師不應該爲敵。我把兩條狗留在自己家裡。神父有個大院子，他牽走了那匹馬。馬車成了修凱家裡的窩棚。他用那筆錢買了五張鐵路債券。

「這就是我有生以來見過的唯一一樁深刻的愛情。」

醫師不再說話。

這時，侯爵夫人眼裡泛著淚光，嘆了一口氣：

「的確，只有女人才懂得愛！」

——〈修軟墊椅的女人〉（La rempailleuse），發表於一八八二年九月十七日

月光

馬里尼昂神父眞不愧擁有以「馬里尼昂」這個戰役名稱來作姓氏。這是一位又高又瘦的教士，對宗教狂熱，心靈總是熱烈激昂，且爲人耿直。他的信仰堅定，從來不曾動搖。他眞誠地以爲，自己認識這位上帝，洞悉上帝的種種計畫、意志與目的。

當他邁開大步，在他那鄉下堂區神父小住所的綠蔭小徑上散著步時，腦海裡有時會升起一個疑問：「爲什麼上帝創造這個呢？」他固執地尋找解答，站在神的位置思索，最後幾乎總會找到答案。他不像有些人，在虔誠謙卑中，不免激動地喃喃低語：「主啊，您的決定實在高深莫測！」他總想著：「我是上帝的僕人，應該知曉神行事的理由，如果我不知道，也應該去揣度。」

在他看來，大自然裡的一切都是以絕對且令人讚嘆的邏輯創造出來的。「爲什麼」和「因爲」始終彼此對應，相互平衡。之所以有晨曦，是爲了讓人睡醒時感到喜悅，白晝是爲了使農作物成熟，雨水是爲了澆灌這些秧苗，向晚是爲了醞釀睡意，而黑夜是爲了使人沉沉入睡。

四季更迭完全符合農耕的所有需求。對於大自然、對於任何活著的東西，這位教士從來不會心生懷疑自然界本無目的，相反地，他認爲這一切都是遵循時代、氣候和物質的嚴格必要性而來的。

但是，他憎恨女人，不自覺地厭惡，出於本能地瞧不起她們。他經常重述基督的話：「女人，在你和我之間，可有什麼相同之處？」然後還會加上一句：「看來，就連上帝自己也對這件作品感到不滿意。」對他而言，女人正是詩人提及的那個十二倍不純潔的邪惡小孩。她有如惡魔，引誘、拖累了第一個男人，而且還一直持續她那該下地獄的勾當；這軟弱又危險的傢伙，就是能用神祕的方式蠱惑人心。他恨她們墮落的肉體，更痛恨她們充滿愛意的靈魂。

他時常感覺到女人們對他展現出的親切溫情，雖然他知道自己是堅不可破的，但整天在她們身上顫動的那股去愛人的需要，還是令他極為光火。他認為上帝創造女人，只是為了煽動男人、試煉男人。所以，接近她們的時候，非得帶著防衛心，以及對陷阱的戒慎恐懼不可——的確，女人向男人張開嘴唇、伸出雙臂的樣子，簡直和陷阱沒有兩樣。

他只有對修女們才略顯寬容，因為修女們在神面前發過誓願，所以無害。不過，他對待修女的態度仍舊相當冷酷，因為，他仍感覺得到，儘管他是一名教士，但在她們那已然上了鎖而謙遜克制的內心深處，對他表達出親愛的那股永恆溫情卻始終活躍著。

他感覺，在她們那比僧侶目光更為溼潤的虔誠目光中，在她們以異性身分為信仰上帝而沉醉出

1馬里尼昂戰役（Bataille de Marignan）發生於一五一五年，當時，法王馮索瓦一世（Francois I）聯合威尼斯城邦，以野戰炮大敗瑞士聯軍的長矛兵。

神時，在她們對基督的熱愛中，全都帶有親切的溫情，這一切都讓他氣憤，因爲那是女性的愛、肉體的愛；在她們溫順的態度裡，在她們和他說話時柔和的聲音裡，在她們低垂的眼睛裡，在她們受他嚴厲責備時隱忍的淚水裡，他都能感覺到這股討人咒罵的親愛溫情。

每回他走出女修道院大門時，總會抖一抖他的教士袍，伸長了腿，快步離開，就像要逃避危險似的。

他有一個外甥女，和她母親同住在鄰近的一間小屋子裡。他一心一意努力想把她調教成替慈善事業服務的修女。

這外甥女人長得漂亮，天眞爛漫又愛開玩笑。神父訓誡說教時，她總是嘻嘻哈哈的；神父對她生氣了，她就熱烈地擁抱他，緊緊摟住他，他總是不自覺地使勁掙脫這般親熱的接觸，然而這摟抱卻也使他嘗到一種甜美的喜悅，喚醒了他內心深處那股沉睡在每個男人心底的慈父眞情。

每當和外甥女一起走在田野小路上時，神父經常和她談到上帝，他心目中的上帝。而女孩幾乎不聽他說話，只是望著天空，看看周遭的花草，眼裡流露出一股活著的幸福感。她時而奔向前去抓一隻飛舞的蟲子，然後把蟲子帶回來，一面高聲地說：「舅舅，你看，牠多美啊！我眞想親親牠。」這種想親吻蠅蟲或百合花苞的慾望，讓神父憂心，惱火，發怒——他又在其中看到了，那時時刻刻從女人心裡萌芽、難以根除的溫情。

後來，有一天，聖器室管理員的妻子，那位也替馬里尼昂神父整理家務的婦人，小心婉轉地告訴他——他的外甥女有了情人。

當時他正在刮鬍子，聽見這話，感到極度震驚，愣著一張塗滿肥皂的臉，半晌說不出話來。等他情緒稍微平復，能思考和說話時，就嚷了起來：「這不是眞的，梅拉妮，你說謊！」

可是，這位鄉下婦人把手放在胸口，說道：「神父老爺，如果我說謊，就讓耶穌基督來審判。我告訴您，每天晚上，你姊姊一睡覺，她便去找他。他們在河邊約會。你只要在晚上十點到午夜之間去那裡看看就知道了。」

他停下了刮下巴的手，開始激動地踱步——平常，當他進行重大思考時總會如此。而當他再次動手刮鬍子的時候，卻從鼻子到耳朵接連割傷了三次。

整個白天，他不發一語，滿腔憤慨和怒氣。身爲教士，面對這遏阻不了的愛情，他感到義憤塡膺；再加上，他還是一位道義上的父親、保護人、心靈導師，卻被一個孩子欺騙、使詐、作弄，更讓他惱怒到了極點。那種激動得無法言語的情況，是自私的父母親眼見到，自己女兒不讓他們參與其中、又不聽勸告地逕自宣布選好了結婚對象時會有的反應。

晚餐後，他試著讀書，卻一個字也看不下去。他越想越惱惱。十點的鐘聲響了，他拿起他的手杖，那是一根很堅固的橡木棍子，晚上去探望病人，在夜間行走時總會用上它。他把粗大的木棍握在自己那鄉下人般強壯結實的手裡，有如風車一般掄轉起來，模樣咄咄逼人，還一面看著木棍一面微笑。接著，他忽然舉起木棍，咬牙切齒地往椅子上一擊，椅背頓時分成兩半落到了地板上。

他打開屋門準備外出，卻在門檻處停下腳步。外頭一片清亮，讓他感到驚訝，他幾乎未曾見過這麼皎潔的月光。

他的心智天生容易激動，這大概是早期的教會父老，那些充滿夢想的詩人也擁有的特質。因此，當他看到淡淡夜色裡這壯麗澄靜的美景時，忽然覺得心神蕩漾，感動莫名。

他的小花園沐浴在清柔的月光中。園裡種著一排果樹，才剛萌發綠芽的枝椏在小徑上投映出纖弱的影子；攀爬在住屋牆上的大片忍冬，散發出一陣陣甜美的香氣，彷彿沾了糖粉似的，讓這清明微涼的夜晚漂浮著一種芳香的生命力。

他深深地呼吸，像個嗜酒如命的人飲酒一般，吸著空氣，緩步前行，滿心喜悅和驚奇，幾乎忘了他的外甥女。

才來到田野間，他便停下腳步，凝望著整片原野淹沒在含情脈脈的清輝裡，浸潤在澄明夜色的柔和氣氛中。成群蟾蜍不時隔空發出短促的金屬般叫聲。遠處的夜鶯在迷人的月光下輕啼，那樂音有如串珠似的一聲接一聲，引人茫然夢想，那歌聲輕盈且微微顫抖，彷彿為擁抱親吻而唱。

神父又開始往前走，內心逐漸失去了勇氣，卻不知緣由。他突然感到一陣虛弱，疲憊不堪；他想坐下來，停留在那裡沉思，從上帝的作品中讚美上帝。

不遠處，一大排白楊樹順著小河的流向蜿蜒延展。一層薄霧懸浮在河岸的四周和上方，有如輕飄飄的透明棉絮籠罩著整條迂迴曲折的河道。月光正穿過這片白色水蒸氣，把它照耀得銀光閃閃。

神父再次停下來，一種溫柔的感覺，一種難以抗拒的溫柔感覺，越擴越大，直達他的心靈深處。他的腦中湧起了一股疑慮和隱隱約約的不安。他感覺內心生出一個疑問，是他平常有時會提出的那一類疑問。

上帝爲什麼創造了這個呢？既然夜是用來睡覺，停止意識，休息，忘卻一切的，爲什麼又讓它比白晝更有趣味，比黎明和黃昏更柔和呢？爲什麼這從容不迫又迷人的月亮，會比太陽更富於詩意呢？似乎注定用來，以它那不甚引人注目的方式，照亮那些太微妙、太神祕、無法攤開在強光下的事物，而它又爲什麼要把黑暗的世界照得如此清明透亮呢？

爲什麼鳥兒之中最擅長唱歌的，不像其他雀鳥一樣去休息，卻要在撩動人心的陰暗裡啼唱呢？爲什麼要在世界上投下這片半明半暗的薄紗？爲什麼心會這樣輕微地顫抖，靈魂會這樣悸動，肉體會這樣疲軟乏力？

既然人們都上床入睡、看不到這一切了，爲什麼還要施展這些誘惑？這絕美的景致，這從天而降的盎然詩意，是爲誰而設的呢？

神父完全無法理解。

然而就在不遠處，草地的邊緣，那讓亮閃閃霧氣浸淫了的樹冠拱頂下，出現兩個並肩行走的人影。男子身材較高，手搭著女朋友的脖子，時而親吻她的額頭。周遭景物彷彿是爲他們布置的神聖背景，靜止的風景因他們的出現而突然充滿生氣。兩人似乎融成了一體，這寧靜無聲的夜晚正是爲此獨一無二的生命體而設的。他們朝著神父的方向走來，宛如一個活生生的答案，宛如他的天主對他的疑問所拋出的回答。

他一動也不動地站著，一顆心慌亂不安，怦怦直跳。他彷彿看見了《聖經》裡的某個事蹟，例如路得和波阿斯的愛情[2]，那是上帝的意志在聖典所描述的宏偉場景中實現了。他的腦海裡有個聲音開始低低吟唱起〈雅歌〉的章節，那些熾熱的吶喊、肉體的呼喚，那部燃燒著愛意的詩歌中所有熱情的詩句。

他告訴自己：「上帝創造這些夜晚，或許是爲了用理想的形式來美化凡人的愛情。」

在這一對不斷摟抱著前行的情侶面前，他步步退卻了。而那正是他的外甥女，但是現在，他自問是否要前去違背神的意志。既然上帝清楚地以如此明朗的光輝來圍繞著愛情，難道祂會不容許愛情嗎？

他逃開了，張皇失措，幾近羞愧，彷彿闖進了一處無權進入的廟堂。

——〈月光〉（Claire de Lune），發表於一八八二年七月一日

2《聖經．路得記》中記載，異邦女子路得（Ruth）篤信耶和華，在丈夫死後，仍勤勉持家，侍奉婆婆，後來遇見仁慈的以色列大財主波阿斯（Booz），在上帝的眷顧下，兩人最終結為夫妻。

嫁妝

沒有人對西蒙・勒布魯芒先生和尚娜・科爾迪耶小姐兩人結婚感到訝異。勒布魯芒先生剛剛買下公證人帕比庸先生的事務所，當然需要一筆錢來支付；而尚娜・科爾迪耶小姐則擁有三十萬法郎的現鈔和不記名證券。

勒布魯芒先生是個英俊的小夥子，氣質瀟灑，是公證人身上可見的那種瀟灑，外省的瀟灑，總之就是瀟灑，這在布迪涅—勒布爾這個地方相當少見。科爾迪耶小姐的模樣也相當優雅，有朝氣；是不太自然的那種優雅，容光煥發之中又帶點俗氣，但總之是一個值得追求和尊重的美麗女孩。

他們的婚禮讓整個布迪涅沸沸揚揚，喧騰一時。

大家都對這一對新人讚賞不已。他們回到家，把他們的幸福隱藏在夫妻的住所裡，並且決定在兩人獨處幾天以後，到巴黎簡簡單單地來趟小旅行。

這段單獨相處的時光非常美好。勒布魯芒先生懂得把靈活、體貼和適切的言行，出色地運用在他和妻子最初的關係裡。他拿來當成座右銘的一句話是「成功總是留給善於等待的人」，而且他知道，得同時展現出耐心和充沛的精力。成功，因此來得迅速而圓滿。

四天後，勒布魯芒太太已經熱烈地愛著她的丈夫了。

她再也不能沒有他。她需要他整天待在她身邊，好撫愛他，擁吻他，摸弄他的雙手、他的鬍子、他的鼻子等等。她坐在他的膝蓋上，抓著他的兩隻耳朵，說：「把嘴巴張開，閉上眼睛。」他信任地張開嘴，半閉著眼睛，便得到一個非常溫柔的、長長的熱吻，讓他感到背脊上一陣陣發麻。而他呢，他的撫摸、他的嘴唇、他的雙手和他的整個人，對於用來從早到晚、從晚到早地寵愛他的妻子，都仍不足夠。

第一週才剛過完，他便對他年輕的妻子說：「如果你願意，我們下星期二就出發去巴黎。我們可以像沒有結婚的情侶那樣，上館子，去劇院看戲，去有歌舞表演的咖啡館，到處都去走走，到處逛。」

她高興得雀躍不已。「喔，好啊。喔，好啊，我們越早去越好。」

他又接著說：「還有，千萬別忘了，通知你的父親，把給你當嫁妝的那筆錢準備好；我也一起帶去，趁這個機會付款給帕比庸先生。」

她說：「我明天早上就去告訴他。」

他把她摟進懷裡，重新開始了這一個星期以來她十足喜愛的那種溫柔的小遊戲。

接下來的星期二，岳父和岳母陪女兒女婿到火車站，送他們出發去首都。

岳父說：「我敢向您保證，皮包裡放那麼多錢，實在過於太輕率。」

年輕的公證人微微一笑。「一點也不用擔心，岳父，這類事情我已經習慣了。您也了解，在我們這個行業裡，有時候會隨身帶上近百萬。這樣至少可以免去一大堆手續和延誤。您一點也不用擔心。」

鐵路職員高喊：「前往巴黎的旅客請上車。」

他們趕緊進入一節車廂，裡面已經坐了兩個老太太。

勒布魯芒在他妻子的耳邊低聲說：「眞惱人，我不能抽菸。」

她小聲回答：「我也覺得很惱人，不過，不是因爲你不能抽雪茄。」

火車汽笛啓動了。路程持續了一小時，其間他們沒說上多少話，因爲兩個老太太並不睡覺。

他們一到聖拉查車站[1]的廣場，勒布魯芒先生就對他的妻子說：「親愛的，如果你願意，我們就先去林蔭大道吃午餐，然後再從從容容地回來取行李箱到旅館。」

她立即同意：「哦，好啊，我們去餐廳吃午飯吧。餐廳，很遠嗎？」

他接著說：「是的，有點遠，不過我們可以乘公共馬車去。」

她感到驚訝：「爲什麼不坐出租馬車呢？」

---

1 聖拉查車站（Gare Saint-Lazare）位在塞納河右岸巴黎第八區，是法國首都人潮第三多的火車站。

他面帶微笑地開始責備她：「你就是這麼節省的嗎？一輛出租馬車走五分鐘路程，每分鐘要花六蘇[2]，你倒是什麼也不能少。」

「確實如此。」她有點不好意思地說。

這時，一輛大公共馬車由三匹馬快步拉著經過，勒布魯芒叫喊：「馬車駕駛！喂，馬車駕駛！」沉重的馬車停了下來。年輕公證人推著他的妻子，很快地對她說：「你進車子裡去，我爬到上面，至少在午餐前抽根香菸。」

她還來不及回答，馬車夫早已抓住她的手臂，幫忙她登上腳踏板，把她猛地推進了車廂裡。她驚慌失措地跌落在一張軟墊長椅上，透過馬車後側的玻璃窗，錯愕地望著爬上頂層的丈夫的那雙腳。

她坐在一個渾身菸味的胖先生和一位帶著狗氣味的老婦人之間，動也不動。

所有的其他乘客一排排坐著，全都沉默不語：當中，有一個食品雜貨店的夥計，一個女工，一個步兵中士，一個戴金邊眼鏡和絲質帽子的先生，那頂帽子的帽簷寬大，向上捲起如簷溝；還有兩個看起來脾氣執拗的高傲婦人，她們的態度彷彿在說：「我們雖然在這裡，但我們配得上更好的待遇。」另外還有兩位修女，一個頭髮披散下來、沒戴任何帽子髮飾的女孩，以及一名做殯葬工作的人，這些人看上去像極了一批漫畫人物，一座怪異滑稽人像的陳列館，一系列誇張扭曲的人類臉孔，令人想起市集裡讓人用槍彈射擊的一排排可笑木偶。

顛簸的馬車使他們的腦袋輕輕搖晃，身體隨之擺動，兩頰上的鬆弛肌膚也不住抖顫；車輪震動，把他們震得昏頭昏腦，個個表情痴呆，似乎睡著了。

這名年輕少婦顯得了無生氣。

「爲什麼他不來跟我在一起呢？」她對自己說。

一股憂鬱隱約壓在她的心頭——他眞的可以不抽那根香菸的呀。

修女們示意停車，接著一前一後下車，散發出一股老舊裙子的淡淡霉味。

馬車又啓程，然後再度停下來。有個滿臉通紅的女廚師，氣喘吁吁地上了車。她坐下來，把裝食物的籃子放在膝上。公共馬車裡彌漫起一股濃濃的洗碗汙水氣味。

「這比我所以爲的還要遠。」尙娜心想。

那個做殯葬業的人走了，換上來了一個全身散發著馬廄氣味的車夫。一名跑腿送貨的人取代了那個沒戴帽子女孩，他的雙腳飄出四處奔走後的特殊味道。

公證人的妻子感到很不自在、噁心，不知爲什麼想哭。

另外幾個人下車，另外一些人上車。公共馬車始終行駛在一條條長得沒完沒了的街道上，遇到車站停下來，然後又繼續上路。

2蘇（sou）：法國早期貨幣之一。五生丁（centime）相當於一蘇。四里亞（liard）相當於一蘇。二十蘇相當於一法郎（franc），而五法郎等於一百蘇，被稱為一埃居（écu）。

「好遠啊！」尙娜對自己說，「但願他沒有失神分心，沒有睡著了！這幾天下來，他也夠累的了。」

漸漸地，所有乘客都下車走了。只有她一人獨自在車廂裡，孤單一個人。

馬車駕駛喊道：「沃吉拉爾！」

她沒有動。

他又叫了一遍：「沃吉拉爾！」

她望了望他，明白了這句話是對她說的，因爲她身旁已經沒有任何人了。

馬車駕駛又喊了第三遍：「沃吉拉爾！」

她於是問：「我們到哪裡了？」

他口氣粗暴地回答：「我們到沃吉拉爾了，還問咧，我已經喊了二十遍了。」

「離林蔭大道遠嗎？」

「哪條林蔭大道？」

「義大利林蔭大道呀。」

「老早就過了！」

「啊！您能通知我丈夫一聲嗎？」

「您的丈夫？在哪裡？」

「就在頂層上。」

「頂層上！早沒人了。」

她做了一個驚恐的動作。「怎麼會這樣呢？不可能。他和我一起上車的。請您仔細看一看，他一定在上面！」

駕馬車的人變得粗魯：「得了吧，小姑娘，話說到此爲止，丟了一個男人，可以再找回十個。您快走吧，這次已經完了。您會在街上找到另外一個的。」

淚水湧上她的眼眶，她堅持說道：「可是，先生，您一定弄錯了，我向您保證，您一定弄錯了。他的手臂下還夾著一個大公事包。」

馬車夫大笑起來：「一個大公事包。啊，有的，他在馬德萊納教堂下車了。不管怎樣，反正他把您甩了，哈！哈！哈！」

馬車停下來，她下了車，出於本能，不由自主地抬頭望了一眼公共馬車的車頂。那裡的確空無一人。

這時她開始哭泣，大聲地哭泣，根本沒有考慮到有人在聽她、在看她，她說：「我該怎麼辦呢？」

車站的督察員走過來：「發生什麼事了？」

馬車駕駛用挖苦的語氣回答：「是這位太太，她丈夫在半路上把她甩了。」

督察員接著說：「好了，這沒什麼，去把您的勤務做好。」說完，他也轉身走了。

她於是開始往前走，她太震驚、太慌亂了，竟然連自己也無法理解自己所遇到的事。她該到哪裡去呢？怎麼辦呢？而他，究竟出了什麼事？怎麼會犯下這樣的錯誤、這樣的疏忽、這樣的過失、這麼令人無法置信的粗心呢？她口袋裡還有兩法郎，要向誰求助呢？忽然，她想起了她的表哥巴拉爾，他在海軍部擔任副主管。

她僅有的錢恰巧足夠支付出租馬車的車資；她讓馬車把她載送到表哥家，當他正走出門到軍部去時，她遇到了他。他像勒布魯芒一樣，手臂下也夾著一個大公事包。

她從馬車上跳下來。

「亨利！」她大喊。

他停住腳步，非常驚訝：「尚娜？……您怎麼在這裡？……單獨一個人？……您在做什麼，從哪裡來的？」

她眼裡充滿淚水，結結巴巴地說：「我的丈夫剛剛失蹤了。」

「失蹤，在哪裡發生的？」

「在一輛公共馬車上。」

「在一輛公共馬車上？……啊！……」

她哭著向他講述自己的遭遇。

他一面聽，一面思考，問道：「今天早上，他的頭腦很冷靜嗎？」

「是的。」

「好。他身上帶了很多錢嗎？」

「是的，他帶著我的嫁妝錢。」

「您的嫁妝？……全部的錢？」

「全部……要拿來支付他買事務所的錢。」

「好吧，親愛的表妹，您的丈夫此刻一定逃到比利時去了。」

她還不明白，結結巴巴地說：「……我的丈夫……您說？……」

「我說，他拐騙了您的……您的財產……就是這麼回事。」

她立在那裡，透不過氣來，喃喃道：「這麼說，這是……這是……這是一個惡棍！……」

接著，她激動得支持不住，抽抽噎噎地倒在她表哥的懷裡。

有行人停下來看他們，他於是慢慢地把她推到他住所的大門下方，然後扶住她的腰，攙著她走上樓梯，當他的女傭一臉驚愕地打開門時，他吩咐道：

「蘇菲，快去餐館買一份兩人吃的午餐。我今天不去軍部了。」

——〈嫁妝〉（La dot），發表於一八八四年九月九日

在床邊

壁爐裡，火燒得正旺。日式小桌上，面對面擺著兩只茶杯，一旁是茶壺，緊鄰糖罐，熱氣裊裊，糖罐旁邊還有一個裝著蘭姆酒的小高頸瓶。

沙律爾伯爵把帽子、手套和毛皮外衣丟在椅子上，伯爵夫人早已脫下披在晚禮服外的斗篷，正在鏡子前略微整理頭髮。她一邊對鏡中的自己甜甜微笑，一邊用指尖輕輕拍壓鬢角的鬈髮，纖細手指上戴著好幾個晶亮的戒指。之後，她轉身朝向她丈夫。他已經望著她好一會兒了，模樣猶豫，彷彿內心有什麼不便明說的想法困擾著他。

最後，他開口說：「今晚，那些人對您獻夠殷勤了吧？」

她盯著他打量，目光裡閃耀著一股勝利和挑戰的火焰，回答道：「希望是如此！」

然後，她坐到自己的位子上。他也在她的對面坐下，手剝開奶油圓麵包，一邊接著說：「對我來說……這簡直太可笑了！」

她問：「這是吵架嗎？您打算指責我嗎？」

「不，我親愛的朋友，我只是說，這個布瑞先生在你身邊的舉止幾乎快不成體統了。如果……如果……如果我當時有權利的話……我就生氣了。」

「我親愛的朋友，請您坦白一點吧。您今天的想法和去年的想法不一樣了，如此而已。那時候，我知道您有一個情婦，一個您愛著的情婦，您根本不在乎是否有人對我獻殷勤。我曾經向您提到我的悲傷，就像您今天晚上一樣，但是理由比您的更充分些。我說過：『我的朋友，您和德塞維夫人有染，破壞了她的名聲，您讓我心痛，而且讓我變得可笑。』您回答了什麼呢？哦，您強烈暗示我，讓我明白，我是自由的，在明智人士之間，婚姻只是一種利益的結合，一種社會關係，而不是道德連結。這是眞的吧？

「您讓我了解，您的情婦比我好上不知多少倍，更具吸引力，更有女人味！您說過：『更有女人味。』當然了，所有這些話都是以教養良好的男士那種有分寸的方式表達的，用恭維的話語加以掩飾的，陳述時，也總帶著我深表欽佩的委婉態度。不過，我還是能夠徹底理解。

「我們商定，從此以後，雖住在一起，但生活完全分開。我們有一個孩子，他成了我們之間的一線聯繫。

「您幾乎沒有明說，而我能猜到，您要求的僅僅是保住面子。假如我願意，也可以結交一個情夫，只要這個關係不見光。您曾經花了很長時間談論女人的機敏，談論她們維繫體面關係時手腕靈活等等，而且談論得非常好。

「我聽懂了，我的朋友，我完全聽懂了。您當時非常非常愛德塞維夫人，而我這份正當的愛情、合法的愛情，對你造成了妨礙。我的存在，無疑讓您的一些能力無法施展。從那時候起，我們就開始過分居的生活。我們一起參加上流社交活動，一起回來，然後回到各自的房間。

「可是，近一兩個月來，您卻表現出吃醋男人的姿態。這是怎麼回事？」

「我親愛的朋友，我不是吃醋，而是擔心見到，您讓自己的名譽受損。您年輕、活潑，又喜歡冒險……」

「對不起，如果談到冒險，我倒想在我們之間做個比較。」

「唉呀，請您別開玩笑了。我是以朋友，認眞嚴肅的朋友身分和您談。至於您剛才說的所有那些話，實在都太誇大了。」

「一點也不，您曾經承認，您對我承認您和另一個女人的關係，這就等於授權給我，允許我仿效您。我沒有這麼做……」

「請恕我……」

「您就讓我說吧。我沒有這麼做。我沒有情夫，過去也不曾有過……一直到現在。我是在等……我在尋找……但我沒有找到。我得找一個好人……一個比您更好的人……我這是在讚美您呀，看來您並沒有察覺到。」

「親愛的，這些玩笑話全都非常不合宜。」

「我絲毫沒有開玩笑。您曾經向我提到十八世紀。您暗示過我，您具有攝政時代[1]的人物風情。我一點也沒有忘記。等到那麼一天，我認爲適宜停止做現在的我了，到時候，您不管怎麼做都沒用，您聽清楚，您甚至在自己都還不曉得的情況下，就成了……像別人一樣戴綠帽子的丈夫了。」

「啊！……您怎麼能說出這樣的話？」

「這樣的話！……可是，當德瑞爾夫人公開說，德塞維先生看起來就像一個戴綠帽子的丈夫在尋找他的那頂綠帽子時，您曾經笑得像瘋子一樣。」

「在德瑞爾夫人的嘴裡可能顯得滑稽，在您的嘴裡就變得失當了。」

「完全不是這麼回事。而是，戴綠帽子的丈夫這個詞，當它指的是德塞維先生時，您覺得非常有趣，當它涉及您的時候，您就判定它不堪入耳了。一切取決於聽者的觀點。況且，我並不是非使用這個詞不可，我把它說出來，不過是想看看您是否成熟。」

「成熟……之於什麼而言？」

「當然是之於戴綠帽子而言。當一個男人聽到這句話會生氣，那是因爲他……就快『達標』了。兩個月之後，如果我提到一個……戴綠帽子的丈夫，您第一個笑，那麼……是呀……人戴上綠

1 攝政時代（一七一五～一七二三），法王路易十五還是個孩子，由叔叔奧爾良公爵代為執政。當時的貴族過著崇尚優雅和形式勝過一切的生活，男女關係放蕩，外遇通姦成為時髦行為，幾乎被認為是一種美德。

帽子以後，就感覺不到它了。」

「您今天晚上十足地沒教養。我從來沒有見過您這樣。」

「啊！是呀……我變了……變壞了。這都要怪您。」

「好啦，親愛的，讓我們嚴肅地談一談。我請您，我懇求您，不要像今天晚上那樣，允許布瑞先生那麼失禮地追求您。」

「我就說。您在吃醋。」

「那可不是。不是，我只不過希望自己不要變成笑柄。我不想淪爲被嘲笑的對象。如果我再看見這位先生緊貼著您說話……貼在兩個肩膀中間，或者正確地說，在兩個乳房之間……」

「他是在尋找一個擴音喇叭。」

「我……我就要拉他的耳朵。」

「您該不會愛上我了吧？」

「就算不如您漂亮的女人，男人也會愛上的。」

「瞧，原來是如此呀！可是我，我已經不再愛您了。」

伯爵早已站起來。他環繞小桌子一圈，經過他妻子背後時，在她頸上迅速地吻了一下。

她微微一震，立起身子，直視著他：「在我們之間，請您不要再開這種玩笑了。我們已經分居生活。一切都結束了。」

「好啦，您別生氣。這陣子以來我覺得您非常迷人。」

「這麼說……這麼說……我是大有進步嘍。您……您也認爲我……成熟了。」

「親愛的，我覺得您美極了；您那兩條胳膊、您的氣色、您的雙肩……」

「都令布瑞先生喜愛。」

「您眞殘忍。不過……說眞的……我還不認識有哪個女人像您一樣富有魅力。」

「您這是空著肚子吧。」

「嗯？」

「我說：您是空著肚子。」

「這話怎麼說？」

「人空著肚子的時候，會感覺餓，當人感覺饑餓時，就會決定去吃那些他在其他時候可能並不喜歡吃的東西。我就是那盤菜餚……從前被忽視了，而今天晚上……您倒不反對吃上一兩口。」

「喔！瑪格麗特！誰教您這樣說話的？」

「是您！聽著，自從您和德塞維夫人分手以後，據我所知，您有過四個情婦，這些女人都是輕佻的騷貨，在她們那一行裡個個經驗老到。所以，如果不是暫時空著肚子，您要我如何解釋您今天晚上的……起心動念。」

「我要坦率、唐突，不講求禮貌地把話講出來。我又變得愛上您了。千眞萬確，而且愛得很強烈。就是這樣。」

「呦，呦！這麼說，您是希望……重新開始？」

「是的，夫人。」

「今天晚上！」

「喔！瑪格麗特！」

「好。瞧您現在又不高興了。親愛的，我們來商量商量。我們現在已經彼此毫不相干了，不是嗎？我是您的妻子，沒錯，但是，是您……不受約束的妻子。我就要和另一位有約定了，而您卻來向我要求優先權。我可以以同等的價錢把它給您……。」

「我不懂。」

「我來解釋。我和您那幾個輕佻的騷貨一樣好嗎？請您坦白說。」

「好一千倍。」

「比最好的那個還要好嗎？」

「好上一千倍。」

「那麼，最好的那一位，三個月來花了您多少錢？」

「我不明白您的話。」

「我是說，您的情婦中最迷人的那一個，在金錢、珠寶、宵夜、晚餐，上劇院等等，總之，在所有包養供給上，花了您多少錢？」

「我怎麼知道？」

「您應該知道。好吧，一個中等、公道的價錢，每個月五千法郎，這樣差不多吧？」

「是的……差不多。」

「那好，我的朋友，您馬上給我五千法郎，從今天晚上起，一個月內，我都屬於您。」

「您瘋了。」

「您就這麼想吧；晚安。」

伯爵夫人走了出去，進入自己的臥室。床上的被單微微掀開。一股隱約的香氣飄浮在空中，逸透了帷幔。

伯爵出現在門口：「這裡好香。」

「真的嗎？……可是這裡並沒有改變過。我用的一直都是西班牙皮[2]。」

---

2 西班牙皮（peau d'Espagne），香水名稱，在十六世紀就有人使用。製作時，將小塊皮革浸泡在多種花朵香精裡，再塗上麝香。其香味持久，據說，在所有香水中，最接近女人皮膚的味道。

「啊，奇怪……聞起來眞是香。」

「有可能。不過，您呢，請您離開，我要睡覺了。」

「瑪格麗特！」

「您請走吧！」

他走進來，坐在一張扶手椅上。

伯爵夫人說：「啊！這樣呀。好吧，算您活該受罪。」

她慢慢脫下舞會禮服的上身部分，裸露出白皙的臂膀。她把雙臂舉到頭頂上，對著鏡子摘掉髮飾；在泡沫般的花邊下，有個粉紅色的東西在黑絲綢的緊身衣邊緣露了出來。

伯爵急切地起身，朝她走過來。

伯爵夫人道：「別靠近我，否則我要生氣了！……」

他一把抱住她，尋找她的嘴唇。

這時，她迅速彎下身，抓起放在梳妝臺上的一杯香氛漱口水，從肩膀上方朝著她丈夫的臉潑過去。

他立起身子，臉上淌著水，怒氣沖沖地嘟噥道：「這著實愚蠢。」

「可能是……但您知道我的條件——五千法郎。」

「可是，這太荒謬了！……」

「爲什麼？」

「怎麼，爲什麼？一個丈夫得付錢才能跟他的妻子上床！……」

「啊！……您用的字眼多麼低俗啊！」

「也許。我再說一次，付錢給他的妻子、他的合法妻子，簡直太荒謬了。」

「有一個合法的妻子，卻去付錢給一些騷貨女人，那更愚蠢。」

「就算是吧。但我不想成爲笑柄。」

伯爵夫人已經坐在了一張長椅子上。她慢慢地脫她的長統襪，把襪子像蛇皮一樣，由裡往外翻。她粉紅色的腿從淡紫色絲質襪套裡伸了出來，一雙嬌小可愛的腳踩在地毯上。

伯爵略微靠近，用溫柔的聲音說：「您這個念頭可眞是古怪呀！」

「什麼念頭？」

「向我要五千法郎。」

「那再自然不過了。我們彼此已經是外人了，對不對？可是，您想要得到我，而您無法娶我，因爲我們已經結婚了。所以您拿錢買我，或許比買別人更便宜些。

「不過，請您仔細考慮一下。這筆錢不是落到一個妓女的手中，畢竟我可不曉得她會怎麼去用它，而是留在您的房子裡，您的家裡。再說，對一個頭腦聰明的男人而言，還有什麼比付錢給自己的妻子更有趣、更新奇的？人們之所以愛不合法的愛情，只不過是因爲它昂貴，非常昂貴。您像對待有價愛情一樣，給我們……合法的愛情……定一個價格，這就給了它一個新的價值，一點放蕩的味道，一種……淘氣的趣味。難道不是這樣嗎？」

她站了起來，幾乎一絲不掛地朝一間盥洗室走去。

「現在，先生，請您離開，不然我就要按鈴叫我的貼身女僕了。」

伯爵站著，既困惑又不滿地望著妻子，突然，把他的皮夾朝她的頭上扔去。

「喏，女無賴，這裡有六千……不過，你知道嗎？」

伯爵夫人把錢撿起來，數了數，慢條斯理地說：「知道什麼？」

「你不要養成習慣了。」

她放聲大笑，朝他走過去：「每個月五千，先生，不然我就把您趕回去找您那些騷貨。甚至，如果如果……您滿意的話……我還會向您要求加錢呢。」

——〈在床邊〉（Au bord du lit），發表於一八八三年十月廿三日

往昔

那城堡樣式古雅，坐落在林木繁茂的丘陵上，四周一棵棵大樹把建築籠罩在濃密的綠蔭中；大花園無邊無際，有幾處深入了樹林裡，另外幾處則延伸到鄰近村落。離城堡正面數公尺遠的地方，挖有一個石頭水池，池裡立著幾尊沐浴女子的大理石雕像。還有幾個池子，一口接一口層層排列直到山丘下，有股不怎麼順暢的泉水水流斷斷續續地從一個池子傾瀉到另一個池子。這座鄉間城堡宛如一名愛賣弄風情的女子，年華老去，猶搔首弄姿，頻頻獻媚；從建築物的所在，一直到那沉睡著另一個世紀愛神的貝殼鑲嵌洞穴，整片古老領地依然保有過往時代的樣貌。一切似乎仍在訴說著舊時的習慣、從前的風俗、往昔的風流韻事，以及祖先們高貴文雅、彬彬有禮的舉止。

城堡內，在一間路易十五時期風格的小客廳裡，有位年紀很老的婦人，她只要不動，看上去便如同死了似的。她整個人幾乎是躺在大扶手椅裡的，像木乃伊一樣瘦骨嶙峋的雙手垂在椅子兩旁。客廳的牆上掛滿圖畫，上面畫著牧羊人和牧羊女調情的場面、裙子用裙環撐開的美麗貴婦，以及風度翩翩的鬈髮紳士。老婦人目光朦朧，出神地望著遠方原野，彷彿正透過花園追憶年輕時的情景。

時而一陣輕風從敞開的窗戶吹進來，送來青草的氣味和花朵的芬芳，吹得她的白髮在布滿皺紋的額頭周圍飛舞，吹得舊日的回憶在心底翻騰。

在她身邊，絲絨矮凳上，一名年輕女孩，背上披著金色長髮編成的辮子，正在繡一塊祭壇裝飾品。

少女的眼神若有所思，看得出來，在她的手指靈巧工作之際，她的心正陷入遐想。

老婦人轉頭過來，說道：「蓓爾特，給我讀點報紙上的消息，讓我有時候也知道一些發生在世界上的事。」

少女拿起一份報紙，瀏覽了一下：「有很多政治新聞，奶奶，要不要跳過去？」

「好的、好的，小寶貝。沒有愛情故事嗎？風流韻事竟然在法國絕跡了嗎？難道再也聽不到誘拐私奔、爲女人決鬥，也聽不到像從前那樣的豔遇奇聞了嗎？」

少女找了許久，說：「有了，標題是〈愛情的悲劇〉。」

老婦人布滿皺紋的臉上泛起了微笑。「唸給我聽聽。」

蓓爾特於是開始唸。那是一則潑硫酸毀容的故事。有個女人，爲了報復她丈夫的情婦，用硫酸燒毀了情婦的眼睛。她被宣判無罪，在群眾的鼓掌慶賀聲中步出了法庭。

老婦人在椅子上忿忿不平，連連說道：「眞可怕，眞是太可怕了！給我找找別的故事吧，小寶貝。」

蓓爾特又搜尋了一下，在稍遠處，仍舊是在法庭案件的欄位，還有一則〈淒慘的悲劇〉，她開始讀了起來。

一位嚴守貞潔的少女突然投入一名年輕男子的懷抱，任自己失了身。她的這位愛人卻感情不專，見異思遷，生活入不敷出，少女為了報復，持手槍面朝著他開了四槍——兩顆子彈打進了胸膛，一顆打在肩膀，一顆在胯部。男子恐將終生殘廢。少女在群眾一片拍手叫好聲中獲判無罪。報紙還強烈譴責了那名騙徒勾引單純少女的惡行。

這次，老祖母按捺不住怒火，聲音顫抖地說：「你們現在這些人真是瘋了，一群瘋子。仁慈的上帝，把愛情，這生活裡唯一的誘惑賜給你們，讓人類在其中添加風流韻事，那是我們這個時代裡唯一令人愉悅的樂事。現在，你們卻在裡面加入了硫酸和手槍，簡直就像在一瓶西班牙葡萄酒裡放入泥漿！」

蓓爾特似乎不明白老祖母為什麼生氣。「可是，奶奶，這個女人是在替自己報仇。你想想，她已經結婚了，而她的丈夫卻欺騙她。」

老祖母的身體顫動了一下。「你們這些現在的女孩，腦子裡究竟被灌輸了什麼思想？」

蓓爾特回答：「但是，奶奶，婚姻是神聖的。」

老婦人氣得打哆嗦，因為她的內心還停留在風流韻事的大時代。

「愛情才是神聖的，」她說。「你聽著，小女孩，我是一個經歷過三個世代的老太婆，關於男女之間的事情看過太多、太多了。婚姻和愛情根本不能合爲一談。人們爲了建立家庭而結婚，建立家庭是爲了組成社會。社會不能沒有家庭而存在。如果社會是一條鍊子，每個家庭就是鍊子上的一個環節。

「爲了焊接這些環節，人們向來尋找同質的金屬。結婚時，必須備齊禮儀，合併財產，講求門當戶對，爲了財富和孩子這些共同的利益而工作。小女孩，人只能結一次婚，是因爲社會強制要求如此；可是，人的一生中可以有無數次愛情，因爲是大自然把我們打造成這樣的。你看，婚姻是一種法律，而愛情是一種本能，把我們一會兒推向左，一會兒推向右。人們制定了一些法律來克制我們的本能，這是必要的；但是，本能始終是最強大的，不應該抗拒它，因爲本能源自於上帝，而法律只不過是人類訂定的。

「如果我們不去用愛情、不盡量用愛情來點綴生活，就像不在給孩子吃的藥上面撒糖粉一樣，那麼，寶貝兒，誰也不會想要面對這樣的人生。」

蓓爾特表情驚恐，一雙大眼睛睜得大大的，喃喃地說：「哦！奶奶、奶奶，人，一生只能愛一次啊！」

老祖母把顫抖的雙手舉向空中，彷彿想再次召喚過去的風流倜儻之神。她憤慨地嚷道：「你們已經變成一幫粗俗平庸之輩了。

「自從大革命以來，世界已經讓人再也認不得了。你們到處使用偉大的字眼，相信人人平等，相信愛情天長地久，永不熄滅。一些人寫詩告訴你們，人可以為愛而死。在我的那個時代，人們寫詩是為了教我們去愛許多人。寶貝兒，當我們喜歡上一位紳士時，我們就派一名年輕的侍從去找他。當我們心思一轉，另結新歡時，就打發走前一任愛人，要不然，就把兩個人都留在身邊。」

少女臉色蒼白、結結巴巴地說：「那麼，女人沒有貞操了嗎？」

老祖母簡直要跳起來。「沒有貞操！就因為我們去愛，把愛說出來，甚至還引以為傲嗎？女孩兒，在我們那個時代的人當中，即便是法國最高尚的貴婦，可卻沒有情夫，那麼整個宮廷的人都會嘲笑她的。而你們，卻以為你們的丈夫一輩子只愛你們一個人？好像真的有可能似的。

「我告訴你，婚姻是社會存在必不可少的事，但是並不是我們族類的本性，你明白嗎？生活裡只有一件美好的東西，那就是愛情，而人們卻不讓你們享受它。現在他們對你說『只能愛一個男人』，這就好像要強迫我終生只吃火雞肉。而你愛的這個男人卻能擁有一年十二個月那般多的情婦！

「他順隨著自己風流多情的天性，這天性驅使他像隻蝴蝶般，飛向各式各樣的花朵，朝所有的女人奔去。這時候，我呢，竟帶著一瓶硫酸，出門到街上，弄瞎那些服從本能意向的可憐女孩！我不對男人報復，卻對女孩們報復。我造出了一個醜陋的怪物，我毀掉了仁慈上帝打造來讓人喜歡、愛人也被人愛的女子，把她變成了醜八怪！

「而你們現今這個社會，你們這些粗魯、庸俗，任人使喚的暴發戶居然對我鼓掌喝采，說我無罪。我告訴你，這實在可恥，你們不懂什麼是愛情。與其看到一個沒有風流韻事的世界和一群不知道如何去愛的女人，我倒不如死了還快活些。

「你們現在把任何事都看得太嚴肅；女孩們殺害情夫報仇的事，能使集結在一塊兒探查罪犯內心的十二個俗人[1]流下同情的淚水。這就是你們的智慧，你們的理性嗎？女人們朝移情別戀的男人開槍，卻又埋怨男人們不再對自己風流獻殷勤！」

年輕女孩用顫抖的雙手握住了老婦人皺巴巴的兩隻手：「奶奶，求求你，別再說了。」

少女噙著淚水，跪在地上，向上天祈求偉大的愛情，那種新式浪漫詩人們幻想中唯一的永恆愛情。而老祖母的全副心思，仍沉浸在風流哲人撒遍了十八世紀的那種迷人又健康的論述中，她親吻著少女的額頭，低聲說道：

「當心啊，可憐的小寶貝。如果你相信如此荒唐的事，將來會很不幸的。」

——〈往昔〉（Jadis），發表於一八八〇年九月十三日

1 十九世紀，法國實行參審制，設重罪法庭，有十二名參審員負責確認被告有無犯罪，再交由法官判刑。

歸來

短促單調的海浪，鞭子似地拍打著岸邊。一朵朵小白雲被疾風吹送著，像鳥兒般飛過蔚藍的廣闊天空。小山谷朝大海傾斜而下，村子就坐落在山坳的向陽處。

馬丹－勒維斯格家的房子單獨立在村莊入口的大路旁。這是一幢漁夫住的小屋，黏土牆，茅草屋頂，屋頂上長著幾簇藍色鳶尾花。門前有一塊方形菜圃，大小有如手帕，種著一些洋蔥、甘藍菜、洋芫荽和香葉芹。一道籬笆沿著路邊把菜圃圍起來。

男人出海捕魚，女人在屋前修補一張棕色大漁網的網眼，漁網鋪開掛在牆上，有如一面巨大蜘蛛網。菜園入口，有個十四歲少女坐在一張草墊椅子上，椅子向後倒，椅背靠著柵欄；少女正在縫補衣服，窮苦人家的衣服，那種縫了又破、破了又補的舊衣服。另外一個小女孩，比她小一歲，懷裡抱著一個既不會講話、也不會比手勢的小嬰兒，輕輕搖晃著。還有兩個分別是兩歲大和三歲大的小娃娃，面對面坐在地上，用笨拙的雙手扒泥土，然後你一把我一把地往彼此的臉上丟。

沒有人講話。只有女孩想哄入睡的那個小男嬰在不斷啼哭，哭聲尖細而微弱。一隻貓在窗臺上睡覺；幾株石竹香正盛開，漂亮的花朵彷彿爲牆腳鑲上了一道白色滾邊，一群蒼蠅在花叢上嗡嗡飛著。

在菜園入口縫衣服的少女忽然喊道：「媽！」

那母親回答：「什麼事？」

「他又來了。」

她們打從早上開始就提心吊膽的，因爲有個男人一直在房子周圍徘徊——那是個老男人，看起來窮困落魄。女孩們送父親上船去捕魚時，就瞧見了他。當時，他坐在門口對面的水溝上。她們從海邊回來後，又發現他在那兒，直望著房子。

他似乎生病了，樣子很淒慘。他在那裡待了一個多小時，一動也不動；後來，發覺人家把他當成壞人，便站起來，拖著腳步離開了。

可是過沒多久，她們又看見他步履緩慢，疲憊地走了回來。他仍舊坐下，不過，這回坐得稍微遠一點，像在窺視她們。

母親和女兒們都非常害怕。那做母親的尤其憂慮，因爲她生性膽小，況且她的男人勒維斯格要到天黑才會從海上回來。

她的丈夫姓「勒維斯格」；而她呢，大家則以「馬丹」這個姓氏稱呼她，並且合稱他們夫妻爲「馬丹—勒維斯格」。原因是，她在第一段婚姻裡，嫁給了一個姓「馬丹」的水手，每年夏天，水手都去紐芬蘭島捕撈鱈魚。

結婚兩年後，她爲馬丹生了一個小女孩。當那艘載著她丈夫的船，也就是迪耶普的三桅漁船「兩姊妹號」失蹤的時候，她還懷著六個月的身孕。

此後，再沒得到有關這艘船的任何消息，船上的水手也沒有任何一個人回來；大家因此認爲這艘漁船連人帶貨全都遇難了。

馬丹太太等了她丈夫十年，費盡千辛萬苦扶養她的兩個孩子；後來，當地一名喪了妻、有個小男孩、姓勒維斯格的漁夫，因著她的堅強善良而向她求婚。她嫁給了他，三年內又替他生了兩個孩子。

他們辛勤而艱苦地過著生活。麵包很貴，家裡幾乎看不到肉類。冬天，狂風大作的那幾個月，他們有時會在麵包店欠下帳款。然而，幾個小孩倒是長得很健康。人們都說：「馬丹－勒維斯格夫妻倆是心地好的老實人。馬丹太太吃苦耐勞，勒維斯格捕魚的本領無人能比。」

坐在柵欄邊的少女又說話了：「他好像認識我們。也許是從艾普維勒或歐傑博斯克[1]來的窮人。」

可是母親不會弄錯。「不、不，他不是地方上的人，鐵定不是！」

1 艾普維勒（Epreville）和歐傑博斯克（Auzebosc）皆為法國西北部諾曼第區的市鎮。

看這個人像根木樁似的一動也不動，兩眼固執地盯著馬丹—勒維斯格的房子看，馬丹太太發怒了，恐懼使她變得勇敢，她抓起一把鏟子，走到大門外。

「您在那裡幹什麼？」她對流浪漢大喊。

對方用沙啞的聲音回答：「我在乘涼。怎麼！礙著您了嗎？」

她接著又問：「您爲什麼在我家前面鬼鬼祟祟，看來看去的？」

男人回嗆道：「我又沒有傷到誰。在大路上坐坐，不准嗎？」

她找不出什麼話回答，只好回了自己家。

那一天，時間過得很慢。將近中午，男人走了。但是，快要五點的時候，他又從門前經過。晚上並沒有再看見他。

天黑，勒維斯格回到家。屋裡的人把事情告訴他。

他推斷：「這要不是一個好管閒事的人，就是一個愛惡作劇的人。」

他上床睡覺，絲毫不擔心，可是他的女伴卻一直想著那個流浪漢，他看自己的眼神實在怪異。

天亮了，颳著大風，漁夫眼見無法出海，便幫忙他的妻子捕魚網。

將近九點時，那個外出買麵包、馬丹是其生父的大女兒，跑進了家門，神色驚慌地大喊：

「媽，他又來了！」

母親一陣緊張，臉色發白，對她的男人說：「勒維斯格，你去跟他說，叫他不要這樣窺視我們，因爲，我，這實在讓我心神不寧。」

勒維斯格是一名身材高大的漁夫，紅褐色面孔，蓄著濃密的紅鬍子，藍眼睛，黑瞳孔，粗壯的脖子上總是圍著一塊呢絨以抵擋海上的風雨。他心平氣和地走出了門，走近那個流浪漢。

他們開始交談。

母親和孩子們遠遠地望著他們，憂心忡忡，還微微地發抖。突然，那個陌生人站起身，和勒維斯格一塊兒朝屋子走了過來。

馬丹太太恐慌得直往後退。她的男人對她說：「給他一點麵包和一杯蘋果酒。他已經兩天沒吃東西了。」

他們兩人走進屋裡，女人和孩子們跟在後面。流浪漢坐下，在眾人目光注視下，低著頭，吃了起來。

那母親站著仔細打量他；和馬丹在那段婚姻中生下的兩個大女孩，則背倚著門板，其中一個還抱著最小的孩子，兩人都以貪婪的眼光目不轉睛地看著他；兩個坐在壁爐炭灰裡的小男孩，早已停止玩弄那口黑鍋，似乎也在盯著這個陌生人。

勒維斯格拉來一張椅子坐下，問他：「這麼說，您是從很遠的地方來的？」

「我從塞特[2]來的。」

「就這樣走路來的嗎？」

「是走路來的。沒有錢，只能這樣。」

「您打算到哪裡去？」

「我就到這裡。」

「您在這裡有認識的人嗎？」

「可能有。」

他們沉默了。

他雖然餓，卻吃得很慢，每吃一口麵包，就喝一口蘋果酒。

他的臉很憔悴，布滿皺紋，乾癟消瘦，似乎吃過很多苦。

勒維斯格突然問他：「您叫什麼名字？」

他頭也沒抬，回答：「我姓馬丹。」

一股異樣的感覺讓那母親打了一個寒顫。她往前一步，彷彿想湊近些，仔細看看這個流浪漢。

她雙臂下垂，張著嘴，立在他面前。沒有人說話。

最後，勒維斯格又問：「您是本地人嗎？」

他回答：「我是本地人。」

他終於抬起頭，女人的目光和他的目光相遇，彷彿相互勾住似的，交融在一起，久久沒有分開。

她忽然開口，聲音變得低而顫抖：「是你嗎，我的男人？」

他一字一字慢慢地說：「對——是——我。」

他一動也不動，繼續嚼他的麵包。勒維斯格很激動，但更覺得驚訝，結結巴巴地說：「是你，馬丹？」

對方簡單地回答：「沒錯，是我。」

第二個丈夫問：「你是從哪裡回來的？」

第一個丈夫講述道：「從非洲海岸回來的。我們的船觸礁沉了。皮卡、瓦堤奈和我，三個人活了下來。後來，我們被野蠻人捉住，扣留了十二年。皮卡和瓦堤奈都死了。有個英國人經過那裡，把我救出來，帶我到塞特。我就這麼回來了。」

馬丹太太把臉蒙在圍裙裡，哭了起來。

勒維斯格說：「現在，我們該怎麼辦？」

馬丹問：「你是她的男人嗎？」

---

2 塞特（Cette），法國東南部的港口城市，瀕臨地中海。

勒維斯格說：「對，我是她的男人！」

他們相互對望，沒有說話。

這時，馬丹端詳著圍在他身邊的幾個孩子，朝兩個女孩點了點頭。「這兩個是我的嗎？」

勒維斯格說：「是你的。」

他沒有起身，也沒有擁抱她們，只說了一句：「老天，長這麼高了！」

勒維斯格又問了一遍：「我們該怎麼辦？」

馬丹陷入爲難，也不知道該怎麼辦才好，最後，他下定決心，說：「我呢，會照你的意思做。我不想爲難你。麻煩的倒是房子的事。我有三個孩子，你有兩個，誰的孩子就歸誰。孩子們的母親，是歸你，還是歸我？你想怎麼做，我都同意。不過，房子是我的，因爲它是我父親留給我的，我出生在這個房子裡，證件權狀也還存放在公證人那裡。」

馬丹太太始終以藍布圍裙蒙住臉，低聲啜泣。

兩個大女兒早已靠了過來，不安地看著她們的父親。

他已經吃完了，輪到他反過來問：「我們該怎麼辦？」

勒維斯格有了一個主意：「應該去找神父，他會做出決定。」

馬丹站起來，朝他妻子走去。她突然投入他的懷裡，嗚咽著說：「我的男人！你回來了！馬丹，我可憐的馬丹，你回來了！」

她緊緊摟著他，往事閃過她的腦海，回憶如潮水霎時撼動了她的心，她想起二十多歲時的青春時光和那些最初的擁抱。

馬丹自己也爲之激動，他親吻著她的帽子。兩個在壁爐裡玩的小孩聽見母親哭泣，也都一起叫嚷起來。馬丹夫婦二女兒懷裡的那個最小的孩子，也像支走音的短笛一樣，尖聲地大喊大叫。

勒維斯格站在一旁等著。

「我們走吧，」他說，「得把事情安排好。」

馬丹放開他的妻子，望著兩個女兒。這時，母親對她們說：「至少親吻一下你們的爸爸。」她們同時走上前，眼睛裡沒有淚水，驚訝中還帶著一點害怕。他用鄉下人的方式，先後在她們兩人的雙頰上輕輕吻了一下。小嬰兒看見這個陌生人靠近，放聲尖叫，他哭喊得厲害極了，差點兒就要昏厥過去。

之後，兩個男人一同走出了門。

他們路經一家小咖啡館時，勒維斯格問：「我們去喝一杯，怎麼樣？」

「我不反對。」馬丹說。

他們走了進去，在還沒有顧客的咖啡館裡坐下。

勒維斯格喊道：「嗨，奇科。兩杯燒酒，要好的，馬丹他回來了。我女人的那個馬丹，你知道的，就是失蹤的『兩姊妹號』上的馬丹。」

小餐館的老闆挺著個大肚，面色紅潤，渾身肥油，他一手拿著三只杯子，另一手握著裝了酒的長頸瓶，走過來，表情平靜地問：「嘿！馬丹，你回來啦？」

馬丹回答：「我回來了。」

——〈歸來〉（Le retour），發表於一八八四年七月廿八日

港口

一

三桅帆船「御風聖母號」於一八八二年五月三日駛離勒哈弗爾[1]，前往中國海域，歷經四年輾轉航行，在一八八六年八月八日回到馬賽港。它在行經中國港口時卸下了第一批貨物，隨即在當地接載新船貨，遠赴布宜諾斯艾利斯，從那裡又載運了商品到巴西。

之後其他幾段航程中，船隻還遭到了海損，數度維修，繼而是好幾個月的無風期，接著又有多起狂風把船吹出了航線外，總之，種種的突發狀況、意外遭遇和驚險事故，使得這艘諾曼第的三桅帆船長期遠離祖國，直到今天才載著滿艙裝有美洲罐頭食品的馬口鐵盒返回馬賽。

啓航時，船上除了船長和大副之外，有十四名水手，八個是諾曼第人，六個是布列塔尼人。回來時，只剩下五個布列塔尼人和四名諾曼第人。有一個布列塔尼人在途中死了；四名諾曼第人在不同的情況下失蹤，由兩個美國人、一名黑人和一個挪威人接替了他們的職務，那挪威人甚且是某天

1 勒哈弗爾（Le Havre），法國西北部諾曼第大區北邊的大港。位於塞納河河口，臨英吉利海峽，是西歐大陸與英國、美洲往來的重要樞紐。

晚上在新加坡的小酒館裡好說歹說招募來的。

這艘大船，船帆已全數捲起，橫桁成十字形懸吊在桅杆上，正由一條噗噗噴氣的馬賽拖船拖曳著前進。風突如其來地止息，水面上的波浪緩緩平靜下來，船隻行駛在餘波上，先是經過伊夫島的城堡，接著，從一整片灰色岩石下穿過，駛向夕陽中籠罩著一層金黃色霧氣的停泊場，進入了舊港口。來自世界各地的船隻在那裡船舷挨著船舷，沿著碼頭擠在一起。這些船混雜停靠，有大有小，形態各異，各類纜索裝備應有盡有，浸在這個過於狹小的港灣裡，就像一盆把船舶當作食材的雜燴魚湯——腐臭的汙水充斥港灣，船身在其中相互碰觸、摩擦，彷彿泡在「魚湯」裡。

「御風聖母號」在一艘義大利橫桅帆船和一艘英國縱桅帆船之間碇泊，這兩艘船挪出了中間空位好讓他們的夥伴停進來。待所有海關和入港的手續辦妥後，船長便允許了三分之二的船員上岸度過一晚。

夜晚已經來臨。馬賽燈火通明。在這炎熱的夏日傍晚，城市中充滿人聲、車輪隆隆聲、車門撞擊聲和南方歡愉的氣氛，喧囂之上還飄浮著一股帶有大蒜味的烹調香氣。

這十位在大海上顛簸了許久的男人，一感覺自己踏上港口的土地，就開始慢慢地往前走。他們置身在陌生的環境裡，早已不習慣城市的步調，因此，模樣都有些遲疑，兩兩一起，排成行列。

他們搖搖擺擺走著，不時辨識方向，憑直覺探索著通到港口的那些小巷弄。一群人顯得十分興奮，身體裡的性渴望，早已隨著海上航行的最後兩個多月日益高漲。幾個諾曼第人走在前面，帶頭的是謝勒斯丹・杜克羅，一個高大、強壯、機伶的小夥子，每次上岸都由他來當其他人的領隊。他總能猜得出哪裡是好地方，能別出心裁地替大夥尋找樂子，而且不太貿然加入港口裡水手之間經常發生的鬥毆。不過，一旦被牽扯進去了，他卻是誰也不怕的。

昏暗的街道像一條條朝大海方向順勢而下的汙水溝，裡頭湧出濃濁的臭味，一種貧民窟的氣味。謝勒斯丹猶豫了一下，選定一條像走廊般蜿蜒曲折的巷子。不少屋門上方都有一盞突出而閃爍的燈，半透明的彩色玻璃燈罩上標示著斗大的數字。門口狹窄的拱簷下，一群繫著圍裙貌似僕傭的女人，坐在麥桿墊椅子上，看見船員們走過來，紛紛起身，三兩步走到街道中央的水溝旁，攔住這夥人的隊伍。這些男人這時正一面哼歌、訕笑，一面慢慢往前走，娼妓們的牢房近在眼前，他們早已個個慾火焚心。

前廳盡頭，貼上棕黑牛皮隔音的第二扇門突然打了開來，出現一個沒穿外衣的胖妓女，粗壯的大腿和肥碩的小腿肚，包裹在劣質的白棉布緊身內衣下，輪廓一覽無遺。她的裙子很短，看起來像鼓起的腰帶。胸脯、肩膀和手臂的肌肉鬆垮垮的，在鑲金線的黑絲絨短上衣上方，形成一大片粉紅斑塊。她遠遠招呼著：「帥哥兒們，要不要進來坐坐呀？」她還親自走了出來，糾纏其中一人，使盡力氣把人往她的門口拉，像隻蜘蛛拖著一隻身體比牠還大的昆蟲似的，攀附在對方身上。那個男人被這種接觸激得情緒翻騰，軟弱無力地抗拒著。其他人停下來觀望，躊躇著是否要立刻進去，還是再拉長一下這撩撥情慾的漫步。後來，女人經過一番死纏爛打，終於把那名水手拉到住屋門口，整幫人眼看著就要跟隨他墮入陷阱，這時候，對妓院相當熟悉的謝勒斯丹・杜克羅忽然高喊一聲：

「別進去，馬爾尙，這還不是地方。」

男人於是服從了這聲音下達的指令，猛力甩身，掙脫開來。一群朋友又重新形成隊伍往前走，後方則不斷傳來那名惱怒妓女不堪入耳的謾罵聲。在他們前方，整條巷子上的其他女人聽見了吵鬧響聲，紛紛從屋子裡走出來，用嘶啞的嗓音呼喚他們，給出各種各樣包君滿意的承諾。街道上坡的那一端，情愛守門人們爭相宣布誘惑諂媚的甜言蜜語，街道下坡的這一端，受到輕忽的妓女們無不用穢言詛咒，以發洩內心的失望，船員們夾在兩者之間，越走越亢奮。一行人不時還會遇到其他的隊伍，有走起路來身上佩劍碰擊著大腿的士兵，也有一些是水手，幾個落單的市民，還有商店職員。到處都能發現，滿布著那種色彩朦朧標誌燈的狹窄街道。他們就在這片迷宮似的貧民窟裡，在滲出臭水的油膩石板路上，在充斥女人肉體的房屋之間持續走著。

最後，杜克羅有了決定。他在一棟門面相當漂亮的房子前停下來，讓大夥兒都進去。

二

當晚玩得非常盡興！在四小時裡，十個水手飽嘗了情愛和酒。六個月的工資全數花光。

他們被安排在咖啡館大廳的上賓主座，用不懷好意的眼光看著那些坐在角落小桌子邊的普通常客。幾個空閒的妓女中，只有一位打扮得像個胖娃娃，或像夜總會咖啡館裡的歌手，在那兒跑來跑去伺候茶水，然後在他們身旁坐下。

每個男人一進門就挑選一名女伴，而且整個晚上都把人留在身邊，畢竟一般人並不喜歡經常變換伴侶。他們把三張桌子併攏起來，喝完滿滿第一杯酒之後，原本的雙人行列拆散成一行，每個水手選中的女人加了進來，在樓梯間重新排列好。每對男女四隻腳，踩踏在木質階梯上，砰砰作響了許久，長長的情愛隊伍就這樣湧進那扇通往各個房間的窄門裡。

隨後，一群人又下樓喝酒，然後再度上樓，然後又下樓。

現在，他們幾乎都喝醉了，興高采烈地大聲說著話。個個雙眼通紅，把喜愛的女人抱在膝上，有的叫嚷，有的唱歌，用拳頭敲桌子，拿葡萄酒往喉嚨直灌，盡情宣洩人類粗野的本性。謝勒斯丹·杜克羅則在夥伴們當中，緊摟著一名臉頰泛紅的高挑風塵女郎，正熱情如火地看著她。他沒有其他人那麼醉，並非喝得少，而是內心還另有想法，性情比較溫潤的他，想和人聊一聊。他的腦子這時有點不勝酒力，有些念頭忘了，又想起來，又飄失，無法準確記得原本想說的話。

他笑著，重複又重複：「這麼說，這麼說……你在這裡很久嘍。」

「六個月。」女子回答。

他似乎為她感到高興，彷彿這是一種品行良好的證明，又接著說：「你喜歡這樣的生活嗎？」

她遲疑了一下，語帶無奈地說：「習慣了。這不見得比其他的事討厭。當女僕也好，當妓女也好，反正都是骯髒的職業。」

這倒是實情，他再次露出贊同的表情。

「你不是本地人吧？」他說。

她沒有回答，以頭部來表示「不」。

「從很遠的地方來的嗎？」

她用同樣的方式表達了「是」。

「從哪裡來的？」

她似乎在搜尋、拼湊著回憶，然後喃喃地說：「佩皮尼昂。」

他再一次顯出非常滿意的模樣，說：「哦，這樣啊！」

輪到她問話了：「你呢，你是船員嗎？」

「是呀，我的美人兒。」

「你從很遠的地方來的嗎？」

「喔，對呀，我看過很多國家、很多港口，什麼都見過。」

「你已經繞世界一圈了……或許是這樣，對嗎？」

「你說得沒錯，不只一圈，已經繞了兩圈。」

她再度顯得猶豫，像是在腦海中尋找一件已經遺忘了的事，然後，用一種稍微不同、比較嚴肅的語調，問：「你這一路上遇到過很多船嗎？」

「你說對了，我的美人兒。」

「你是不是碰巧遇見過『御風聖母號』呢？」

他略帶嘲諷地笑了笑：「那不過是上個星期的事。」

她的臉色霎時發白，所有血液都離開了雙頰，她問：「眞的，是眞的嗎？」

「眞的，就像我正跟你說話一樣。」

「你該不會在說謊吧？」

他舉起一隻手，說：「我在天主面前起誓！」

「那麼，你可知道謝勒斯丹・杜克羅是不是還一直在船上？」

他感到吃驚、不安，但在回答之前，想多了解一點情況。「你認識他？」

換她變得多疑了。「喔，不是我，是另外一個女人認識他。」

「是這裡的一個女人嗎？」

「不是，是附近的。」

「在這條街上嗎？」

「不是，在另一條街上。」

「什麼樣的女人？」

「還不就是一個女人，一個像我一樣的女人。」

「這個女人，找他做什麼？」

「我怎麼知道？可能是同鄉吧。」

他們直視著對方，相互觀察，感覺到、猜測到彼此之間即將發生某種嚴重的事情。

他繼續說：「我能見一見這個女人嗎？」

「你要對她說什麼？」

「我就告訴她……就告訴她……我看見謝勒斯丹・杜克羅了。」

「起碼，他的身體還好吧？」

「和你我差不多，是個健壯的小夥子！」

她又沉默不語，像是在努力集中思緒，接著才慢慢地說：「那，『御風聖母號』要去哪兒？」

「它就在馬賽。」

她抑遏不住驚訝，身子陡地直挺起來。「眞的？」

「眞的！」

「你認識杜克羅？」

「對呀，我認識他。」

她又躊躇了一下，然後輕輕地說：「好。那就好。」

「你找他做什麼？」

「聽著，你告訴他……不，什麼也別說。」

他始終望著她，內心越來越不自在。終於，他想問個清楚了。「你認識他嗎……你？」

「不認識。」她說。

「那麼，你找他有什麼事？」

她突然下定決心，站了起來，跑到老闆娘坐鎮的櫃臺，拿起一顆檸檬，剝開，讓檸檬汁流入一個玻璃杯裡，然後又在杯子裡加滿清水，端回來：「把這個喝了！」

「爲什麼？」

「給你醒酒，然後我再告訴你。」

他順從地喝下，用手背揩揩嘴唇，接著說：「好了，我聽你說。」

「你先答應我，別告訴他，你見過我；也別告訴他，你從誰那裡知道了我要對你說的事。得發誓。」

他表情奸詐地舉起了手。「這點，我發誓。」

「向天主保證？」

「向天主保證。」

「好，你告訴他，他的父親死了，他的母親死了，他的哥哥也死了，三個人都是在一個月裡死的，都是因爲得了傷寒，一八八三年一月的事，已經三年半了。」

這時輪到他只覺全身的血液在體內翻騰。他非常震驚，停了好一會兒答不出一句話來；然後，他十分懷疑，又問：「你確定？」

「我確定。」

「誰告訴你的？」

「我發誓。」

她雙手按在他的肩膀上，盯著他：「你發誓不亂說。」

「我是他妹妹！」

他不由自主說出了這個名字：「馮索娃茲？」

她再度定睛仔細端詳他，接著，一股瘋狂的恐懼、一股深沉的顫慄讓她無法自已，她用很低很低的聲音，幾乎是把話含在嘴裡一般，喃喃地說：「噢！噢！是你嗎，謝勒斯丹？」

他們一動也不動，四目相對，你看我，我看你。

在他們周遭，夥伴們依然在吼叫狂歡著——酒杯碰撞聲，拳頭敲擊聲，鞋跟踏步聲與疊唱的節拍相應和，喧鬧的歌聲裡夾雜著女人的尖叫聲。

他感覺得到她坐在自己的腿上，緊緊摟著他，暖熱的身體驚惶失措，那是他的妹妹。他怕有人聽見，把聲音壓得很低，低到幾乎連她也聽不見：「該死！看我做了什麼好事！」

她眼裡頓時充滿淚水，結結巴巴地說：「這難道是我的錯？」

不過，他突然問：「這麼說，他們都死了！」

「都死了。」

「爸爸、媽媽和哥哥？」

「就像我剛才跟你說的，三個人在一個月裡都死了。剩下我一個人，除了幾件破舊衣服以外，什麼也沒有了，因爲我在藥師、醫生和埋葬處那兒欠下了錢，我把家具全都拿去支付了。」

「在這種情況下，我只好到卡舍老闆家裡當傭人，你知道的，就是那個瘸子。我那時剛滿十五歲，你離開的時候，我還不到十四歲。我跟他犯下了一樁錯事，我失了身。人在年紀小的時候，就是那麼蠢。後來，我又去公證人那裡做女僕，他也一樣，誘拐我墮落，還把我帶到勒哈弗爾的一個房間裡。不久，他就沒有再回來了；我接連三天沒吃東西，之後也找不到工作，就像其他許多女人一樣進了妓院。我，也見過不少地方，唉，一些骯髒的地方。盧昂、埃夫勒、里爾、波爾多、佩皮尼昂、尼斯，還有馬賽，我現在待的地方。」

淚水和鼻涕從她的眼睛和鼻子湧出來，弄溼了她的臉頰，流進她的嘴裡。她接著說：「我本來以爲，你也死了！我可憐的謝勒斯丹。」

他說：「我一點也沒有認出你來，當時你還那麼小，現在長得這麼大了！可是你，你怎麼也沒有認出是我呢？」

她做了一個絕望的手勢：「我看過的男人太多了，在我眼裡，所有男人全都一樣啊！」

他始終目不轉睛地看著她，一陣強烈的羞愧感讓他想一如挨打的小孩那樣放聲哭喊。女孩跨坐在他的腿上，他依然抱著她，雙手張開，托著她的背。現在，他注視著她好一會兒了，終於認出了她來——是小妹。在他遠航於各大洋的時候，把她和父母兄長留在了家鄉，是她眼見著親人們相繼死去。於是，他突然用他那雙水手的大掌捧住這張再度重逢的臉，像親吻手足兄妹一樣，吻了起來。接著，一陣陣長如海浪的男人式嗚咽，像醉酒打著嗝般湧上了他的喉間。

他結結巴巴地說：「見到你了，又見到你了，馮索娃茲，我的小馮索娃茲。」

之後，他突然站起來，開始用震耳的聲音咒罵，還一邊往桌上重重捶了一拳，幾個玻璃杯全都翻落摔碎。接著，他踉踉蹌蹌走了三步，伸長雙臂，仆倒在地。他在地板上滾來滾去，一邊叫喊，一邊用四肢拍打著地面，發出如臨終喘氣般的呻吟。

夥伴們看見他那副樣子，全都哈哈大笑。

「他醉得可真厲害。」其中一個人說。

「得讓他去睡一覺，」另一個說，「他要是出去，準會被送進大牢裡。」

他口袋裡還有些錢，老闆娘便提供了一張床。幾個連自己都站不穩的夥伴把他抬起來，穿過狹窄的樓梯，送他到剛剛接待他的那個女人房間裡。女人坐在那張罪惡床鋪床腳的椅子上，和他一樣不停地哭著，直到第二天早晨。

——〈港口〉（Le port），發表於一八八九年三月十五日

老人

秋日溫煦的陽光掠過水溝邊高高的山毛櫸，照射在農莊的院子裡。草地被牛群啃平了，青草下方的泥土浸泡在剛降下的雨水中，溼濡濡的，腳一踩就陷下去，還發出噗滋噗滋的水聲。蘋果樹上果實纍纍，幾顆掉下來的淺綠色蘋果，散落在深綠色的草叢間。

四頭小母牛拴成一排，正在吃草，時而朝農舍哞叫。牛棚前面，一群家禽又是扒抓，又是翻撿，咕噠咕噠叫著，在糞肥堆上形成活潑移動的色彩。還有兩隻公雞啼個不停，爲母雞尋覓蟲子，然後咯咯尖叫，呼喚牠們過來。

木柵欄門打開了，一個男人走進來。他的年紀約莫四十歲，看起來卻有六十歲那麼老，滿臉皺紋，彎腰駝背，穿著一雙塞滿麥桿的沉重木鞋，受鞋子重量拖累，走起路來步伐又大又緩慢。兩條過長的手臂垂在身體兩側。當他走近農莊時，一隻拴在大梨樹下的小黃狗，站在一只充當狗窩的桶子旁搖著尾巴，接著開始汪汪叫，表示高興。男人喊了一聲：「別吵，菲諾！」

小狗不叫了。

這時，從屋裡走出來一個農婦。婦人身穿緊身羊毛短上衣，突顯了她那瘦削、寬闊、扁平的體型。一件長度太短的灰裙子只蓋到半條腿，露出了藍色長襪。她也穿著一雙塞滿麥桿的木鞋。一頂白色軟帽已經發黃，覆蓋著緊貼在她頭顱上的幾撮稀疏頭髮。那張棕黑色的臉，枯瘦、醜陋，牙齒已大半脫落，流露出鄉下人臉上常有的那種野蠻又粗魯的神情。

男人問：「他怎麼樣？」

女人回答：「神父先生說，已經到最後了，他過不了今天晚上。」

他們倆都走進了屋子裡。

他們穿過廚房，進入低矮的臥室，裡頭相當陰暗，僅有一扇玻璃窗可以透進光線，窗前還垂掛著一塊破舊的諾曼第花棉布。幾根粗大的天花板橫梁，從房間的這一頭貫穿到另一頭，因爲時日久了而顏色變深，黑烏烏的，沾滿了煙灰，梁木支撐著單薄的閣樓地板，閣樓裡日夜有成群的老鼠奔竄。

室內的泥土地面潮溼，凹凸不平，給人油膩膩的感覺。臥房深處放著一張床，看上去像一團似白非白的斑點。這張灰暗的床上傳來一陣規律的嘶啞聲，一種艱難喘著氣的吁吁作響呼吸聲，夾雜著有如故障幫浦發出的咕嚕咕嚕水泡聲，那裡正躺著一個奄奄一息的老人，那個鄉下女人的父親。

男人和女人走近床邊，帶著冷淡、無奈的眼光望了望垂死的人。

女婿說：「這一次，是要完了。看來，他連今天晚上都過不去了。」

農婦接著說：「打中午開始，他就這麼咕嚕咕嚕的。」

然後他們都沉默不語。老父親閉著眼睛，臉色土灰，整個人枯槁得就像一塊木頭。他的嘴巴微微張開，好讓拍拍作響的艱難喘息通過；他每呼吸一口氣，胸口處的灰布被單就起伏一次。

靜默了好一陣子之後，女婿說道：「只能眼看他死掉了，我啥辦法也沒有。不過，倒是耽誤了田裡那些油菜，天氣這麼好，明天該要移苗了。」

想起這件事，他的妻子似乎也感到擔憂。她思索半晌，才開口：「他就是死了，也不會在星期六之前下葬；你明天照樣可以去處理那些油菜。」

農夫考慮了一下，說：「沒錯。不過，我明天還得去請幾個客人來送葬。從特魯維勒到馬納托，每戶都去，也要花五六個小時。」

妻子細想了兩三分鐘後，說道：「現在還不到三點，你可以今晚就去通知客人，先跑完特魯維勒這邊。你可以說，他已經過世了，反正看樣子他連今晚也拖不了。」

男人有點不知所措，遲疑了片刻，衡量這麼做的後果和好處後，終於表示：「只能這樣了，我這就去。」

要出門之際，他又走回來，猶豫了一下之後，說：「你現在反正沒事，不如去搖幾顆蘋果下來，烤四打蘋果球，好給來送葬的客人吃，總得讓他們補充一下體力。那捆細樹枝，放在壓榨機的棚子下，是乾柴。你就拿它來燒爐火。」

說完，他走出臥室，來到廚房，打開碗櫥，取出一塊六斤重的麵包，仔細切下一片，將掉在擱板上的麵包碎屑集在掌心中，倒進嘴裡，免得有半點浪費。然後，他用刀尖從一個褐色土罐子裡挑起一點奶油，塗抹在麵包片上，慢慢吃了起來，他做什麼事都慢吞吞的。

男人再次穿過院子，小狗又高興地吠叫起來，他安撫小狗，來到院子外，沿著水溝邊的道路，朝特魯維勒的方向遠去了。

妻子獨自一人留下，開始工作了起來。她打開裝麵粉的大木箱，準備蘋果球的麵皮。她揉捏了麵團好久，翻過來再翻過去，又搓，又壓，又碾。接著她將麵團做成一個黃白色的大球，擺在飯桌的角落。

這時，她去摘蘋果。因爲怕用長竿子會打傷蘋果樹，於是搬來小板凳爬到樹上用手摘。她細心挑選果實，只取最成熟的，把摘下來的蘋果兜在圍裙裡。

路上有一個聲音叫她：「喂，希科太太！」

她轉過頭。一個鄰居，是當地村長歐席姆先生，正要到田裡施肥，懸垂著雙腿，坐在運肥料的兩輪車上。

她轉身，回答：「有什麼要替您服務的呀，歐席姆先生？」

「老爹現在怎麼樣了？」

她大聲說：「差不多要過去了。星期六，七點下葬，眼下還是油菜田要緊。」

鄰居回答：「說定了。祝你順利，保重身體。」

她回禮道：「謝謝，您也一樣。」

然後，又繼續摘蘋果。

她一進到屋裡，便立刻去看父親，心想他已經死了。可是才到臥室門口，就聽見他那嘈雜單調的嘶喘聲，她判斷不用浪費時間走近床邊查看，便開始準備起蘋果球。

她把蘋果一個個包在薄薄的麵皮裡，接著將它們整齊排在桌子邊緣。做完了四十八顆蘋果球，就以一打為單位前後排列。這時候，她想起該準備晚飯了，便把鍋子吊掛在火上，打算煮馬鈴薯。她已經考慮好了，今天用不著點燃爐灶，反正明天還有一整天的時間來完成烤蘋果的前置工作。

將近五點時，她的男人返家了。他腳才剛跨進門檻，就問：「他完了嗎？」

她回答：「根本沒有，還一直呼嚕呼嚕喘。」

他們走過去看。老人的情況和先前完全相同。他那沙啞的喘息聲就像時鐘的運轉一樣規律，沒有加快，也沒有放慢。聲音一秒鐘反覆一次，隨著空氣進出胸腔的流量大小，音調稍有變化。

女婿看了看，說：「他會像蠟燭一樣，你不去想，就自然熄滅了。」

他們回到廚房裡，沒有說話，開始吃晚飯。大口喝完湯，還吃了一片塗奶油的麵包，然後，洗過盤子，隨後又走回臨終老人的房間。

女人手裡端著燭芯冒煙的小油燈，在她父親的臉上來來回回照了又照。若不是還有呼吸起伏，人們肯定會認爲他已經死了。

兩個鄉下人的床隱蔽在臥室的另一頭，一個凹進去的地方。他們默不吭聲地躺下，熄燈，閉上眼睛，不久便傳來兩種強弱不等的打鼾聲，一個較深沉，一個較尖細，伴隨著垂死者不間斷的嘶啞喘氣聲。

老鼠在閣樓裡東奔西跑。

天色初露微光，丈夫就醒了。他的岳父依然活著。老人能撐這麼久，讓他感到不安，他把妻子搖醒：「喂，菲米，他一點都沒有想死的意思。怎麼辦？」

他知道她總是會有好點子。

她回答：「他鐵定拖不過今天白天，不用擔心。不管怎樣，還是在明天把他下葬，村長不會反對的。何納爾先生的父親過世時，正巧要播種，就是這麼辦的。」

這道理很明顯，他沒有理由不相信，於是便出門到田裡去了。

他太太把蘋果球放進爐子裡烤，接著又打理完農莊上的一切大小事。

到了中午，老人並沒有死。雇來移植油菜苗的短期工，成群過來探望這位遲遲不走的長者。他們各自說了一些感傷的話，之後，又回去下田。

六點，收工回到家，老父親還有氣息。他的女婿終於恐慌了：「已經到了這個時辰了，菲米，你看，該怎麼辦？」

她也想不出解決的辦法。他們去找村長。他答應會裝作沒事，允許第二天下葬。他們又去拜訪醫務官，對方也承諾會幫忙希科先生，把死亡證明書上的日期提早一天。夫妻兩人這才放心地回家。

他們像前一天一樣，上床，而且很快就睡著了，兩人響亮的打呼聲和老人微弱的喘息聲交相應和著。

當他們醒來的時候，老人依然沒死。

夫妻倆簡直嚇呆了，完全無計可施。他們站著，停留在老父親的床邊，懷疑地打量著他，彷彿他想對他們耍詭計，故意欺騙他們，存心和他們作對似的。他們尤其埋怨老人耽誤了他們的時間。

女婿問：「這下子要怎麼辦？」

她完全沒了主意，只能回答：「實在惱人！」

客人們即將依約抵達，現在不可能再一一通知了。他們決定等客人到達後，向他們解釋情況。

在將近六點五十分時，第一批客人出現了。女士們身穿黑衣，頭上罩著一大片面紗，面容哀戚地走過來。男士們穿著呢絨外套，顯得有點不自在，但步伐比較沉穩，兩兩同行，邊走邊閒聊。

希科先生和他的太太十分慌張，一臉抱歉地走上前迎接。兩人在開口對第一批客人說話的時候，突然不約而同地哭了起來。他們解釋這個意外情況，描述他們的處境如何爲難，搬來了椅子請客人坐，手忙腳亂，頻頻道歉，極力想證明任何人遇到這種情況，也會和他們的做法一樣，他們講個沒完沒了，突然間變得非常多話，讓人根本無從插嘴。

他們跟這位說完，又跟另一位說：「我怎麼也想不到，他竟然拖這麼久，眞叫人難以相信！」

客人們非常吃驚，還有點失望，彷彿錯過了等待多時的典禮，都不知道怎麼辦才好地或站或坐待在原地。

有幾個人準備離開，希科先生挽留著他們：「不管怎樣，簡單吃點東西吧。我們做了一些烤蘋果球，放著挺可惜的。」

聽說有蘋果球可吃，眾人的臉上現出了光彩。大家又低聲交談起來。院子裡逐漸擠滿人。先來的人把消息告訴後到的。人們交頭接耳的，一想到有蘋果球可吃，每個人都喜孜孜的。

女人們進屋裡，探看命危的老人。她們來到床邊，在胸前劃十字，含含糊糊地唸了一段經文，就又走出來。男人們對這樣的場景比較不熱中，只從打開的窗戶往裡面看了一眼。

希科太太在一旁解說瀕死之人的情形：「他這個樣子已經兩天了，喘息沒有變大變小，聲音也沒有變高變低。你們說，像不像一個沒了水的幫浦？」

等所有人都看過臨終者之後，大家就想起了點心。可是人太多，廚房裡擠不下，便把餐桌移到房門的前面。四打蘋果球烤得金黃，放在兩個大盤子裡，吸引著眾人的目光，令人垂涎欲滴。每個人都伸長了手臂拿自己的那一份，深怕數量不夠分。可是，最後還剩下四顆。

希科先生，嘴裡塞滿了食物，說：「老爹要是看得見我們，可要難受了。他活著的時候，就愛吃這個。」

一個生性開朗的鄉下人說道：「這會兒，他可沒法子吃了。每個人都有輪到的一天哪。」這番看法非但沒有讓賓客們傷感，似乎反倒讓他們心情愉快。現在，是輪到他們吃蘋果球的時候了。

希科太太十分懊惱花了這筆開銷，卻還是不停地到儲藏室去取蘋果酒。酒一壺又一壺拿來，一壺接一壺喝光。現在，大家說說笑笑，大聲交談，就像在平常的飯局裡一樣喧嚷著。

突然，有個鄉下老婦人出現在窗口，她因爲害怕這種事情不久後也會發生在自己身上，便留在垂死者身邊，沒有和眾人一起吃烤蘋果。此時，她聲音尖銳地高喊：「斷氣了！斷氣了！」

在場所有的人都安靜了下來。

婦女們急忙起身去看。

他確實死了。已經不再喘了。

男人們你看我我看你，低下頭，一副尷尬的模樣，大家嘴裡的蘋果球都還沒嚼完——這個老無賴，死也沒有挑對時間。

現在，希科夫婦不再哭了。事情已經結束，他們可以放心了。他們一再地說著：「我就知道，不可能這麼拖下去。要是他早決定在昨天夜裡死掉，就不會這麼折騰人了。」

無論如何，總算結束了。星期一下葬了事，大家趁這個機會可以再吃一次烤蘋果球。

頓。

賓客們陸續離開，邊走邊談論今天的事，終究相當滿意見過了這樣的場面，也很高興小吃了一

等男人和妻子獨自面對面時，她繃著一張臉，苦惱地說：「還得再烤四打蘋果球！要是他決定在昨天晚上死掉就好了！」

丈夫比較懂得隱忍，回答道：「這種事也不會每天都重來一次。」

——〈老人〉（Le vieux），發表於一八八四年一月六日

散步

當拉布茲公司的記帳員勒哈[1]老爹從店裡走出來的時候，他的眼睛被夕陽光線扎得昏花了好一會兒。他已經在煤氣燈的黃光下工作了一整天。那個地方就位在店鋪後面的最裡間，面對著一個像水井一樣又窄又深的院子。四十年來，他的大白天都在這個小房間裡度過，裡面非常陰暗，即便是陽光最強的盛夏，也只有十一點到下午三點之間可以勉強不開燈。

那裡總是既冷又潮溼。窗戶朝著地牢一樣的內院敞開，院子裡蒸發的氣體從窗口飄進來，使暗濛濛的房間裡充滿霉味和下水道的臭味。

四十年來，勒哈先生每天早上八點就抵達這處「監獄」；在那兒一直停留到晚上七點，弓著背趴在帳冊上，以盡責職員的態度專心記帳。

他剛到公司時，年薪一千五百法郎，現在已經增加到一年三千法郎。他的收入不允許他娶妻，

1 勒哈（Leras）在法文中，與老鼠（le rat）發音相同。

所以一直都單身。他從來沒有過絲毫享受，因此也沒有什麼大的慾望。然而，偶爾，這份單調持續的工作令他感到厭倦時，他也會發出空中樓閣式的願望：「見鬼呀，如果我每年有五千法郎的利息進帳，就可以安穩舒服地過日子了。」

事實上，他從來不曾舒舒服服生活過，除了每個月的工資以外，他從來沒有其他收入。他的生活一天過一天，沒有什麼事件發生，沒有情感波動，也幾乎沒有期盼。每個人內心那種作夢幻想的能力，在他乏善可陳的志願裡，從來沒有得到過發展。

他二十一歲進入拉布茲公司任職。之後，就沒有離開過。

一八五六年，他失去父親，接著，一八五九年，母親也去世了。此後，他只在一八六八年搬過一次家，原因是房東想要調漲房租。

每天，清晨六點整，他的鬧鐘會準時用人們收放鐵鍊那般可怕的聲響，使他從床上跳起來。不過，這只機械錶也曾在一八六六年和一八七四年時兩度故障過，而他卻從來不知道出了什麼毛病。起床後，他穿衣，整理床鋪，打掃房間，撣一撣扶手椅和櫥櫃上面的灰塵。所有這些日常工作便花掉他一個半小時的時間。

然後，他出門到拉胡爾麵包店買可頌。這家店已經換了十一個老闆，卻沒有更改過店名。他一邊出發走向公司，一邊吃這塊小麵包。

他整整大半輩子的生活全消磨在這個狹窄的、糊著同樣暗色壁紙的昏暗辦公室裡。他年輕時就進到這裡，當布魯蒙先生的助理，心想著日後要接替上司的職務。

他早已接替了布魯蒙先生，所以就再也沒有任何別的期待了。

其他一般人在生活過程中總會擁有各式各樣的回憶，包括意料之外的事情、甜美或悲戚的愛情、充滿冒險的旅行，自由生活裡一切的這類偶然遭遇，對他而言都很陌生。

所有的日子、星期、月分、季節、年度，都相似。每天，他都在同樣的時間起床，出門，到辦公室，吃午餐，下班，晚餐，睡覺。這些相同的行爲、相同的事、相同的思想，規律而單調，從來沒有被任何事物打斷過。

過去，他在前任留下的小圓鏡裡望著自己的金色鬍鬚和鬈曲的頭髮；現在，每天傍晚離開公司前，他在同樣的鏡子裡注視著自己的白鬍子和光禿的額頭。四十年已然流逝，漫長又快速，像憂傷的日子一樣空虛，又如輾轉難眠夜裡的每個時刻一樣沒有差別！自從他父母去世以來，這四十年間，他沒有給自己留下任何東西，甚至沒有一件回憶，就連一樁不幸也沒有。什麼都沒有。

這一天，勒哈先生在面朝著街的大門口，被夕陽光線照得兩眼昏花，他並不想立刻回家，而興起了晚餐前在外面逛一圈的念頭，這種興致，他一年裡會有四五次。

他來到林蔭大道上，人潮在綠意重現的大樹下川流不息。這是個春天的傍晚，一個早春的黃昏，溫暖而潮溼，洋溢著一股生之喜悅，令人心醉神馳。

勒哈先生用老年人特有的那種細碎而急促的腳步走著；他帶著愉快的眼神走著，大地萬物的歡欣和空氣的溫煦讓他感到快樂。

他抵達香榭麗舍大道，又繼續往前走，微風裡飄過一陣陣青春的氣息，使他顯得更有活力。

天空彷彿著了火似的一片通紅，凱旋門龐大的黑色輪廓，清晰顯現在天際光彩奪目的背景上，有如站在火海中的巨人。當他走到這座宏偉建築物附近時，年老的記帳員覺得肚子餓了，便走進一家酒館吃飯。

侍者安排他坐在店前人行道旁的座位，端上他點的布雷特醬汁羊腳、沙拉和蘆筍。勒哈先生吃了一頓長久以來所吃過最好的晚餐。他還叫了半瓶上等的波爾多葡萄酒搭配布利乳酪，接著他喝了一杯咖啡，這在他是少有的事，之後，又再加上一小杯上等白蘭地。

付完帳之後，他感覺心情很舒暢，整個人很活潑，甚至有點迷迷糊糊的醉意。他心想：「多美好的一晚。我要繼續散步到布隆涅森林。這樣對我的身心都有益。」

他再度出發。他從前的一位女鄰居經常唱著的一首古老歌曲，此刻正在他的腦海裡縈繞：「林木新綠，愛人輕聲對我說：來吧，可人兒，花棚下訴衷情。」

他不斷地哼唱，唱完一次又再唱一次。夜色已經降臨巴黎，一個像蒸氣浴間一樣悶熱的無風夜晚。勒哈先生沿布隆涅森林大道散步，望著一輛輛馬車從身旁經過。馬車一輛接一輛駛近，車燈宛如眼睛般閃閃發光，讓人在片刻間看見了車上成對相擁的男女，女人穿著淺色長袍，男人一身黑色禮服。

這是一條由戀人組成的迤長行列，在星斗滿布的燠熱天空下，把戀人們從這一處帶到另一處。馬車不斷不斷地來。戀人們一對一對經過，躺在車子裡，默不作聲，緊緊抱著彼此，沉迷在幻覺中，沉迷在情慾的衝動中，沉迷在接踵而來的擁抱所激起的微微顫抖中。熱烘烘的陰影處似乎充滿著飛舞而浮動的吻。一股溫存的感覺讓空氣流動遲緩了下來，變得更加令人透不過氣。所有這些相互擁抱的人們，所有這些陶醉在相同期待、相同想法中的人們，周圍流竄著一股激情。所有這些滿載著愛撫的馬車，在所行經的路上散發出一股難以捉摸的撩人氣息。

末了，勒哈先生走得有點累了，便坐在一張長椅上，注視著這些承載情愛的馬車一輛接著一輛經過。幾乎立刻就有一個女人走近他，在他身旁坐下。

「你好，我的小夥子。」她說。

他沒有回答。

女人接著說：「讓我來疼疼你，親愛的；你就會知道我有多溫柔了。」

他說：「你認錯人了，太太。」

她伸出一隻手臂挽著他的臂膀：「來吧，別裝傻了，聽我說……」

他起身，走遠，心裡很不舒服。

走了百步之遙，又有另一個女人靠過來說道：「你願意到我身邊來坐一下嗎，我的帥哥兒？」

他對她說：「你為什麼從事這個行業？」

她在他面前站定，聲音變了，變得又凶又沙啞：「他媽的，這總不會是爲了讓自己高興吧。」

他用溫和的聲音追問：「那麼，是誰逼你的？」

她嘟囔著：「人總得要過活哪，你這沒良心的。」之後就一邊輕聲哼歌，一邊走開了。

勒哈先生目瞪口呆了好一會兒。又有另外幾個女人從他身邊經過，叫他，邀他。

他感覺，有某種令人悲傷、憂愁的東西正在他的腦中蔓延開來。

他再次坐到一張長椅上。馬車始終一輛又一輛奔馳而過。

「早知道就不該來這裡，」他心想，「我現在是莫名其妙地難受又煩亂。」

他開始思索呈現在眼前的一切——那些金錢買來的或發自內心的愛情，那些付費的或自由的親吻。

愛情！他知道的並不多。他這輩子只偶然而意外地有過兩三個女人。他的收入不容許他有額外開銷。他想著自己過往的這段生活，與一般大眾的生活多麼不同，他過的生活是那麼黯淡、那麼沉悶、那麼乏味、那麼空虛。

世上有些人的運氣確實不好。就像一片厚重的布幕被人撕開了似的，他突然瞥見了苦楚，他自身生活裡那無止盡而單調的苦楚——過去的苦楚、現在的苦楚、未來的苦楚：最後的日子和最初的日子並無不同，在他的前面什麼也沒有，在他的後面、他的周圍、他的心裡，同樣一無所有，任何一處都一片空白。

馬車始終接續地行駛而過。當揭開車蓋的出租馬車快速經過時，總是有一對對默默相擁的人在他眼前出現又消失。他覺得全世界的人類正從他面前魚貫而過，個個陶醉在喜悅、歡樂和幸福之中。而他，獨自一人孤單地望著他們，徹徹底底地孤單。明天，他仍舊孤單一人，永遠孤單一人，彷彿除了他，再也沒有人像他這樣孤單。

他站起來，走了幾步，突然感到很疲倦，彷彿剛完成了一趟漫長的徒步旅行似的，他再次於下一張長椅上坐了下來。

他在等待什麼？期盼什麼？沒有，一件也沒有。他想著，人老的時候，回到家裡，看見幾個小孩嘁嘁喳喳地說著話，應該相當愜意。一個人被你所養大的那些孩子們圍繞、珍愛、愛嬌地親熱著，還對你說些傻裡傻氣的可愛話語，讓心溫暖起來，使一切都得到撫慰，這樣的老年是甜美的。

他想起他那空蕩蕩的臥房，他那間乾淨、淒涼的小臥室，除了他以外從來沒有人進去過，一股痛苦的感覺緊緊掐住了他的心。在他看來，那間臥房比他的小辦公室還要可悲。

那裡沒有人去過，從來沒有人在那裡交談過。它了無生氣，靜悄悄的，沒有任何言語回聲。據說，牆壁會保留在裡面生活過的人的痕跡，諸如他們的儀態、形貌和言語。幸福家庭居住的房子會比悲苦人的住所，更快樂。而他的房間就像他的人生一樣，空無回憶。一想到，要孤零零地回到那個房間裡，躺在床上睡覺，重複每天晚上種種例行的舉動和工作，便讓他感到害怕。像是為了遠離那個陰鬱的住處，為了延後必得返家的時刻，他站了起來，突然間已然來到了森林的第一條林蔭道，他走進矮樹林裡，好在草地上坐一坐……

他聽見他的周遭，頭上、四面八方有一片嘈雜的喧譁，無邊無際，接連不斷，包含了各種各類數不清的聲響，那喧譁聲，低沉，又遠又近，一種無以名狀而巨大的生命顫動——那是巴黎的氣息，是巴黎像巨人般在吐納。

太陽已經高高升起，大片陽光潑灑而下，籠罩著布隆涅森林。開始有三兩輛馬車來來去去，幾個騎馬的人神情愉快地到達。

一對行人在冷清的小徑上散步。年輕女子忽然抬頭，瞥見樹枝中間有一個深棕色的東西；她吃了一驚，憂慮地舉起手來：「你看……那是什麼？」

接著，她發出了一聲尖叫，倒在男同伴的懷裡，男子只得把她安置在地上。

警衛立刻被找來，解下了一個用褲子背帶上吊的老人。

經查驗，死亡時間爲前一天晚上。在死者身上找到的證件，揭露了他的身分，是拉布茲公司的記帳員，名叫勒哈。

警方認爲這是自殺死亡，動機不明，無法推斷。也許是一種突發的瘋狂之舉吧？

——〈散步〉（Promenade），發表於一八八四年五月廿七日

橄欖園

一

加杜朗是普羅旺斯地區的一個小海港，位在馬賽和土倫之間，皮斯卡灣的深處。那天，港口上的人們望見維勒布瓦神父的小船捕了魚回來，便走下沙灘，準備幫他把船拉上岸。

船裡只有神父一人。他雖然已經五十八歲了，卻相當罕見地活力充沛，像一個眞正的水手那樣划著槳。他的衣袖高高挽起，露出肌肉發達的臂膀，教士長袍的下襬往上捲，夾在兩膝之間，胸前有幾顆解開了的鈕扣。他把三角帽放在身旁的坐板上，頭上戴著一頂白帆布罩的軟木鐘形帽，看起來活脫像個從熱帶國度來的、身形結實而古怪的傳教士，天生更適於獵奇探險，而非講道做彌撒。

他不時望一眼後方，把靠岸點確認好，然後，便開始帶著節奏、講究方法強而有力地划著船，再一次向那些蹩腳的南方水手展示北方人是如何划槳的。

小船猛衝而來，碰觸到沙地，在上面滑行，彷彿要用切進沙裡的龍骨爬越整片沙灘。接著，船一下子刹住了。望著神父把船划過來的那五個人立即走上前，個個都很和氣、高興，對神父十分友善。其中一位用濃重的普羅旺斯口音說道：「嘿！抓到了不少魚吧，神父先生？」

維勒布瓦神父把槳歸位，摘下鐘形帽，戴上三角帽，把捲在臂膀上的衣袖放下來，重新扣好教袍的鈕扣，待恢復了村莊住持教士的穿著和儀表之後，才得意地回答：「是呀、是呀，漁獲還眞不少，三條狼鱸、兩條海鱔，還有幾條魟魚。」

五名漁夫早已走近小船，俯身在船殼板上方，一副內行人的神態，審視著那些死掉的魚，有肥美的狼鱸、扁頭的海鱔、醜陋的海蛇，以及紫色魚皮上帶有金黃橘色之字形條紋的魟魚。

他們其中一人說：「我把這些魚送到您的小別墅去，神父先生。」

「謝謝，我的朋友。」

神父和他們一一握手之後就上路了，有一個人跟隨在後，其他人留下來照看他的小船。

神父邁著大步緩緩前行，模樣強健又莊重。剛才使出那麼大力氣划槳的他，仍然感覺渾身發熱，每當行經橄欖樹稀疏的樹蔭下，便不時脫下帽子讓腦袋透透氣，他那長滿短直白髮的方頭顱實在不像教士，反倒更像是軍官的頭。傍晚的空氣依然溫熱，不過，從海上吹來的徐徐微風已經讓熱度稍微緩解了些。村莊出現在一座小山丘上，周圍是遼闊的谷地，一片平坦，朝大海方向延伸下去。

這是七月裡的一個傍晚。絢爛奪目的夕陽早已落向了遠處群山那鋸齒狀的脊梁。漫漫灰塵宛如裹屍布般包覆著路面。斜陽下，教士的影子在這條白色大路上拉得很長，幾乎沒有盡頭。碩大無比的三角帽陰影，像一大塊在旁邊的田野裡遊走的暗斑，一遇到橄欖樹幹就迅速攀上去，隨即又落下來，在樹與樹之間的地面上爬行。

維勒布瓦神父的腳下揚起了一片雲霧似的細微塵埃。夏季，普羅旺斯的道路上到處覆蓋著這種細得摸不出來的塵土。飛揚的塵埃在他的道袍周圍形成一團煙塵，沾在下襬處，下襬因而染上一層越來越明顯的灰色。現在，他感到涼爽了許多，走路時，兩手搭在口袋裡，步伐緩慢有力，如同正在向上爬坡的山裡人。他目光平靜地望著村莊，他的村莊，他已經在這裡當了二十年的教區神父了，是他親自選定這個村落、經上級特別關照才取得的職位，他打算在這裡終老。那間教堂，他的教堂，就坐落在由密密層層房屋構成的巨大圓錐頂端，另有兩個大小不一、用棕色石頭築起的方形鐘樓。鐘樓的古老形影矗立在優美的南方小山谷中，與其說是神聖教堂的鐘塔，倒更像是城寨的碉堡。

神父十分高興，因為他撈捕到了三條狼鱸、兩條海鱔和幾條鮀魚。他又可以向教區信眾們展示這項小小的新勝利了。本地人對他特別敬重，因為儘管上了年紀，他卻可以算是當地最健壯結實的人。這些無損他人的輕微虛榮心是神父生活中最大的樂趣——他能用手槍射擊，打斷花梗；有時也和毗鄰的菸草商人比試刀劍，因為對方曾是軍團的劍術教官；而且，他的泳技在沿海一帶無人能比。

此外，他過去還是一位上流社會人士，赫赫有名，非常風雅，人稱維勒布瓦男爵；三十二歲時，因經歷了一場傷心的愛情變故，而成爲終生爲教會奉獻的教士。

他出身於皮卡第區一個擁戴王室、篤信宗教的古老家族。幾個世紀以來，家族中有不少子弟投身軍隊、司法界和教會。最初，他原想依照母親的建議進入教會，後來，由於父親堅決要求，他才決定直接到巴黎修讀法律，以便日後在法院謀得重要一些的職務。

可是，就在他完成學業之際，他的父親到沼澤區打獵，染上肺炎，去世了。他的母親哀傷適恆，不久也死了。在突然繼承了一大筆財產之後，他於是放棄從事任何職業的計畫，滿足地過著富人的生活。

這是一個俊俏、聰明的小夥子，然來思想卻受到了宗教信仰、傳統觀念和習慣原則的囿限，但這些價值觀其實就像他那一身皮卡第鄉紳的發達肌肉一樣，全是祖先遺傳下來的，所以，他仍是相當討人喜歡的，在正經八百的上流社交圈中頗受好評，領略了一個古板年輕人所能擁有的受人尊敬的富裕生活。

正是在這個時候，他在一個朋友的家中認識了一名年輕女演員，一個音樂戲劇學院的學生，女孩非常年輕，才一在奧德翁劇院初登臺便大放異彩。他和她僅見過幾次面，就墜入了愛河。

他十足熱烈地愛戀著這個女孩，是那種生來堅信絕對觀念的人才會具有的狂熱。她第一次面對觀眾就大獲成功，而他，正是因爲看見了她演出的那個浪漫角色便愛上了她。

她生得漂亮，卻天性惡劣，長著一副如孩童般純眞無邪的模樣，一種他稱之爲「天使」的神情。她完全征服了他，把他變成了癡迷的瘋子、狂熱的膜拜者，只要這個女人看他一眼或裙子一閃，就能把他燒死在致命愛慾的柴堆上。於是他把她納爲情婦，讓她離開舞臺，在四年的光景裡，對她的熱情可說是與日俱增、有增無減。當然了，他遲早會不顧自己的名聲和家族的光榮傳統，娶她爲妻；倘若不是有一天，他發覺她一直以來都在欺騙他，和當初介紹她給自己的那個朋友互通款曲的話……。

使這場悲劇更形可怕的是，她已經懷孕了，而他本來決定等到孩子出生就和她結婚。可是，當他無意間在抽屜裡發現了那些信件，手中握有證據時，他責備她不忠，背信棄義、厚顏無恥，他那半野蠻人的粗暴性格整個爆發了。

而她，是在巴黎街頭長大的孩子，既不知羞恥也不懂貞潔，對眼前這個人和另外那一位都有十足的把握。況且，她就像那些單憑魯莽就打巷戰的平民女子一樣，什麼都不怕，不但頂撞他，還辱罵他。見他舉手要打人，她竟朝他挺起肚子。

他停住手，臉色發白，想到他的一個後代，他的孩子，就在這個玷汙了的肉身裡，在這個卑賤的軀殼裡，在這個齷齪不堪的女人體內。他於是向她撲過去，準備把她們母子兩人一起殺死，毀滅這個雙重恥辱。

她心生恐懼，覺得自己完蛋了。她在他的拳頭下翻滾閃避，眼看他的腳正要踢向自己懷有胎兒的大肚子，她伸出雙手抵擋，一面尖叫著：「不要打死我。這不是你的，是他的。」

他霍地往後一跳，他是那麼錯愕、那麼驚訝，以至於怒氣和腳跟都懸停不動了，結結巴巴地問：「你……你說什麼？」

而她，從這個男人可怕的眼神和姿勢裡，預感到死亡就近在眼前，一下子害怕得發狂，又重複了一遍：「這不是你的，是他的。」

他整個人頹喪下來，緊咬著牙齒，低聲問：「你是指孩子？」

「對。」

「你說謊。」

他再次做出舉腳踢人的動作。

這時，他的情婦已經爬起來跪著，試圖往後躲，嘴裡仍舊結結巴巴地說：「我就跟你說，這是他的。如果是你的，我不是老早就懷孕了嗎？」

這個理由一語擊中他的內心，彷彿那就是事實。人在這種思想驟然明朗的瞬間，會覺得所有的推論都清晰明瞭、精確無誤，無可辯駁，深具決定性，不可抗拒，他就這樣被說服了，深信自己不是這個下流女子體內懷著的可憐孩子的父親。他鬆了一口氣，如釋重負，幾乎頓時和緩下來，不再想殺死這個無恥的女人。

他於是用較為平靜的聲音對她說：「起來，快滾，別再讓我看到你。」

她認輸，服從，離開了。

他從此沒有再見過她。

他自己也出發了。他往南方，朝著陽光普照的方向走，在一個村莊裡落腳。那村莊佇立在地中海邊的一個小山谷裡。他相中一家可以眺望大海的小旅館，便租了一個房間，住下來。他在那裡停留了十八個月，悲傷、絕望，全然與世隔絕。他在無盡痛苦中度日，回憶這個背叛他的女人，回憶著她的妖嬈，她籠絡異性的手段，她那些難以啓齒的蠱惑伎倆，可是一方面又惋惜失去了她的陪伴，得不到她的溫存。

他在普羅旺斯地區的一座座小山谷裡遊蕩，陽光穿過淺灰色橄欖樹葉灑下來，照耀著他那顆爲揮之不去的往事而受苦的可憐腦袋。

然而，在這痛苦煎熬的孤獨中，從前的宗教觀念、已然稍稍平息的早年信仰的熱忱，又慢慢回到了他的心裡。昔日，他把宗教當作面對未知生活的庇護所，現在，宗教則成了他逃離這個充滿欺騙與磨難人生的避難處。他原本就維持著禱告的習慣，在悲痛中，他對信仰更熱中了。黃昏時，他經常來到教堂跪著祈禱。教堂中光線昏暗，只有祭壇深處那點燈火在閃耀，那是聖所的神聖守護者，天主常在的象徵。

他向這位上帝，他的上帝，傾訴痛苦，把自己的不幸全告訴了祂。他請求上帝給予指引，憐憫他、幫助他、保護他、安慰他。他一天比一天更虔誠地反覆唸誦禱詞，他注入其中的情感也一次比一次更強烈。

他那顆因爲愛一個女人而飽受傷害和摧殘的心，並沒有封閉起來，依然悸動著，始終渴望著溫情；漸漸地，由於祈禱殷切，由於在隱居生活中日益養成的種種虔誠習慣，也因爲全心投入於，忠實信徒們和那位安慰苦難之人、吸引受苦者的救世主之間的神祕溝通中，對上帝的神祕之愛深入了他的內心，由此克服了另一種愛。

於是，他重拾最初的計畫，決定把自己傷痕累累的生命獻給教會，他曾經想以純潔的青年之身奉獻給它，只是當年錯失了機會。

他因此成了教士。透過家庭、透過各種關係，他獲得任命，來到這個普羅旺斯的村莊當住持神父，是命運把他拋到這裡的。他將自己大部分的財富捐給了慈善事業，只留下一小部分，好能終其餘生幫助、救濟窮人。他從此遁入奉行教規與獻身同類的平靜生活裡。

他是一個見解狹隘但心地仁慈的神父，一個有著軍人氣質的宗教嚮導。在人生叢林中，我們所有的本能、癖好、慾望就如同一條條引人步入歧途的小徑，而他是一位教會嚮導，運用強力的方式，將迷失、盲目游移的人類導向正途。然而，舊日的許多習性始終活躍在他的身上——他從未停止對於激烈運動、高尚競技和武器的喜愛；他憎恨女人、所有的女人，像孩童面臨神祕莫測危險那般對她們滿懷恐懼。

二

跟隨在神父背後的那個水手有著十足的南方人性格，他感覺舌頭鬆動，想與人閒話家常。可他不敢，因爲神父在教區信徒心中擁有很高的威望。最後，他壯起膽子試了一下。

「我說，」他開口道，「您住在您的小別墅裡一定相當舒適吧，神父先生？」

這小別墅，就是普羅旺斯城裡或是鄉村居民夏天常去暫住避暑的那種微型房屋。本堂神父的住宅太過窄小，緊鄰教堂，位在教區中央，被四周的房舍團團包圍，因此，神父租下了這棟距離他住處僅五分鐘路程的田野小屋。

不過即使是夏天，他也不常住在這片鄉野間，只偶爾來此度假幾天，玩味一下在綠色大自然中的生活，練練手槍射擊。

「是啊，我的朋友，」神父說，「我在那裡住得很舒適。」

那低矮的住所出現在眼前，它建造於樹林中，漆成了粉紅色，透過橄欖樹的枝葉望去，屋子就像被畫上一道道條紋、砍切成無數個小塊似的；在這片沒有圍籬的橄欖園中，它有如一棵從地上冒出來的普羅旺斯蘑菇。

還可以看到有位高大的婦女在屋子門口來回走動；她正在鋪排一張小飯桌，每次走回來，僅慢而有條理地依序擺放一副餐具、一個盤子、一條餐巾、一塊麵包、一只酒杯。她戴著一頂阿萊城女人特有的小軟帽，絲質或黑絨的圓錐帽尖端上裝飾了一個如盛開小花般的白色圓球。

待神父走到了聽得見聲音的距離時，便對她高喊道：「嗨，瑪格麗特！」

她停住腳步張望，認出了是她的主人：「是您呀，神父先生。」

「是啊。我給您帶來不少魚呢，您馬上給我煎一尾狼鱸，奶油煎狼鱸，什麼都不加，只放奶油，聽見了嗎？」

女僕走上前，來到兩個男人身邊，用識貨的眼光打量著水手帶來的那些魚。

「可是我們已經有燉雞燴飯了呀。」她說。

「不管它。隔天的魚沒有剛出水的魚好吃。我要來享用一頓小小美食，這對我也不是常有的事；再說，就算是罪過，也不算太大。」

婦人選了一條狼鱸，正要帶著魚離開，又轉過身來：「啊，神父先生，有個人來找了您三次。」

他不在意地問：「有個人！什麼樣的人？」

「一個樣子不怎麼靠得住的人。」

「什麼！一個乞丐嗎？」

「可能是吧，我說不準。我看，倒比較像是一個『馬屋法唐』。」

「馬屋法唐」是普羅旺斯方言，意指壞人、流浪漢。維勒布瓦神父聽見了這個詞後哈哈大笑。

他知道瑪格麗特天性膽小，她住在小別墅裡的每一天，尤其是到了夜晚，總想著有人會來謀殺他們。

他給了水手幾個蘇[1]，水手便離開了。

他還保留著往日上流紳士注重衛生和整潔的習慣，說：「我去洗臉，洗手。」

瑪格麗特正在廚房裡用刀子逆向刮狼鱸的背脊，沾了血的魚鱗像細小銀屑般紛紛脫落。這時，她忽然對神父大喊一聲：「您瞧，他又來了！」

神父轉身面向大路，果然看見一名男子，遠遠望去似乎衣衫不整，正邁著小步伐朝房屋走來。神父等著來人，臉上還露出了方才見到女僕一臉驚恐神情的微笑，他心想：「的確，她說得有道理，他的樣子還真像個『馬屋法唐』。」

陌生人兩手插在口袋裡，眼睛看著神父，不慌不忙地走了過來。他很年輕，留著滿腮鬈曲的金黃色鬍子，軟氈帽下露出幾撮捲成一環一環的頭髮；那頂帽子骯髒不堪，已經破了，任誰也猜不出它最初的顏色和形狀。他身穿一件栗色長外套，腳踝周圍的褲管如鋸齒般破破爛爛，腳上套著一雙繩底帆布鞋，使他走起路來綿軟無力，悄無聲息，令人不安，是流浪漢那種神不知鬼不覺的步履。

1 蘇（sou）：法國早期貨幣之一。五生丁（centime）相當於一蘇。四里亞（liard）相當於一蘇。二十蘇相當於一法郎（franc），而五法郎等於一百蘇，被稱為一埃居（écu）。

他走到離神父幾步遠的地方，摘下遮住了前額的破帽子，以略微誇張的演戲方式脫帽行禮，露出一張縱情於酒色、憔悴卻又好看的面容——頭頂已經光禿，那是生活疲憊或過早放蕩的跡象，因爲這個人肯定不超過二十五歲。

神父也隨即脫帽致意，他猜測而且感覺到這不是一般的流浪漢，不是失業的工人，也不是經常出入監獄、只會用苦役牢犯的黑話開口的慣犯。

「你好啊，神父先生。」那人說。

教士只簡單回答了：「您好。」他不願意以「先生」來稱呼這個衣衫襤褸、形跡可疑的過路人。

他們目不轉睛地相互注視著，這名流浪漢的目光讓維勒布瓦神父感到慌亂惶惑，就像面對一個身分不明的敵人，內心充滿一種連血肉都要顫慄起來的奇特不安感。

最後，流浪漢又說話了：「好呀，您認出我來了。」

教士很驚訝，回答：「我？完全沒有，我絲毫不認識您。」

「啊，您絲毫不認識我。您再仔細看一看。」

「再怎麼看也沒用，我從來不曾見過您。」

「這倒是眞的，」對方帶著嘲諷的語氣接著說，「不過，我來給您看一個您更熟悉的人。」

他重新戴上了帽子，解開外套的鈕扣。裡面是赤裸的胸膛，一條紅色腰帶纏繞在他消瘦的肚子周圍，好把褲子繫在髖部上方。

他從口袋裡拿出一個信封，上面沾滿了各式各樣的汙痕，簡直不像個信封；那些四處遊蕩的乞丐，衣服夾層裡通常都會有這樣一個信封，裡面存放著拉拉雜雜的證件，或眞或假，或偷來或合法的，遇上警察臨檢時，便成了捍衛行動自由的法寶。他從信封裡抽出一張照片，是從前流行過的那種製作成信紙大小的卡片；那照片因爲長期被攜著帶來帶去，已經泛黃、起皺，又因爲緊貼著他的肉身，尙且熱熱的，讓體溫悶得失去了光澤。

這時，他把照片高舉到自己的臉旁，問：「這個人，您認識嗎？」

神父向前兩步，湊近仔細一看，臉色頓時發白，神情慌亂，因爲照片裡的人正是他自己，那張照片，是在遙遠的戀愛年代裡爲「她」所拍攝的。

他一句話也答不出來，不明白這是怎麼回事。

流浪漢又問了一次：「這個人，您認出來了嗎？」

神父結結巴巴地說：「認出來了。」

「是誰？」

「是我。」

「眞的是您嗎？」

「沒錯。」

「好！現在請看看我們倆，您的照片和我！」

他已經看到了，這可憐的人，他已經看見了，這兩個人，照片上的人和在一旁笑著的人，就像親兄弟一樣神似，但是他依舊不明白怎麼回事，仍結結巴巴地說：「您究竟想做什麼？」

這時，乞丐語氣凶惡地說：「我想做什麼？首先，我要您承認我。」

「您到底是誰？」

「我是誰？您到大路上隨便問一問哪個人、問一問您的女僕，如果您願意的話，我們就去問一問本地的村長，把這個拿給他看，我敢保證，他一定會笑出聲來。啊，您不願意承認我是您的兒子嗎，神父爸爸？」

聽到這裡，老人舉起雙臂，做出絕望中乞求上帝的手勢，呻吟道：「這不可能。」

年輕男子走向前去，緊緊貼近他，臉對著臉：「啊，這不可能。啊，神父，別再說謊了，您聽見了嗎？」男子的臉上露出了威脅的表情，雙拳緊握，說話時那麼信心十足。

教士一邊不斷往後退，一邊不禁思忖著——此刻當下，他們兩人究竟是誰搞錯了。然而，他還是再一次肯定地說：「我從來沒有過孩子。」

對方回嘴道：「也沒有過情婦，是嗎？」

老人堅定地回答了一句，宛如一件驕傲的承認：「有過。」

「你把這個情婦趕走的時候，她是不是已經懷著身孕？」

二十五年前壓抑下來的怒火，其實並沒有熄滅，而是禁閉在這名癡情男子的內心深處，早已讓他蓋上了宗教信仰，壓在順應天命的虔誠和棄絕塵世的拱頂之下。此刻，這股舊日的怒火突然衝破了拱頂，爆發出來，他勃然大怒，厲聲喊道：「我趕走她，是因爲她欺騙了我，是因爲她身上懷著別人的孩子。若不是如此，我早把她殺了，先生，是把她連您一起殺了。」

年輕人猶豫了一下，現在，輪到他對神父率直的憤怒感到驚訝了。接著，他用較和緩的語調反問：「誰告訴您，這個孩子是別人的？」

「正是她，她本人，在和我爭吵的時候。」

流浪漢並沒有駁斥這個說法，而是以無賴流氓評斷一項爭議時那種無所謂的語氣，下結論道：「好吧，那就是媽媽在嘲諷您的時候，自己弄錯了。如此而已。」

這陣憤怒過去以後，神父也比較能控制自己了。現在，換他提出問題：「那麼，是誰告訴您，說您是我的兒子？」

「是她，在臨死的時候，神父先生……而且她還給了我這個！」說著，他把小照片遞到了神父眼前。

老人接過照片，內心憂慮不安，他慢悠久長地端詳，比較了這個陌生的過路人和自己從前的模樣之後，不再懷疑，這個人，確實是自己的兒子。

他感到一陣強烈的悲痛，感到一股無法表達的極度痛苦情緒，就像因爲從前的過錯而深深悔恨似的。他有點明白了，也猜到其餘的部分了。分手時的粗暴場面再一次呈現在他的眼前。這個女人，這個不忠出軌的女人，在受辱男人的威嚇下，爲了挽救自己的性命，對他拋下了這個謊言，而且謊言成功了。一個他的親生骨肉出生了、長大了，變成了這個骯髒齷齪的流浪漢，正像公山羊散發著禽獸臊味一樣，散發出邪惡墮落的氣息。

他低聲說：「您願意和我一塊兒走幾步路嗎？讓我們好好談一談。」

對方冷笑了一聲：「那當然！我正是爲了這個而來的。」

他們一起步行，肩並肩穿過了橄欖園。太陽已經下山。南方黃昏時分的強烈涼意爲田野披上一襲看不見的寒冷外衣。神父打著寒顫，突然做出了擔任主祭時的慣常動作——舉目四望，只見周遭到處都是橄欖樹淺灰色的小葉片在空中微微抖動，正是在這聖樹的稀疏樹蔭下，基督曾歷經了一生中最大的痛苦，流露出他一生中唯一一次的軟弱[2]。

他的心裡響起一聲禱告，是絕望中發出的簡短禱告，完全不經由唇齒的內在聲音，是信徒們用來哀求救世主的祈禱：「主啊，請救救我。」

之後，他轉頭朝向他的兒子：「這麼說，您的母親已經死了？」

在說出「您的母親已經死了？」這句話的時候，他感覺一股新的悲傷油然而生，緊緊揪住了他的心，他感到從來未曾忘卻過往事的人那種肉體上難言的痛苦；是他曾經受過的折磨在殘酷回響，或許還不止於此，還因爲她已經死了；那也是年輕時令人瘋狂的短暫幸福在悸動著，只不過如今，除了回憶的傷口之外，一切幸福已不復存在。

年輕人回答：「是啊，神父先生，我的母親已經死了。」

「過世很久了嗎？」

「是啊，已經三年了。」

神父又起了疑竇。「那，您怎麼沒有早一點來找我呢？」

對方遲疑了一下：「我沒辦法來。有些事情耽擱了。不過，請原諒我暫時不談內情，以後我再說給您聽，您想知道得多詳細都可以。現在，我得告訴您，我從昨天早上起就沒有吃過任何東西。」

一陣憐憫之情撼動老人的心，他突然伸出了雙手。「噢。我可憐的孩子。」他說。

年輕人接受了這雙朝自己伸過來的大手，他那略顯亢奮而微溫的細長手指被大手給包覆住。接著，他帶著經常掛在唇邊的玩笑表情，回答道：「好呀，我真的開始相信我們還是可以處得來的。」

2根據《新約聖經》記載，耶穌白天在聖殿裡講道，晚上到橄欖園過夜，最終也在橄欖園裡遭到出賣，被釘上了十字架。遭捕前夕，耶穌曾在園中禱告，對門徒表示：「我心裡甚是憂傷，幾乎要死。……」（馬太福音二十六：三十六）

神父邁開步伐走了起來。「我們去吃晚餐吧。」他說。

他忽然想起自己方才捕撈到的那尾漂亮的魚，內心感到一種說不清道不明、卻出於本能的異樣小喜悅——那條魚，加上燉雞燴飯，能在這一天，給這個不幸的孩子吃上豐盛的一餐了。

那個阿萊城的婦人正在門口擔心地等著，嘴裡早已怨聲連連。

「瑪格麗特，」神父喊道，「把飯桌移走，搬到客廳裡，快點、快點，放上兩份餐具，趕快。」

女僕一想到主人要和這個壞蛋共進晚餐，嚇得愣住了。

維勒布瓦神父於是親自動起手來，撤去爲自己準備的餐具，把它們移到屋子底層唯一的房間裡。

五分鐘後，他已經和那個流浪漢面對面坐著，眼前擺了滿滿一大碗甘藍菜濃湯，一小團滾燙的蒸氣在他們兩張臉之間升騰。

三

兩人的盤子都盛滿了之後，那流浪漢便貪婪地一勺匙緊接著一勺匙，大口地吃將起來。神父已經不覺得餓了，只是慢慢啜飲著美味的濃湯，把麵包留在了盤底。

他忽然問道：「您叫什麼名字？」

那個人笑了一聲，他已經不餓了，感到很滿意。

「父親不詳，」他說，「我沒別的姓氏，只能隨母親的姓，她的姓，您應該還沒忘記。不過，我有兩個名字，附帶一提，兩個名字都不適合我。我叫『菲利浦—奧古斯特』。」

神父臉色煞白，喉間哽咽，問：「爲什麼給您取了這兩個名字？」

流浪漢聳聳肩。「您應該猜得出來。媽媽離開您以後，曾想讓您的情敵相信我是他的骨肉。一直到我十五歲以前，他幾乎都信以爲眞。可是，在那之後，由於我的容貌實在太像您了，這個混蛋拒絕再承認我是他的孩子，只是已經給我取了他的名字『菲利浦—奧古斯特』。如果我運氣好，誰都不像，或者單純是從來沒有露面的第三個賊人的種，那麼，今天我就叫做菲利浦—奧古斯特．德．普拉瓦隆子爵，是那個同名同姓的伯爵兼參議員後來所承認的兒子。所以，我給自己取了一個名字，叫『不走運』。」

「這一切，您是怎麼知道的？」

「因爲他們好幾次當著我的面爭吵，當然了，吵得很凶。唉，就是這個，讓我明白什麼是生活。」

這半個小時以來，神父所感受和忍耐的一切早已使他飽受折磨，非常難受，但是還有某種東西讓他的心更加沉重。他開始悶得喘不過氣來，而且越來越強烈，簡直要令他窒息而死。這種感覺不是源自於他所聽到的種種事情，而是因爲講述這些事情的方式，以及這個無賴加重語氣時的那副下流嘴臉。現在他開始覺得，在這個人和他之間，在他的兒子和他之間，有一窪充滿道德汙穢的深坑，對某些心靈而言，這些骯髒的東西無異是致命的毒藥。這個傢伙眞的是他的兒子嗎？他還不能相信。他需要所有的證據，所有的，他需要知道一切、了解一切，什麼都去聽、什麼都去忍受。他再度想起他那小別墅周圍的橄欖樹，他又一次喃喃地禱告：「噢，主啊，請救救我。」

菲利浦—奧古斯特喝完了湯，又問：「吃完這個，沒有別的了嗎，神父？」

廚房在這棟房屋的外面，在另一座附屬建築裡，瑪格麗特並聽不到神父的呼叫聲。當他有任何需要時，就敲敲懸掛在背後牆上的中國銅鑼，以通知她。

他於是拿起皮製的槌子，在圓形金屬片上輕輕敲了幾下。銅鑼聲一開始很微弱，接著增強，更強，有力而響亮，尖銳，非常尖銳，彷彿挨打的銅器發出了淒厲、可怕的哀鳴。

女僕出現了。她緊繃著臉，幾度怒視著這個「馬屋法唐」，彷彿她那忠狗般的本能已然預感到了降臨在主人身上的悲劇。她手裡端著煎好的狼鱸，裡頭飄散出融化了的奶油香氣。神父用湯匙，把魚從頭到尾分成兩半，把魚背那一半撥給他在年輕時拋下的兒子。

「這是我下午剛捕撈到的。」神父帶著痛苦裡殘存的一點得意之情說道。

瑪格麗特並沒有走開。

神父接著又說：「拿酒來，要好酒，科西嘉角的白葡萄酒。」

婦人差點兒做出違抗的動作，神父不得不板起臉孔說：「去呀！拿兩瓶來。」請人喝酒之於他是難得的樂事，因此他也總是會請自己喝一瓶。

菲利浦—奧古斯特臉上漾出了喜悅，輕聲說：「棒極了，好主意。我很久沒有這樣吃了。」

女僕兩分鐘之後回來了。神父卻覺得這兩分鐘長得沒有盡頭，因爲現在他心急如焚地想了解情況，這股渴望有如地獄裡的烈火一樣煎熬著他。

酒瓶打開了，但是女僕仍待在那兒不走，兩眼緊盯著那個人。

「您可以離開了。」神父說。

她假裝沒聽見。他幾乎用斥責的口吻又說了一次：「我吩咐了，請您離開。」她這才走開。

菲利浦—奧古斯特狼吞虎嚥地吃著魚；他父親望著他，在這張與自己如此酷似的臉上發現的種種卑瑣的表情，讓他越來越驚訝和痛心。維勒布瓦神父送到唇邊的幾小塊魚肉停留在嘴裡，只因喉頭緊縮而難以下嚥。他久久地咀嚼著，一面尋思，想從湧現在腦海中的諸多問題之中，找出他最希望先知道答案的那一題。

他終於低聲地問了：「她是出於什麼原因死的？」

「肺病。」

「病了很久嗎？」

「大約一年半。」

「怎麼得病的?」

「不知道。」

他們都沉默了。神父在思索。這麼多事情壓在他的心上,他全都想知道,因爲自從決裂的那一天起,自從他差點打死她的那一天起,他再也沒有聽過她的任何消息。當然了,他從前並不想去知道,因爲他早已把他倆的那段幸福時光毅然決然拋進了遺忘的深溝裡。可是,現在她死了,他的心裡突然產生了一股想去了解的強烈渴望,一股充滿嫉妒的渴望,幾乎可以說是一種情人才會有的熱望。

他又問:「她不是一個人生活的,對吧?」

「沒錯,她一直和他在一起。」

老人一陣顫抖。

「和他!和普拉瓦隆?」

「對呀。」

這個在當年遭到背叛的男人估算了一下,曾經欺騙他的那個女人和他的情敵共同生活了三十多年。他幾乎不由自主、結結巴巴脫口問出了聲:「他們在一起幸福嗎?」

年輕人冷笑了一聲,回答:「當然啦,不過,時好時壞。如果沒有我,大概會更好。都是我,把一切弄糟了。」

「怎麼弄糟了？爲什麼？」神父問。

「我已經跟您講過了。在我約莫十五歲之前，他一直以爲我是他的兒子。不過，這老頭，他並不蠢，他自己發現了我像誰。從那之後，就發生過好幾次爭吵。我呢，在門外偷聽到了，他責怪媽媽欺騙他上當。媽媽反駁：『我哪裡錯了？你要了我的時候，很清楚我是別人的情婦。』那個別人，就是您。」

「啊，他們有時候也談到我？」

「沒錯。不過，從來不在我面前提您的名字。只是，到了後來，媽媽臨死前的最後幾天，覺得自己不行了，才說了出來。不管怎樣，他們還是有戒心的。」

「那麼，您……您很早就知道您母親的情況不正當嗎？」

「當然了！我可不是傻子，從來都不是。人一旦開始了解世事，這類事情馬上就猜得出來。」

菲利浦—奧古斯特一杯接著一杯給自己倒酒喝。他兩眼通紅，因著許久沒進食，所以醉得也快。

神父察覺他醉了，差點想要勸阻，繼而腦中又掠過一個念頭——酒醉會讓人放下心防，口無遮攔，於是拿起酒瓶，又給年輕人倒了滿滿一杯。

瑪格麗特端來燉雞燴飯。她把食物擺在桌上之後，一雙眼睛再度緊盯著流浪漢，然後忿忿不平地對主人說：「您倒是瞧瞧，他已經喝醉了，神父先生。」

「別管我們，」神父接著說，「你走吧。」
她拍拍門，這才走了出去。
他問：「您母親，她都說了我什麼事？」
「不就是那些，女人提到她擺脫掉的男人時通常會說的話。說您不隨和，讓女人厭煩，說要是按照您的意思生活，她的日子就過不下去了。」
「她經常這麼說嗎？」
「是呀，有時還拐彎抹角的，好讓我聽不懂，不過我全都猜得出來。」
「您呢，在家裡，他們待您如何？」
「我嘛，他們起初對我很好，後來就很壞了。媽媽看出我在搞砸她的事，就把我趕出門了。」
「怎麼會這樣呢？」
「怎麼會這樣！很簡單。我快十六歲的時候，做了一些荒唐事。這些混帳為了甩掉我，就把我送進少年感化院。」
年輕人把手肘擱在飯桌上，雙手撐著下巴。他完全醉了，神智徹底淹沒在酒精裡，他忽地感到一股無法抗拒的慾望，想暢談自己；正是這種慾望讓酒鬼們胡言亂語，成了善於奇想的吹噓大王。
他溫柔地微笑著，嘴唇帶有幾分女性的嫵媚，一種邪惡的嫵媚，神父一眼就認出來了。他不僅認了出來，還能感覺到，這股嫵媚之氣既可恨又令人愉悅，曾在昔日征服過他，也毀了他。現在，這個孩子像極了他的母親，不是五官長相，而是那吸引人的虛僞眼神，尤其是那虛情假意的微笑所具有的誘惑力，彷彿經由嘴巴爲藏匿在內心的卑鄙無恥敞開了大門。

菲利浦—奧古斯特講了起來：「哈哈哈！經歷過少年感化院之後的那種生活，那眞是非常奇特的生活，一個偉大的小說家想必會願意出高價來買。說眞的，大仲馬在他的《基督山恩仇記》裡寫的，也比不上發生在我身上的那些事離奇。」

他不說話了，露出喝醉者思考時那種哲學家似的嚴肅神態，然後，才慢條斯理地說：「想讓一個男孩子變好，不管他做了什麼事，千萬別把他送進少年感化院，因爲在那裡面可有不少東西學了。我呀，我曾經學到一個妙招，但是結果卻壞透了。有天晚上，將近九點，我和三個同伴在靠近福拉克渡口的大路上閒逛，四個人都有些醉意。這時候，我看見一輛馬車，車上有駕車的人和他的一家子，全都睡著了。他們是馬爾迪的農人，到城裡吃完晚餐後回家。我於是抓住馬的韁繩，把馬牽上了渡船，把船推向河中央。船行進時發出聲響，驚醒駕車人，他什麼都看不清，揮了一下鞭子，那匹馬邁步往前，就拖著馬車跌進滾滾河水裡，他們全部都淹死了。同伴們舉發了我。他們看見我惡作劇時，一開始還哈哈大笑呢。老實說，我們沒有想到事情的結果會這麼糟。我們原本只是想讓他們泡個澡，開開玩笑罷了。

「在那件事之後，我還做過幾件更厲害的事，好替第一件事報仇。憑良心說，就爲了最初那件事，實在沒有必要費心送我去接受感化。不過，之後那幾件事也用不著一一向您描述了。我只告訴您最後那一件，因爲這一件，您聽了一定會高興。我替您報仇了，爸爸。」

神父眼神驚恐地看著他的兒子，任何東西都吃不下了。

菲利浦—奧古斯特正準備開始講。

「不，」神父說，「現在先暫停一下，待會兒再說。」

他轉身敲了敲中國銅鑼，金屬片發出了尖銳刺耳的聲響。

瑪格麗特隨即走進來。

神父吩咐道：「給我們拿盞燈來，把所有你準備好要端上桌的東西也拿來。之後，我沒有敲鑼，你就不要再進來。」

主人說話的聲音那麼嚴厲，讓她嚇壞了，只低下頭服從。

她走出去，帶回一盞覆著綠色燈罩的白瓷檯燈，一大塊乾酪，一些水果，放在桌上，便離開了。

神父堅定地說：「現在，我聽您講。」

菲利浦—奧古斯特不慌不忙地在自己的盤子裡裝滿水果，把酒杯倒滿。第二瓶酒幾乎空了，儘管神父一滴也沒碰。

年輕人嘴裡塞滿食物，又喝得醉醺醺的，結結巴巴地接著說：「最後這一件事，是這樣的。那可眞是一樁了不起的事。我回到家裡……就待著不走了，他們也無可奈何，因爲他們都怕我……

怕我……啊。我呀，千萬別招惹我……要是把我惹毛了，我什麼事都做得出來……您知道的，他們在一起生活，又不算在一起生活。他呢，有兩個住所，一個是參議員的住所，一個是做爲情夫的住所。不過，他在媽媽那裡的時間要比在自己家裡多，因爲他已經離不開她了。啊，媽媽……她可眞是一個機伶、能幹的女人……她這個人呀，很懂得拴住男人。她把他的身和心都牢牢抓住，把這段關係一直維持到最後。男人們，眞是笨。總之，我回到家裡，他們都怕我，被我管得連氣也不敢吭一聲。我呀，見招拆招，有的是辦法，必要的時候，使詭計、耍手段、動拳頭，我誰也不怕。後來，媽媽病倒了，他把她安置在默朗附近的一棟房子裡，那房子很漂亮，坐落在花園裡，花園就像森林一樣大。她病了將近一年半……這我跟您說過。之後，我們感覺她活不久了。他每天從巴黎來看她，他很悲傷，這一點，倒是眞的。

「有天早上，他們嘰哩呱啦地談論了將近一個小時，我正狐疑有什麼事，能讓他們囉嗦那麼久，他們就來叫我進去。媽媽對我說：『我快死了，有一件事，儘管伯爵不同意（在提到他的時候，她總是稱呼他『伯爵』），可是我想讓你知道，那就是——你父親的名字，他還活著。』

「我曾經問過她不只一百次……不只一百次……問她，我父親的名字……不只一百次……她始終拒絕告訴我……

「我還記得，有一天，爲了要她說出口，我甚至甩了她幾個巴掌，可是，一點用也沒有。後來，她想擺脫我的糾纏，就告訴我，您已經死了，沒留下半毛錢，說您是個窩囊廢，是她年輕時犯下的一樁錯誤，女孩子少不更事時做出的蠢事。她說得那麼肯定，讓我完全信以為眞，以為您死了。

「總之，她對我說：『這就是你父親的名字。』那個人則坐在一張扶手椅裡，接連說了三遍：『您不應該說，不應該說，不應該說的，蘿瑟特。』媽媽坐在床上，我彷彿還看見她兩頰泛紅、眼睛發亮的模樣，因為她畢竟還是很愛我的。

「她對他說：『做點什麼幫幫他吧，菲利浦！』她當著他的面和他說話時，叫他菲利浦，叫我奧古斯特。他卻像瘋子一樣叫嚷了起來：『幫這個混蛋，休想，幫這個無賴、這個慣犯，這個……這個……這個……』他找出一大堆詞來稱呼我，就好像他這輩子只花在蒐集這些名稱似的。

「我就要發脾氣了，可是媽媽不讓我開口，她對他說：『那麼，您是想要他餓死，我，我實在身無分文呀。』他冷靜地回答道：『蘿瑟特，三十年來，我每年都給您三萬五千法郎，加總起來也超過一百萬了。您在我的關照下，過著有錢女人、被疼愛的女人，我敢說，也是幸福女人的生活。這個無賴把我們最後幾年的生活搞得一團糟，我什麼都不欠他，他也別想從我這裡得到任何幫助。不必再說了。您要告訴他那個人的名字，隨便您。我對此感到遺憾，不過，他的事我不再管了。』

「媽媽於是轉頭朝著我。我心想：『好……這次，我要去找我眞正的父親了……，如果他有錢，我就得救了……』她繼續說道：『你的父親，德．維勒布瓦男爵，現在叫維勒布瓦神父，是土倫附近、加杜朗村的本堂神父。在我離開他，和這個人在一起之前，他是我的情夫。』就這樣，她把一切都告訴了我，唯獨沒有提到，她在懷孕的事上欺騙了您。您看，女人們從來都不說實話。」

他帶著譏諷的微笑，不知不覺把自己卑劣的一面全部抖露了出來。他仍在喝酒，始終一臉樂陶陶的表情，又往下說：「兩天……兩天以後，媽媽死了。我們跟在她的靈柩後面，一路到墓園，他和我……您說……這可笑不可笑，……他和我……還有三個傭人，就這麼多。他哭得稀里譁啦的……我們並肩走……簡直就像爸爸帶著他的兒子。

「然後，我們回到家，就我們倆沒有別人。我心想：『非走不可了，可是身上半毛錢也沒有。』我才只有五十法郎。我能找到什麼辦法來報仇呢？這時，他碰了碰我的手臂，對我說：『我有話對您說。』我跟著他走進了他的書房。他坐在書桌前，然後，涕淚縱橫地對我說，他並不想像他向媽媽說的那樣，狠心地對待我；他勸我不要打擾您……『這……這是您和我，我們之間的事……。』

「他給了我一張一千法郎的大鈔，……一千……一千……像我這樣的人……我……我拿一千法郎能做什麼？我看見抽屜裡還有其他鈔票，一大疊。看到這麼多紙鈔，讓我動了拿刀砍人的念頭。我伸手去接他給我的錢，不過，我並沒有眞的接受他的施捨，而是跳起來撲到他身上，把他推倒在地，掐住他的咽喉，直到他翻白眼；然後，我看他快死了，才鬆手，我拿東西塞住他的嘴巴，把他的手腳捆起來，剝掉他的衣服，把他的身體翻過去，之後……哈哈哈！……我狠狠地幫您報仇了！……」

菲利浦—奧古斯特一直咳嗽著，樂得幾乎喘不過氣來，他微微上揚的嘴角帶著殘忍又得意的表情，從那上面，維勒布瓦神父再次看見了昔日令他神魂顛倒的那個女人的微笑。

「後來呢？」他問。

「後來……哈哈哈！……壁爐裡的火燒得正旺……媽媽……她死的時候……是十二月……天氣很冷……壁爐裡的火很旺……我拿起撥火棒……把它燒紅……就這麼……在他的背上烙印了幾個十字叉，八個，十個，我記不清楚了，然後，我把他的身體翻過來，在他的肚子上烙印了同樣多的十字叉。這眞好玩，對吧，爸爸。從前，就是這樣在苦役犯身上做標記的。他像鰻魚一樣扭來扭去……可是，我把他的嘴巴塞住了，他沒辦法叫喊。之後，我拿了鈔票……十二張……加上我的那一張，總共十三張……這個數字後來沒有給我帶來好運。臨走時，我交代那些傭人，伯爵先生在睡覺，晚餐之前不要打擾他。

「我原本以爲，他是參議員，怕丟臉，不會對外張揚。我錯了。四天之後，我在巴黎的一家餐廳被逮，坐了三年的牢。就是因爲這個緣故，我才沒能早一點來找您。」

他又喝了幾口酒，說話含糊不清、嘟嘟噥噥的：「現在……爸爸……神父爸爸……有個當神父的爸爸，眞是有趣。……哈哈，一定要好好對待寶寶，要很好，因爲寶寶不是一般人……他做了一件了不起的……可不是嗎……一件了不起的事……對付了那個老頭子……」

面對這個罪大惡極的人，昔日在背叛他的情婦面前，那曾讓他近乎瘋狂的怒火，此刻又竄上了維勒布瓦神父的心頭。

他，曾經以天主之名，在告解亭裡寬恕了那麼多低聲供認的可恥祕密。現在，輪到他用自己的名義予以包容時，他卻毫無憐憫、毫無寬宥之意；他不再向樂於助人的慈悲天主尋求援助了，因爲他明白，任何天上或人間的庇護都拯救不了那些在世上遭遇如此不幸的人。

他狂熱的心靈和剛烈的血性，原本在傳道的神職生涯中得到了平息，此刻，卻全然覺醒，形成一股無法抵擋的激憤。他痛恨這個偏偏是他兒子的惡徒；痛恨這孩子的外表像他，也像自己的母親，那個不配爲人母的母親把這孩子孕育得和她一樣邪惡；他痛恨命運把這個卑鄙的流氓，像犯人腳鐐上拖著的鐵球一樣，牢牢扣在他身爲人父的腳上。

這個衝擊讓他從這二十五年來的虔誠沉睡和平靜中驚醒，他的思緒頓時明晰透徹，看清了眼前的一切，也預見即將發生的一切。

他突然覺得，必須言詞強硬才能讓這個惡人心生畏懼，一開始就得震懾住對方。因此，他顯出憤怒得咬牙切齒的模樣，不再考慮這個人是否喝醉，說道：「您已經把一切想說的都說完了，現在，聽我說，您明天早上就離開這裡，到我指定給您的地方住下，沒有我的命令不准離開。我會定期支付您一筆費用，夠您生活，但數目很小，因爲我沒有什麼錢。您只要違背我一次，一切就終結，而且我一定會找您算帳……」

菲利浦─奧古斯特儘管被酒精搞得頭腦昏鈍，這道威脅他還是聽得明白的，那潛藏在他身上的罪犯本性一下子顯露了出來，他一邊打酒嗝，一邊吐出這樣的話：「啊，爸爸，別給我擺這一套……你是神父……你已經被我逮住了……你也會和其他那些人一樣，老老實實聽話的！」

神父大吃了一驚，在這名年老的大力士的肌肉裡，忽地感到一股無法克制的需要，想抓住這個惡魔，把他像小棍子一樣折成兩截，讓他知道非得讓步不可。

他搖動餐桌，把桌子往那個人的胸口推過去，一邊高聲嚷道：「啊，請您小心，得小心……我，我是不怕任何人的……」

那醉漢失去平衡，在椅子上搖晃了一下。他感覺自己就快要跌倒，已經在神父的掌控之下，於是把手伸向擺在桌上的一把刀子，眼裡露出了殺人犯的凶狠目光。維勒布瓦神父一看見這個動作，便將桌子猛力一推，他的兒子便向後仰倒在地上。檯燈也滾下去，熄滅了。有幾秒鐘的時間，只聽見玻璃杯碰撞的細微聲響在黑暗中迴盪，接著傳來軟綿身體在石板地上爬行的聲音，然後就再也沒有任何聲音了。

隨著檯燈的破碎，夜色突然籠罩住他們，那麼迅疾，那麼出乎意料，那麼深沉，他們都感到錯愕，彷彿發生了什麼可怕的事。那醉漢蜷縮在牆邊，不再移動。教士呆坐在椅子上，沉浸在黑暗裡，黑暗淹沒了他的怒火。這片落在他身上的夜幕遏止了他的暴怒，也鎮靜了他心靈的憤恨；他內心另外有了些想法，這些想法就像暗夜一樣陰鬱而悲傷。

四周一片寂靜，有如封閉的墓穴般死寂，似乎不再有任何生機和氣息。也沒有任何聲響從外界傳來，沒有馬車在遠處行駛而過，沒有一聲狗吠，甚至沒有一絲微風拂掠過枝椏或牆面。

這情況持續了很久、非常久，大概有一小時那麼久。然後，銅鑼忽然響了！只被敲響了一聲，敲得很重、很急、很響亮。緊接著，發出了一陣奇怪的巨響，是東西跌落和椅子翻倒的聲音。

瑪格麗特一直留意著動靜，這時連忙跑來；但是，她才剛打開門，眼前一片漆黑，把她嚇得直往後退。然後，她顫抖著，一顆心怦怦地跳，喘吁吁地低聲呼喚：「神父先生，神父先生。」

沒有人回答，也沒有任何動靜。

「老天啊，老天啊，」她心想，「他們做了什麼？發生什麼事了？」

她不敢往前走，也不敢轉身回去拿燈；她一心只想逃跑和驚叫，雖然她感到兩腿發軟，幾乎快要就地倒下。她一遍又一遍地呼喚著：「神父先生，神父先生，是我，瑪格麗特。」

然而，儘管非常害怕，她那飽受驚嚇的大膽心靈卻突然充滿了一股拯救主人的本能願望，還有一股女性特有的、時而會讓她們展現英雄作風的勇氣；她跑到廚房，帶回了一盞油燈。

她走到客廳門口，停下腳步。首先看到那個流浪漢靠在牆邊躺著，睡著了，或者看似睡著了；然後是破碎的檯燈；然後，是桌子底下，維勒布瓦神父穿著黑色長襪的雙腳和雙腿，他應該是在後仰摔倒時，頭撞上了銅鑼。

她嚇得一顆心突突地跳，雙手顫抖個不停，一遍遍地說：「老天啊，老天啊，這是怎麼了？」

她一小步一小步慢慢地往前走，腳下忽然踩到某種油膩膩的東西，滑了一下，差點兒跌倒。

她彎下腰，才發覺紅色石板地上，也有一種紅色的液體在流動，在她雙腳周圍漫了開來，而且迅速朝門口流去——她猜，那是血。

她嚇得幾乎發狂，拔腿就逃，把燈丟掉，什麼也不想看見。她衝進田野，往村莊跑。她一面往前跑，一面叫喊，兩眼直盯著遠處的燈火，幾次撞上了樹幹。她尖銳的聲音淒厲如貓頭鷹的叫聲，在黑夜裡飄散開來。她不停地呼喊著：「『馬屋法唐』……『馬屋法唐』……『馬屋法唐』……」

當她來到最鄰近的幾座房子時，幾個受到驚嚇的男人跑了出來，圍著她；可是她拚命掙扎，答不出話來，因爲她已經神智昏亂，不知所措了。

最後，大家才弄明白——神父的鄉間住所裡發生了不幸的事；於是，一隊人帶了武器，趕去援救他。

那座位在橄欖園裡的粉紅色小別墅，在深沉闃靜的黑夜裡，變得烏壓壓的一團，幾乎無法辨識。自從那照亮窗口的唯一一盞燈光像闔上了眼睛似的熄滅之後，小別墅就淹沒在黑暗中，消失在幽冥裡，如果不是本地人，誰也找不到它。

很快地，點點燈光便貼著地面，穿越樹林，朝小別墅而來。燈光在草地上移動著，草叢彷彿被燃燒出一道道長長的黃光；在游移不定的光線下，橄欖樹彎彎曲曲的樹幹時而像怪物，時而像扭曲交纏的地獄之蛇。朝遠處投射而去的燈光，突然照見了黑暗中一個模模糊糊的微白的東西；之後不久，在幾把提燈的照耀下，小別墅矮矮的方形牆壁又變成了粉紅色。數名農夫手持著提燈，伴隨兩位握著手槍的憲兵、鄉間警察、村長和瑪格麗特（幾個男人扶著瑪格麗特，因爲她已經支撐不住了）。

眾人來到令人恐懼的房屋那敞開的門前時，無不遲疑了一會兒。但是，憲兵隊長抓來一把提燈，走進去，其他人也隨之入內。

女僕沒有說謊。血液現在凝固了，像地毯一樣覆蓋著石板地面。液體早已一直流到那個流浪漢的身旁，他的一條腿和一隻手都浸在血泊裡。

父親和兒子皆沉睡著——一個喉嚨割斷了，長眠不醒；另一個仍在醉漢的酣睡中。兩名憲兵撲向喝醉的這一位，他還沒醒來，手腕就已被扣上了鎖銬。他揉揉眼睛，一臉錯愕，酒意未退，仍昏頭昏腦的。當他看到神父的屍體時，好像很驚恐，流露出了困惑不解的表情。

「他怎麼沒有逃走呢？」村長問。

「他醉得不省人事了。」憲兵隊長回答。

大家都同意他的看法，因爲任誰也想不到，維勒布瓦神父也許竟是自殺身亡的。

——〈橄欖園〉（Le champ d’oliviers），發表於一八九〇年二月廿三日

催眠椅

塞納河從我的房子前鋪展而過，沒有一絲波紋，早晨的陽光彷彿爲它塗上了一層清漆。這是一片美麗又寬闊、流動緩慢的銀白色長長水域，有幾處被染成了紫紅色。河的對岸，成排大樹在整條河岸上一路延伸，形成一道連綿的綠色圍牆。

生活洋溢著歡樂；愛情和氣息清新的生活，每天都重新開始，可以感覺到它在綠葉間微蕩，在空氣中顫動，在水面上閃爍。

有人把郵差剛送來的幾份報紙交給我。我氣定神閒地走到河邊讀報。

打開第一份報紙，看到「自殺事件統計」幾個字，並從內文中得知，今年有八千五百多人自殺。

瞬間，這些自殺者彷彿出現在我的眼前——我看見活膩了的絕望之人所自導自演的這場醜惡大屠殺。我看見有些人淌著血，被一顆子彈打碎下巴，打爛腦袋，射穿胸膛，獨自在旅館的一個小房間裡慢慢死去，他們不去想自己的傷口，想著的始終是自己的不幸。

我看見另一些人喉嚨被割開或肚子被剖開，手裡仍握著菜刀或剃刀。

我還看見另一些人坐在浸泡著火柴的杯子前面，或者坐在一個貼著紅標籤的小瓶子前面。他們目光呆滯地望著那個杯子或瓶子，一動也不動；接著他們喝下去，然後等待；不久，他們的臉頰歪斜扭曲，嘴唇抽搐；恐懼使他們眼神狂亂，因爲他們不知道死亡之前竟然會這麼痛苦。他們站起來、停住、倒下，雙手按著肚子，在他們意識變模糊之前，他們感覺那液體有如火一樣灼燒他們的器官，腐蝕他們的內臟。

我看見另外一些人吊在牆壁的釘子上，窗戶的長閂上，天花板的掛鉤上，閣樓的屋梁上，夜雨中的樹枝上。我能猜到，他們在舌頭伸出、一動也不動地吊在那裡之前，都做了哪些事情。我能猜測到，他們內心的焦慮、他們最後的幾度猶豫，以及他們繫繩子，檢查是否繫得牢固，把繩子套在脖子上，讓自己懸空的那些動作。

我還看見一些人躺在破爛不堪的床上，有的是懷抱年幼孩子的母親，有的是挨餓已極的老人，有的是一顆心被愛情苦惱、撕得粉碎的年輕女孩，他們全都身體僵硬，窒息了，氣絕了，而煤炭火盆還在房間裡冒著煙。

我還看見一些人在黑夜裡空蕩的橋上徘徊。這些人是最淒慘的。河水從橋拱下流過，發出柔和的潺潺聲。他們見不著河水……只在吸入它的涼冷氣味時，才猜得到它的存在。他們需要它，又害怕它——他們不敢，然而，又不得不如此。遠處傳來了某座鐘樓的報時鐘聲，突然，在無邊寂靜的黑暗中，響起一陣身體掉落河裡的撲通聲，幾聲叫喊，雙手拍打水面的啪啪聲，旋即安靜下來。有時只聽得見他們落水的哺嚕聲，因爲他們捆住了自己的雙臂或者在雙腳綁了一塊石頭。

哦，可憐的人們，可憐的人們，可憐的人們，我感受到他們的痛苦，體會到他們的死亡。我經歷了他們所有的苦難——我在一個小時裡，承受了他們所有的折磨。我了解了導致他們淪落到這個地步的所有痛苦；因爲我很清楚生活中那披著迷人外表的卑鄙無恥，沒有人比我看得更清楚。

我是多麼地了解他們啊——這些人處於弱勢，受厄運糾纏，失去心愛的人，從希冀得到遲來補償的夢裡醒來，從對另一種生活的幻想中醒來，在那種生活裡，他們以爲，曾經殘酷不仁的天主也許最終會變得公正，他們看破了種種幸福的幻影，他們受夠了，想結束這無休止的悲劇抑或是可恥的喜劇。

自殺，正是那些不再有力量的人的力量，是那些不再有信心的人的希望，是被擊敗者的崇高勇氣。是的，生活中至少還有一扇門，我們始終可以打開它，到另外一邊去——大自然動了憐憫之心，它沒有把我們囚禁起來，這都該謝謝那些絕望的人們。

至於那些純粹只看破了一切的人，就讓他們不受羈絆，心情平靜地往前走吧。既然他們可以離開，既然在他們背後始終有一扇門，有一扇他們夢想中的神靈也關閉不了的門，那麼他們就沒有什麼好害怕的。

我想著這些自願死去的人——一年裡，竟有八千五百多人。我感覺他們似乎集結了起來向世界發出一份祈求，呼喊一個心願，要求一件等我們更加了解時便能實現的事。我感覺所有這些受苦致死的人，這些割開喉嚨而死的人，這些喝毒藥毒死自己的人，這些窒息而死的人，這些投水溺斃的人，正成群結隊、聲勢浩大地前來，像投票的公民一樣對社會說：「請至少給我們一個輕鬆和緩的死亡吧。你們既然沒有幫助我們活，就幫助我們死吧。請你們看看，我們人數眾多，我們有權在這個自由、哲學思想不受限制和全民投票的時代裡發言。請施捨那些放棄活命的人一個既不讓人厭惡、也不令人畏懼的死亡吧。」

我開始胡思亂想，任由自己的思緒圍繞著這個主題飄蕩游移，因而產生出許許多多神祕怪異的遐想。

有一刻，我相信自己身處在一座美麗的城市裡。這是巴黎，但是，在哪個時代呢？我走在大街小巷，望著一幢幢房屋、劇院、公共機構，忽地，在一個廣場上，我瞧見一棟高大的樓房，格調非凡、雅致又漂亮。

我感到吃驚，因爲樓房的正面寫著幾個金色大字——「自願死亡協會」。

啊，人醒著時做的夢多麼奇怪呀。在這些夢裡，心思可以飛到一個非現實卻又有可能的世界裡。在那兒，沒有什麼事物使人驚奇，沒有什麼事物令人不快；想像，有如脫韁的野馬，再也分辨不出可笑和可悲。

我走近這座建築，幾個穿短褲的僕役坐在前廳裡，衣帽間前面，就如同在俱樂部入口一樣。

我走進去看了看。其中一個僕役站起來，對我說：「先生，有什麼事嗎？」

「我想知道這是什麼樣的地方。」

「沒有其他的事嗎？」

「沒有。」

「那麼，先生是否願意讓我帶您去見見協會的祕書？」

我有些躊躇，又詢問：「可是，這樣不會打擾他嗎？」

「喔，不會的，先生，他在這裡就是爲了接待想了解情況的人。」

「好吧，我跟您去。」

他引領我穿過一條條走廊，廊道上有幾個老先生在聊天；接著，我被帶進了一間漂亮的辦公室，光線有點暗，所有家具都是黑木頭製的。有名肥胖的年輕男子，挺著個大肚，正一邊抽雪茄一邊寫信，我一聞那菸的香氣，就知道是上等的雪茄。

他起身，我們相互致了意。等僕役一離開，他便問：「有什麼我能爲您效勞的嗎？」

「先生，」我回答他，「請恕我冒昧。我從來不曾見過這個機構。大門正面上的那幾個字讓我非常驚奇，我希望了解這個地方都做些什麼事。」

他在回答之前先微微笑了一笑，之後，帶著滿意的表情，低聲說：「老天呀，先生，我們這兒做的事情是，殺死那些想死的人，讓他們乾淨俐落、平靜安詳地（我不敢說是舒舒服服地），死去。」

我並沒有感到很激動，因爲對我而言，這種做法既自然又恰當。特別令我感覺驚奇的是，在這個思想卑劣，充斥著功利主義、人道主義、自私自利想法，而且對一切眞正自由都想加以限制的星球上，居然有人膽敢從事這樣一個獲得解放的人類才夠資格擁有的事業。

我接著又問：「您們怎麼會想成立協會的？」

他回答：「先生，自殺的人數在一八八九年世界博覽會過後的五年裡，增加了這麼多，採取措施已經變得刻不容緩。人們在街道上自殺，在節慶場合裡，在餐館裡、戲院裡、火車車廂裡，在共和國總統的招待會上，到處都有人自殺。這不只對那些像我一樣熱愛生活的人而言是醜惡的一幕，對孩童們而言也是一個最壞的示範。所以，有必要把自殺集中起來。」

「怎麼會這麼流行呢？」

「我也不知道。事實上，我認爲世界變老了。人們開始看清楚這一點，而且無法容忍這一點。在今天，命運，就像政府一樣，人們已經知道它是怎麼回事了——人們看出自己到處受騙，於是，以死一走了之。人們認識到，老天爺撒謊、作弊，像議員欺騙他的選民一樣欺騙人類時，十分生氣，但是又不能像對付那些享有特權的代表那樣，每三個月另選一個，只好離開這個顯然差勁透了的地方。」

「眞是如此！」

「喔，我嘛，我並不抱怨。」

「您願意告訴我，您們的機構是如何運作的嗎？」

「非常樂意。而且如果您高興的話，也可以加入。這是一個俱樂部。」

「一個俱樂部！……」

「是的，先生，是由國內最傑出的人士，才智最出眾、最具透徹遠見的一群人創立的。」

他發自內心地笑了笑，一面補充道：「而且我向您保證，來的人都會喜歡上這裡。」

「喜歡這裡？」

「是的，喜歡這裡。」

「您讓我驚訝。」

「老天哪，人們喜歡這裡，是因爲俱樂部的成員對死亡都不抱持著恐懼，而死亡，正是人世間喜樂最大的破壞者。」

「可是，既然他們不自殺，又何必成爲這個俱樂部的會員。」

「人們可以是俱樂部的會員，卻並不因此就非自殺不可。」

「那又是怎麼回事呢？」

「我來解釋。面對過度增長的自殺人數，面對他們呈現給我們的那些醜惡可怕的景象，一個純粹慈善性質的社團成立了。它保護那些絕望者，提供他們一個即使不算是出乎意料的、至少也是平靜的而感覺不到的死亡，供他們隨時使用。」

「那麼，誰批准了這樣一個協會呢？」

「布朗熱將軍[1]，就在他短暫的執政期間。他什麼都不拒絕；何況，他也只做了這麼一件好事。有些具洞察力、對事情不抱幻想、懷疑一切教條的人士，就這樣組織了一個協會，他們打算在巴黎市中心建立一種蔑視死亡的殿堂。這棟房子一開始引發了恐懼，沒有人前來。常在此聚會的那些創辦者於是在這裡舉行了盛大的開幕晚會，參加的有莎拉・伯恩哈特、茱蒂克、迪歐、加尼爾[2]和其他二十多位夫人，以及德雷茲凱、柯克蘭、慕奈—蘇利、波律[3]幾位先生等等。之後，還舉辦

1布朗熱（Georges Boulanger，一八三七～一八九一），法國軍事將領及政治人物，曾多次出任政府國防要職。並利用民眾對自己的高度支持，聯合保皇黨及國家主義者，企圖顛覆第三共和。陰謀失敗後，逃亡國外，最後自殺身亡。

2莎拉・伯恩哈特（Sara Bernhardt）、茱蒂克（Judic）、迪歐（Théo），加尼爾（Garnier），皆是十九世紀法國的著名女演員。

3德雷茲凱（de Reszké），波蘭聲樂家；柯克蘭（Coquelin）、慕奈—蘇利（Mounet-Sully）：法國著名演員；波律（Paulus），法國音樂家。

了數場音樂會，演出仲馬[4]、梅拉克、哈萊維、薩爾杜[5]的喜劇；我們只有一次演出失敗，是貝克[6]先生的劇作，那部作品似乎相當灰暗，之後在法蘭西劇院上演時卻大獲成功。最終，整座巴黎的人都來了。我們的事業從此聲名大噪。

「這些就發生在一片歡樂中！多麼令人毛骨悚然的玩笑呀！」

「一點也不。死亡不應該是淒慘的，應該是無關緊要的。我們把死亡變成輕鬆愉快的事，我們用鮮花來裝飾它，使它充滿香氣，讓它輕而易舉。大家藉由實例學習幫助他人；大家可以來參觀，這沒什麼大不了的。」

「人們爲了歡笑快樂而來，我非常能夠理解，但是，也會爲了……它而來嗎？」

「不是立刻就來，人們還是有疑慮。」

「後來呢？」

「人們來了。」

「很多嗎？」

「大批大批地來。每天有四十位以上。如今，塞納河裡幾乎再也沒有發現淹死的人了。」

「誰首先開始的？」

「一個俱樂部的成員。」

「一個理念忠誠的信仰者嗎？」

「我倒不認爲。那是個煩惱纏身的人，一個傾家蕩產的人，他玩了三個月的百家樂[7]，輸掉了巨額賭金。」

「眞的嗎？」

「第二位是一個英國人，一個古怪的人。我們於是在各報紙大肆宣傳，講解我們的方法，編造了幾樁吸引人的死亡實例。但是，事業的推展，主要還是靠窮苦人家。」

「您們如何進行的呢？」

「您願意參觀一下嗎？我可以一邊向您解說。」

「當然願意。」

他戴上帽子，打開了門，請我走出去，然後帶我進入一間博弈室。有幾個人正在裡面賭博，情

---

4 仲馬（Alexandre Dumas fils，一八二四～一八九五），此處指的是小仲馬，法國著名劇作家和小說家，文學名著《茶花女》的作者。

5 梅拉克（Henri Meilhac，一八三〇～一八九七），法國劇作家；哈萊維（Ludovic Halévy，一八三四～一九〇八），法國劇作家及小說家；薩爾杜（Victorien Sardou，一八三一～一九〇八），法國劇作家。

6 貝克（Henry Becque，一八三七～一八九九），法國劇作家，被認為是「殘酷戲劇」的創始人。文中提到的劇作可能是《烏鴉》。

7 百家樂（baccarat），賭場裡常見的一種撲克賭博遊戲。

況就和所有的賭場一樣。接著，他穿越了一個個不同的客廳；客廳裡有人在聊天，交談熱絡，氣氛愉快。我很少見過這麼活潑熱鬧、這麼充滿歡笑的俱樂部。

看我感到驚訝，祕書便接著說：「啊，協會受到了前所未有的歡迎。全世界所有的高雅人士為了展現自己蔑視死亡，紛紛前來加入。他們一旦來到這裡，就相信自己必須高高興興的，不能表現出害怕的樣子。因此，眾人開著玩笑，開懷地笑，吹牛胡謅，大家都很風趣，也學著風趣。可以肯定，這是當今巴黎最熱鬧、最有趣的地方；甚至，就連婦女們現在也忙著建立一個她們專屬的附設機構。」

「就算如此，協會裡有很多人自殺嗎？」

「正如我對您說過的，每天大約四、五十人。上流社會的人寥寥可數，貧窮的可憐蟲則多如牛毛，來自中產階級的也不少。」

「那麼，您們都怎麼……怎麼做？」

「窒息……非常舒服地窒息。」

「用什麼方法？」

「用我們發明的一種氣體。我們已經擁有了專利。在這棟大樓的另一側，有幾扇門對公眾開放，是三扇面朝小街道的門。任何男士或女士過來了以後，我們開始問他問題，然後向他提供救濟、幫助、多項保護。如果客戶接受，我們會進行調查，而且我們經常能挽救他。」

「您們從哪裡取得金錢？」

「我們的錢很多。成員支付的會費很高。再說，捐款給協會，是有教養、有風度的表現，所有捐款人的姓名都會刊登在《費加洛報》上。此外，有錢人自殺的費用是一千法郎，他們就是死也要擺出闊氣的姿態。窮人自殺則免費。」

「您們如何認得出誰是窮人？」

「哦、哦，先生，我們猜得出來的。況且，他們必須帶一張他們那個地區的警察局所核發的貧民證。您無法想像他們進來的時候有多淒慘。機構裡的那個部分我只去看過一次，我是絕不會再去的了——就場地而論，那兒和這裡一樣好，幾乎一樣豪華、一樣舒適；但是他們……他們，那些衣衫襤褸、來這裡死去的老人，您眞該看看他們來到時候的模樣。有些人受貧困折磨了好幾個月，幾乎快死了，仍慣性地像隻街上的野狗一樣蜷在牆角石邊覓食；有些女人穿著破爛衣服，瘦骨嶙峋，渾身是病，手腳癱瘓，無力謀生，她們講完自己的情況後，對我們說：『你們現在相當清楚了，我呀，既然什麼事都做不了，也沒能力賺到半毛錢，實在無法再繼續下去了。』我還曾經看過一個八十七歲的婦人來這裡，她失去了所有兒女和孫子女，六個星期以來一直睡在戶外。這件事讓我難過極了。我們遇過的案例不勝枚舉、各不相同，這還不包括那些什麼也不說的人，他們只問一聲：『在哪裡？』這類人，我們讓他們進來，立刻就結束了。」

我的心一陣糾結，也重複了一遍：「在……哪裡？」

「就在這裡。」

他打開一扇門，一面補充道：「請進，這是特別保留給俱樂部會員的部分，也是最少使用的部分。我們在這裡只執行過十一次消滅。」

「啊，您們把這種事稱之爲……消滅。」

「是的，先生。請進。」

我猶豫了一下，最後還是走進去。這是一個極爲宜人的長形大廳，有點像溫室，淡藍色、粉紅色、淺綠色交織的彩繪大玻璃窗有如風景畫的掛毯似的，詩意盎然地環繞著它。在這個漂亮的客廳裡，有長沙發、茂盛的棕櫚樹、香氣撲鼻的鮮花，玫瑰花尤其多，桌子上還有書籍讀物，有《兩世界雜誌》[8]，裝在專賣局特製盒子裡的雪茄；令我驚訝的是，有個糖果盒居然放著維琪糖片[9]。

見我一臉驚奇，我的導覽員於是說：「啊，人們經常來這裡聊天呢。」

他接著又說：「給大眾使用的那些廳堂是相同的。只是，家具的擺設比較簡單。」

我問：「您們是如何進行的？」

他指著一張罩了雙縐紗的長椅，那縐紗布看起來軟綿如奶油，布面上還有白色刺繡。椅子擺放在一棵不知名的高大灌木下，灌木樹根處圍繞著一個圓形的木犀花花壇。

祕書壓低聲音，補充道：「花和香味可以隨意變換，因爲我們的氣體是令人完全感覺不出來的，可以讓死亡具有您喜歡的花香。它可以和香精一起揮發。您願意我啓動它讓您吸一秒鐘嗎？」

「謝謝，」我趕忙對他說，「現在還不需要……」

他笑了起來。「喔，先生，沒有任何危險的。我自己就曾經試過好幾次。」

我不想在他的面前顯得膽怯，於是又說：「我很願意試一試。」

「請您躺在『催眠椅』上。」

我有點忐忑不安地坐在套著雙縐紗的低矮長椅上，然後躺了下來，幾乎立刻感覺到籠罩在一股沁人心脾的木犀花香氣中。我張開嘴巴盡情地吸著，因爲我的心智已經麻木，我忘記了一切，在窒息的最初迷茫狀態中，享受著這種誘惑人、又能殺死人的鴉片所帶來的心蕩神馳醉意。

有人搖晃了一下我的手臂。

「嘿、嘿，先生，」祕書笑著說，「看來您已經快要假戲眞做了。」

有道人聲，有個眞正的嗓音，不再是遐思幻想中的聲音，帶著一股鄉下人的腔調向我問好：

8《兩世界雜誌》（Revue des deux Mondes），法語文學月刊，一八二九年創刊，至今仍持續發行。十九世紀時，是浪漫主義年輕作家和評論家的主要發聲園地。

9維琪糖片（pastille de Vichy），八角形的白色糖片，因具有幫助消化的功能而著稱，主要成分為碳酸氫鈉，即小蘇打。

「日安，先生。身體可好？」

我的夢境頓時煙消雲散。我先是看見在太陽下亮光閃閃的塞納河，還看見本地的鄉村警察正從一條小徑走來，他以右手輕碰了一下頭上那頂鑲著銀色飾帶的黑軍帽。

我回答：「日安，馬里奈爾。您去哪兒呀？」

「我去查看一個淹死的人，是在莫里翁附近撈起的。又是一個跳進河裡自殺的。他甚至還把褲子脫掉，捆住了自己的雙腿。」

——〈催眠椅〉（L'endormeuse），發表於一八八九年九月十六日

皮耶爾與尚恩

一

「該死！」羅朗老爹突然喊了一聲，他一動也不動，兩眼直盯著水面，已經十五分鐘了，還不時用非常輕巧的動作拉起沉入海裡的釣線。

羅朗太太和應邀來觀看海釣的羅塞米利太太並肩坐在船尾，此時，她正感覺昏昏欲睡，一下子醒了過來，轉頭朝她的丈夫說：「怎麼啦……怎麼啦……傑洛姆！」

老頭兒氣鼓鼓地回答：「完全不上鉤。從中午到現在，半條魚也沒釣到。永遠只該和男人一起釣魚；你們女人總是害我們太晚上船。」

他的兩個兒子皮耶爾與尚恩，一個坐在左舷，一個坐在右舷，食指上都繞著釣線，聽見父親的這番話不約而同笑了起來。

尚恩回答：「爸爸，你對我們的客人不太禮貌喔。」

羅朗先生顯得不好意思，連忙道歉：「羅塞米利太太，請您原諒，我這個人就是這樣。我邀請女士們來，是因爲我喜歡有她們作伴，可是，一旦感覺水在腳底下流動，我的心裡就只有魚了。」

此時，羅朗太太已經完全清醒了，她表情溫柔地望著一片廣闊的峭壁和天際，輕聲說：「可是，你們的魚獲也不少了呀。」

她丈夫一邊搖搖頭表示不同意，仍一邊目光欣慰地瞥了一眼魚簍。父子三人釣到的魚還在簍子裡隱隱抽動，充滿黏液的魚鱗和撐開的魚鰭發出了細微聲響，所有的魚全都軟綿綿、有氣無力地掙扎著，嘴巴一開一合，看上去奄奄一息。

羅朗老爹抓起竹簍放在兩膝間，把它朝一邊傾斜，讓那些銀光閃閃的魚倒向竹簍邊緣，好看清簍子底部的魚。垂死的魚兒們顫動得更厲害了，魚身的強烈氣味，一股新鮮海魚的腥味，從滿腹魚獲的竹簍裡湧上來。

老漁夫彷彿嗅聞玫瑰花香似的深深吸了幾口，然後說道：「好傢伙，這些魚眞是新鮮。」接著又問：「醫生，你呢，你釣到幾條了？」

他的大兒子皮耶爾，三十歲，黑色頰髯修剪得像法官一樣，唇邊和下巴則刮得光溜溜的。他回答：「喔，沒多少，三、四條。」

父親轉向小兒子：「你呢，尙恩？」

尙恩是個高大的金髮小夥子，鬍子很濃密，比他的哥哥小了好幾歲。他微笑了一下，輕輕說：「和皮耶爾差不多，四、五條。」

他們每次都說這樣的謊話，好讓羅朗老爹高興。他老人家早已把釣線纏繞在一邊的槳架上，雙臂交叉在胸前，聲稱道：「今後，再也不要下午來釣魚了。一過十點，就全結束了。這些壞傢伙在太陽下睡午覺，根本不會再上鉤。」

老頭子看著周遭的大海，露出主人般的滿意神情。

他原本是一個巴黎的珠寶商，熱愛航海和釣魚勝過一切，因此，一等到手頭足夠寬裕、能靠利息過小康生活時，他便毅然決然離開了櫃臺。

退休後，他來到勒哈弗爾[1]，買了一條小船，成為業餘水手。他的兩個兒子皮耶爾與尚恩留在巴黎繼續他們的學業，放假回來時，經常陪伴父親共享水上樂趣。

老大皮耶爾比尚恩年長五歲，中學畢業以後，曾經接連感覺自己對多種不同的職業都擁有天賦，於是先後嘗試了六、七種行業，但每次都很快就厭倦了，隨即又投入追求新的希望。

最後，引起他興趣的是醫學，他開始滿懷熱情、發憤用功了起來，歷經幾段為期短暫的進修，並且在通過部長許可、得而減免修業時間之後，近來剛通過醫師資格考試。他的個性容易激動，頭腦聰明，脾氣善變又執拗，滿腦子不切實際的空想和哲學見解。

1 勒哈弗爾（Le Havre），法國西北部諾曼第大區北邊的大港。位於塞納河河口，臨英吉利海峽，是西歐大陸與英國、美洲往來的重要樞紐。

生著金髮的尚恩則和他那一頭黑髮的哥哥恰恰相反。他冷靜，而他哥哥暴躁；他溫和，而他的哥哥好記仇。他平穩順利地完成了法律課程，並在皮耶爾獲得醫師證書的同時，也取得自己的學士學位。

因此，這會兒，兄弟倆都回到家稍微休息一陣子，也都有相同的計畫——只要各項工作條件令人滿意，他們都希望在勒哈弗爾開業。

然而，有股隱約存在的嫉妒情緒，讓他們時時處於無害的敵對之中。那是一種潛藏在兄弟姊妹之間的嫉妒心，並且幾乎在不知不覺中增長著，直到成年，然後因爲結婚，或者幸福降臨在其中一人身上，手足間的妒意便爆發了。他們當然是彼此相愛的，但同時也在相互窺視。尚恩出生時，皮耶爾已經五歲了，他帶著被寵壞了的小獸那種敵意，看著另一頭突然出現在父母懷裡的小獸，是多麼受到雙親的百般疼愛和呵護。

尚恩從小就是溫順善良、心性平和的典範。皮耶爾聽著他人不斷讚揚弟弟，漸漸感到惱火，在他看來，這個壯碩小夥子身上的溫和無異於軟弱，善良是愚蠢，而仁慈則是盲目。他的父母是安分守己之人，希望兩個兒子能有平凡但受人重視的社會地位。他們因此經常責怪皮耶爾缺乏定見，總是一頭狂熱，屢次半途而廢，數落他所有那些抱負遠大、嚮往風光職業卻又後繼無力的衝動。

成年以後，人們不再對做哥哥的說：「瞧瞧尙恩，向他看齊！」但是，每當皮耶爾聽見別人一再說起「尚恩做了這個，尚恩做了那個」，他其實非常明瞭這些話語的眞正含意和弦外之音。

他們的母親是個有條理的女人，一名節儉又帶點多愁善感的小資產階級婦女，是個具有柔軟心腸的收銀小姐。她經常得在兩個長大了的兒子之間，不斷平息因爲共同生活的諸多瑣事而產生的種種日常小爭執。

而此時正有一件細微的變化讓她心緒不寧，擔心會引起糾紛。去年冬天，在兒子們各自完成專業課程的期間，她認識了一位女鄰居羅塞米利太太。這位女士是一名遠洋輪船長的遺孀，丈夫兩年前死於海上。年輕的寡婦才二十三歲，正値青春，且相當能幹，像一頭不受拘束的動物憑著本能知道如何生活。她彷彿見識過、閱歷過，對各種可能的情境了然於心且衡量過，總是在明理中帶點狹隘善意地判斷事物。她已經習慣在晚間來到親切和藹的鄰居這一家家中，做一點針黹絨繡，喝杯茶，聊聊天。

希望成爲海員的執念時時刻刻刺激著羅朗老爹，他向他們新認識的女性友人詢問起那位去世船長的事情。而她也總是坦然無諱地談論死去的丈夫，談他的航行旅程和過往故事，言談之間讓人感受到她是一位通情達理、順從天意的女性，既熱愛生活也尊重死亡。

兩個兒子回來之後，發現家中出現了一位漂亮的寡婦，便開始向她獻殷勤——兄弟倆相互較勁爭鋒的念頭，實則多過於想討女人歡心的渴望。

他們的母親爲人謹愼又講求實際，熱切盼望兩兒子當中的一位能成功達陣，因爲這名少婦非常有錢；不過，她同樣也希望另一位不會因此而悲傷難過。

羅塞米利太太金髮藍眼，頸項間盤成圈狀的細髮，稍有微風吹拂，便飄揚飛舞起來。她那略帶勇敢大膽、且好爭辯的臉龐神情，和她明智的思考方式一點也不搭襯。

她似乎早已偏愛尙恩，因爲她覺得自己的天性和他較爲相似。但是這樣的偏好，僅僅透過微小得幾乎讓人感覺不到的聲音和眼神表露出來，不過，有時當她採納他的意見時也能讓人感覺得到。

她彷彿猜到了尙恩的看法總能與她自己的主張應和，而皮耶爾的見解則注定與自己相左。當她提到這位醫生的想法時，也就是那些有關政治、藝術、哲學、倫理道德的想法時，她總會說：「您的那些空談。」這時候，皮耶爾便用法官審理女性訴訟案件的眼光冷冷地望著她，心裡似乎想著——女性，所有的女性，這些可憐的人呀。

在兩個兒子回來之前，羅朗老爹從不曾邀請羅塞米利太太參與海釣活動，也從未帶他的妻子前往過，因爲他喜歡，在天還沒亮時就和博西爾船長、老水手巴巴格里一起上船出海。博西爾是名退休的遠洋海員，羅朗老爹在港口漲潮時分遇見了他，從此成爲親密朋友；巴巴格里的綽號又叫讓—巴特[2]，負責在港口替老爹看管船隻。

然而，上星期的一個晚上，羅塞米利太太在羅朗家吃晚餐時，她說：「釣魚，一定非常有趣吧？」昔日的珠寶商感覺自己的嗜好受到了恭維，頓時興起向她傳遞熱情、讓她也成爲同好的想法，於是他以教士宣教招募信徒的做法，大聲說：「您願意來釣魚嗎？」

「當然願意。」

「下星期二，怎麼樣？」

「好的，下星期二。」

「您是那種能清晨五點出門的女性嗎？」

她發出一聲驚呼：「啊，不行，怎麼可能。」

他很失望，熱情冷卻了，突然對她的興趣產生懷疑。然而，他還是問了：「您幾點能出發呢？」

「那……九點吧！」

「不能早些嗎？」

「不行，不能再提前了，這已經非常早了！」

老頭兒顯得遲疑。如此一來，他們必然什麼魚都釣不到，因爲陽光暖熱，魚兒就不上鉤了。但是，這時，兩個兄弟熱心居中協調，安排一切活動，當場便把整件事情講定。

所以，緊接而來的星期二，「珍珠號」終於在拉埃弗岬角的白色岩壁下拋錨碇泊。他們一直垂釣到中午，然後小睡片刻，接著又繼續釣魚，卻再也沒釣到什麼魚。羅朗老爹至此才明白，羅塞米利太太實際上只喜歡、也只欣賞乘船出遊，但這個理解來得有些遲了。他眼看釣魚線絲毫不動，一

2讓—巴特（Jean-Bart，一六五〇～一七〇二），法國著名的傳奇海盜。

時失去耐性，未經思考地喊出一聲強勁的「該死」，這句咒罵既針對那些釣不到的魚，也指向那位漠不關心的寡婦。

現在，羅朗滿懷守財奴的激動和喜悅望著釣到的魚，屬於他的魚；然後他抬頭看向天空，留意到太陽正西下，便說：「好了，孩子們，我們是不是該稍微往回走啦？」

兩兄弟於是拉起他們的釣線，捲好，把清洗過的魚鉤扣掛在軟木塞上，等待返航。

羅朗已經站了起來，以船長的方式察看天際，說道：「不會起風了，小夥子們，用力划槳吧！」突然，他朝北方伸出手臂，補上了一句：「瞧、瞧，是南安普敦[3]的船。」

遼闊的海面，平靜無波，像一幅展開的藍色布疋，閃閃發亮，泛著金黃色，光澤有如火焰一般。那兒，在老爹手臂指出的方向，有片淺黑色的煙霧正升向粉紅色的天空。雲煙下方，可以看見一艘船的身影，因爲距離遙遠而顯得渺小。

向南望去，還有其他許許多多縷煙柱全都朝著勒哈弗爾港的防波堤而來；那海堤像一條依稀可辨的白線，筆直的燈塔立在末端猶如一個突出的尖角。

羅朗問：「『諾曼第號』是不是今天該進港呢？」

尙恩回答：「是的，爸爸。」

「把望遠鏡給我，我想，那邊那艘船一定是它。」

老爹拉長銅管，把它湊向一個眼睛，略做調整，尋找焦距，忽然看見了，他非常興奮：「是、是，正是它，我認出那兩根煙囪了。羅塞米利太太，您要看一看嗎？」

她接過銅管子，朝著遠處那艘越洋大客輪看，但她顯然沒能對準標的物，因爲她什麼也看不清，除了一片藍，加上一圈色環，一個圓滾滾的彩虹，接著又是一些忽隱忽現的古怪影像，看得她一陣暈眩反胃。她歸還了望遠鏡，一面說：「我從來也不曉得怎麼使用這個工具。這件事甚至連我先生也生氣。之前，他常在窗前一待好幾個小時，看過往船隻。」

羅朗老爹相當不高興，接著說：「這應該是您的眼睛有問題，我這支望遠鏡可是極好的。」語畢，他又把望遠鏡遞給他的妻子：「你想看看嗎？」

「不用了，謝謝，我還沒看就知道自己操作不來了。」

羅朗太太，一個四十八歲的女子，看起來卻不到這個年齡。她對於這次海上出遊和這片日暮黃昏，似乎比在場所有人還樂在其中。

她那栗褐色的頭髮才剛開始發白。

她神情安詳，模樣理智，看起來幸福、和善，教人見了就喜歡。根據她兒子皮耶爾的說法，她知道金錢的價值，但這絲毫不妨礙她品味幻想的迷人樂趣。她喜愛閱讀，小說和詩歌都喜歡，並非因爲她欣賞這些作品的藝術價值，而是因爲它們能喚醒她心中憂鬱而溫柔的遐思。一行詩，還經常

3 南安普敦（Southampton），英國英格蘭東南部的港口城市。

只是平庸、拙劣的詩句，正如她所言，也能使細小的心弦為之顫動，讓她感覺彷彿實現了一個神祕的願望。她非常喜愛沉浸在這些輕微的感動中，任由這些情緒稍稍擾亂她那如同帳簿般井然有序的心靈。

自從來到勒哈弗爾以後，她明顯變胖了，從前她的身材非常纖細柔軟，如今已日趨笨重。

這次出海令羅朗太太十分高興。她的丈夫並不是壞人，對她卻相當粗魯，就像個獨裁專橫、待人態度粗暴的商店老闆一樣，其實他們既不爭吵也無仇恨，對他們而言，下令指揮就等同於咒罵。在外人面前，他還能節制，可是，在家裡，他就囂張跋扈，做出各種可怕的模樣，儘管實際上他對所有人都感到害怕。而她，因為厭惡喧嚷、爭吵，不喜歡無用的解釋，始終退讓，從來不提出任何要求；因此，長久以來從不敢請求羅朗帶她到海上一遊。於是這一次，她欣喜地抓住了這個機會，品嘗這新奇難得的樂趣。

自小船離岸以後，她的整副身心就全然縱情於這柔和的水上滑行。她什麼也不想，既不追憶過往，也不憧憬未來，只感覺自己的心和軀體一樣，漂浮在某種流動的、柔軟又美妙的東西上，那東西輕輕搖晃著她，使她陶然神搖。

當老爹下令返航時，她便滿臉笑意地看著她的兒子，她兩個已成年的兒子脫去他們的外套，捲起襯衫袖子，露出了赤裸的手臂。

離兩位女士最近的皮耶爾抓起右舷的槳，尚恩握住左舷的槳，他們等待掌舵的父親呼喊下令：

「一起往前划！」因為，羅朗堅持划槳的動作必須整齊劃一。

他們同時一齊出力，先讓船槳入水，然後身體向後仰，盡全力划槳，一場展現力量的鬥爭於焉展開。他們來的時候利用船帆慢慢航行，但是風停了，兩兄弟的雄性好勝心頓時覺醒，想較量高下。

只有他們兩人和父親出海釣魚的時候，他們就這樣划著，沒有人掌舵，因為羅朗總會一邊準備釣線，一邊監看船的行進狀況。他用一個手勢或一句話來指揮：「尚恩，輕一點！」「換你，皮耶爾，使勁。」又或者說：「來吧，一號；二號，加油，手臂多加些力道。」分心神遊的那一位便划得用力些，划得過猛的那一位便放鬆放慢些，船的航向也因此得到修正。

可是今天，他們想炫耀一下他們的力氣。皮耶爾的手臂多毛，略顯瘦削，但矯捷有力；尚恩的手臂白而粗壯，帶點粉紅色，隆起的肌肉在皮膚底下來回滑動。

一開始皮耶爾占了上風。他咬緊牙齒，皺緊眉頭，雙腿伸直，兩手緊握著槳，每次用力，幾乎都快把船槳划彎了。「珍珠號」朝海岸快速駛去。羅朗老爹坐在船首，把船尾的整張長凳讓給了兩位女士，他高聲發號施令：「一號放慢，二號加把勁。」可是，一號划得加倍猛烈，二號則配合不了這紊亂不齊的划槳方式。

最後，發號施令的老爹只能下令：「停！」兩支槳同時舉起，尚恩依照父親的指示，單獨划了一會兒。從這時候起，優勢就轉到他這邊了；他划得越來越起勁，鬥志越來越高昂，皮耶爾則喘不過氣來，筋疲力竭，欲振乏力，氣喘吁吁。羅朗老爹一連四次下令停槳，好讓老大歇口氣，使偏離航向的小船轉正。

醫生面頰蒼白，額頭汗水直流，覺得既沒面子又氣惱，結結巴巴地說：「不知怎麼搞的，就感覺心頭一陣抽緊。我一開始划得很好，後來力氣用盡，倒像斷了手臂似的。」

尚恩問：「要不要我一個人用雙槳划？」

「不，謝謝，待會兒就沒事了。」

母親有些牽掛，說：「哦，皮耶爾，把自己弄成這模樣，又有什麼意思呢？你可不是小孩子了。」

他聳聳肩膀，又划了起來。

羅塞米利太太似乎什麼也沒看見，什麼也不明白，什麼也沒聽到。船每波動一次，她那金髮的小腦袋就優美地往後一仰，鬢角上的細髮也隨之飄起。

這時，羅朗老爹大叫：「看啊，『亞倍爾王子號』要追上我們了。」大家都朝那兒望去。南安普敦的船正馬力全開疾駛而來，那船身又長又矮，兩支煙囪向後傾斜，兩個黃色的纜索捲筒圓嘟嘟的活像兩片臉頰。船上載著乘客，還可以看見不少張開的小洋傘。推進器的葉輪快速轉動，發出隆隆聲響，把海水打得泡沫四濺，使船看起來形色匆忙，猶如著急的信差。直挺的船頭切開了海水，掀起兩道透明的薄薄波浪沿著船身向後滑去。

當這艘大船靠近「珍珠號」時，羅朗老爹舉起帽子，兩名女士揮舞著手帕，客輪上的六、七面小洋傘也隨即搖晃呼應，表示回禮。輪船逐漸遠離，在它後方浮光閃爍的平靜海面上，只留下幾道緩緩翻滾的波浪。

還看見了其他一些船隻，頂部上方冒著黑煙，從四面八方的天際朝短短的白色防波堤駛來，那海堤像一張大嘴，把它們一艘接一艘吞進去。一些小漁船和輕桅大帆船彷彿在天邊划行，由幾艘幾乎看不清的拖輪牽引著，全都或快或慢地航向這貪吃的妖魔。這個愛吃鬼有時似乎吃得太飽了，朝大海吐出另外一些郵輪，雙桅橫帆船，雙桅縱帆船和桅帆交錯的三桅帆船。一艘艘汽船有的向左，有的向右，在平坦的海洋表面上匆匆駛離。被小艇拖曳而來、然後拋下的那些大帆船，則停靠著一動也不動，它們正在打扮自己，從桅樓到頂桅都掛起了白帆或棕色帆，棕帆在夕陽映照下都變成紅色的了。

羅朗太太半瞇著眼，喃喃道：「天哪，這大海多美啊！」

羅塞米利太太深深嘆了一口氣，那嘆息聲中聽不出半點悲傷的意味，她回答：「是的，可是，它有時也帶來傷害的。」

羅朗老爹高喊：「快看，『諾曼第號』到入口處了。它很大，是吧？」

接著，他向大家解說對面的海岸，那裡、還有那裡，塞納河河口的另一邊，他說：「這河口有二十公里寬。」他又指出了幾個城鎮的位置，像是維勒維爾、特魯維爾、胡爾加特、盧克、阿羅蒙奇，還有哪裡是康恩河，哪裡是卡爾瓦多斯的海蝕平臺，那片讓開往瑟堡的航程一直危險重重的礁岩地帶。

接著，他又談到塞納河的多處沙洲，這些沙灘每次潮汐時都會移位，即便是基耶博夫的領航員們，倘若不是每天都走這條航道，也會出差錯的。他還提醒大家留意勒哈弗爾是如何把諾曼第分爲上下兩個部分的。在下諾曼第，海岸平坦下降，一片片牧場、草原、田野一直延伸到海邊。上諾曼第的海岸則相反，淨是陡直高聳、犬牙參差的峭壁，十分壯觀，形成一道連綿不斷直到敦克爾克的白色巨牆，並且在每個凹陷處都隱藏著一個村莊或港口，諸如埃特雷塔、費康、聖瓦勒里、勒泰波爾、迪耶普等等。

兩位女士根本沒有聽他說話，她們陶醉在舒適愜意中，看見海洋上布滿來來往往的船隻，活像野獸群圍繞著自己的巢穴奔去似的，兩人都很興奮。她們默不作聲，在這水天相連、一望無際的景象前，感覺到了自己的微渺，壯麗祥和的落日令她們感動得無法言語。只有羅朗老爹一人講個不停，他是情緒不會受到任何干擾的那類人。女士們則神經比較敏感，有時聽到別人講廢話的聲音，就莫名其妙地感到不快，彷彿聽到的是無禮的粗話。

皮耶爾與尙恩這時已經平靜下來，他們放慢了速度划船；「珍珠號」緩緩往港口駛去，不時置身於一艘艘大船旁的它，身形顯得格外渺小。

小船靠岸之後，在碼頭上等候的水手巴巴格里牽住了兩位太太的手，協助她們下船；之後，一行人便步行進城去了。城區裡的人很多，都很悠閒，每天漲潮時到海堤上看風景的群眾也回來了。

羅朗太太和羅塞米利太太走在前面，三名男士跟隨在後。走往巴黎大街的一路上，她們時而在一家時裝店或者金銀首飾行前停下腳步，仔細觀看一頂帽子或一件珠寶，彼此交換了意見後又繼續前行。

來到「證券交易」廣場，羅朗老爹依循每日慣例，凝望一下停滿船舶的「商務」錨地，旁邊還另外延伸出了幾個錨地，那裡停泊著四、五列船身互相緊靠的大船。碼頭延伸了好幾公里長，有不計其數的桅杆綿延其間，所有這些桅杆和附帶的橫桁、頂桅、纜繩，使這個位在城中心的缺口看起來像一大片樹木枯死的樹林。在這座沒有葉片的森林上空，有幾隻海鷗在盤旋，窺視著任何丟進水裡的碎屑殘渣，準備像石頭掉落一樣地俯衝下來搶食；有個小水手正在頂桅末端綁掛滑輪，看上去彷彿在尋找鳥窩。

「您可願意和我們不拘禮地吃一頓便餐，共同為這一天畫上句點？」羅朗太太問羅塞米利太太。

「十分樂意，我就不客套地接受您的邀請了。今晚獨自一人回家，實在太冷清了。」

皮耶爾正因為這位少婦的冷漠態度開始感到自尊受損，聽到了這些話後，便咕噥著說：「好啊，現在這個寡婦要賴到我們家來了。」幾天以來，他總是稱她「寡婦」。這個詞並沒有任何特殊含意，但是聽在尚恩耳裡，光是音調就令他惱火，他覺得那音調既不懷好意又損人。

三位男士直到走至他們的住家門口，都沒有再開口說話。那棟房子就坐落在貝爾諾曼第街，房子的門面很窄，共有三層。

他們的女僕約瑟芬來開門。這是一名十九歲的少女，鄉下來的傭人，所以工資低廉，她的臉上不時帶著農民特有的驚訝和牲畜似的粗野神色。她把門關上後，跟在幾位主人後面上樓，一直走到二樓的客廳，然後說：「有一位先生來了三次。」

羅朗老爹對女僕講話不是吼叫就是咒罵，他嚷道：「他媽的，來的人是誰？」

這女僕從來不會因爲主人的大嗓門而慌亂，她接著說：「一個公證人那裡的先生。」

「哪個公證人？」

「卡尼先生那裡的。」

「這位先生，他說了些什麼？」

「說卡尼先生今天晚上會親自來這裡。」

勒卡尼先生是替羅朗老爹處理事務的公證人，兩人私下有一點交情。他會派人宣布晚上來訪，必定是涉及了一件緊急而重要的事。羅朗家的四個人聽到了消息面面相覷，心神不寧，就像那些資產微薄的人害怕和公證人有任何往來一樣，公證人的介入總會在他們心中引發各式各樣的念頭——契約、遺產、訴訟，以及令人期待或生畏的事。

羅朗老爹沉默片刻後，喃喃說道：「究竟會是什麼事呢？」

羅塞米利太太笑了起來：「嘿，是遺產。我敢肯定。我是能爲人帶來好運的。」

可是，他們並不期望，有人死了會給他們留下什麼東西。

羅朗太太對於親屬系統的來龍去脈擁有絕佳記憶力，立即在腦子裡搜尋她丈夫和自己娘家的所有姻親關係，把直系血親和各支系堂表親戚都追溯了一遍。她甚至還沒摘下帽子就問：「喂，老爹（她在家裡叫她丈夫『老爹』，在外人面前，有時稱呼他『羅朗先生』），喂，老爹，你記得約瑟夫・勒布魯第二次結婚，娶的是誰嗎？」

「記得，一個姓杜曼尼的小姐，是一家造紙廠老闆的女兒。」

「他有孩子嗎？」

「我認爲有，至少四、五個。」

「那不是他，這一邊不會有什麼了。」

她已經抱持了想著一筆小小財富將從天而降的希望，正興沖沖地朝這方面搜尋。但是皮耶爾深愛他的母親，知道她有點好幻想，擔心如果消息不是好的，而是壞的，期待落空，會給她帶來一些失望和哀傷，便勸阻她：「別一頭熱了，媽媽，不會再有『美國舅舅』[4]這種事了。我倒認爲，這很有可能和尙恩的婚事有關。」

4 美國舅舅（Oncle d'Amérique），法國戲劇和小說中的人物，通常很富有，往往意外地及時出現或死後留下遺產，為主角解決了家庭的財務困難。

所有人聽見了這個想法都感到訝異，尚恩則因爲他的哥哥在羅塞米利太太面前談論這樣的事有點不高興。他說：「爲什麼是我的婚事，不是你的婚事。這種假設實在有待商榷。你是老大，別人首先想到的應該是你。而且，我，我不想結婚。」

皮耶爾略帶譏諷地笑了笑：「這麼說，你是愛上某人了？」

尚恩相當不悅，回答：「一定要愛上某人才能說還不想結婚嗎？」

「啊，好，『還』這個字糾正了整句話的意思——你在等待。」

「就算我在等待吧，隨便你。」

可是，羅朗老爹一直在聆聽思索，突然找到了一個可能性最高的解答。「哈，我們眞笨，這樣絞盡腦汁。勒卡尼先生是我們的朋友，他知道皮耶爾在找一處醫師診所，尚恩在找一處律師事務所，他一定是幫你們其中一人找到安頓的地方了。」

這個答案那麼簡單，可能性又那麼高，因此大家都沒有異議。

「晚餐準備好了。」女僕說。

大家都各自回房間洗手，準備到餐桌就座。

十分鐘以後，他們已經在一樓的小飯廳裡吃晚餐了。

起初大家不太說話，但一會兒之後，羅朗又再度對公證人要登門造訪的事感到疑惑。「總之，爲什麼他不寫信呢，爲什麼他派辦事員來找了我三次，爲什麼他要親自來呢？」

皮耶爾覺得這很自然。「一定是對方要求立即答覆；或許，他想向我們傳達一些不宜寫下來的機密條款。」

可是，疑慮仍舊盤踞在他們心上，一家四口人都對邀請了客人感到有些煩惱，因爲這個外人妨礙了他們進行討論和做決定。

他們才剛上樓回到客廳，女僕便來通報，說公證人來了。

羅朗趕忙快步迎上去。「您好，親愛的公證大人。」

他給勒卡尼先生「公證大人」這個詞做爲尊稱，所有公證人的姓名前面都可以加上這個稱號。

羅塞米利太太站了起來，說：「我要走了，我覺得很疲倦。」

大家略微說了些話試圖挽留她，但她一概回絕便離開了，三位男士並沒有像往常那樣，由一人送她到門口。

羅朗太太殷勤接待剛來到的這位客人：「喝杯咖啡嗎，先生？」

「不，謝謝，我剛吃過飯。」

「那麼，來一杯茶嗎？」

「我不反對，不過稍待一會兒吧，我們先來談談公事。」

這幾句話講完後，隨之而來的是一片靜默，只聽見鐘擺有節律的擺盪聲和樓下女僕刷洗鍋具的聲音，而那女僕笨到根本不會在門外偷聽。

公證人接著說：「你們認識巴黎的一位馬瑞夏爾先生，雷翁・馬瑞夏爾嗎？」

羅朗先生和羅朗太太同時發出了一聲驚呼：「的確認識！」

「他是你們的朋友嗎？」

羅朗高聲說：「最要好的朋友，先生。不過，他非常迷戀巴黎，離不開巴黎的林蔭大道。他在財政部當處長。自從我離開首都以後，就沒有再見到過他。後來我們停止了通信。您知道，人相隔遙遠各自生活時……」

公證人嚴肅地接著說：「馬瑞夏爾先生去世了。」

夫婦兩人不約而同顯出既吃驚又悲傷的神色，這種表情無論是裝模作樣或是眞情流露，向來是人們接獲這類消息時的立即反應。

勒卡尼先生繼續說：「在巴黎的同行剛剛通知了我，馬瑞夏爾先生遺囑中的主要條款，這個條款指定你們的兒子尚恩，尚恩・羅朗先生做為他的概括遺贈財產承受人。」

他們四人都非常驚訝，一句話也說不出來。

羅朗太太最先克制住自己的激動，結結巴巴地說：「我的天啊，這可憐的雷翁……我們可憐的朋友……我的天啊……我的天啊……他死了！……」

她的眼睛裡湧現出淚水，女人們的這種無聲眼淚、源自心靈的哀傷淚滴，流淌在臉頰上，是如此清澈晶瑩，又顯得如此悲痛。

羅朗的大半心思多在想著，剛剛宣布的消息爲他們家帶來的希望，對於失去了老友反倒不那麼悲傷。然而，他不敢立即詢問遺囑的各項條款和財產的數目；爲了觸及他關心的主題，他問：「這可憐的馬瑞夏爾，他是得什麼病死的？」

勒卡尼先生對此一無所知。「我只知道死者沒有直接繼承人，」他說，「他把他全部的財產——年金兩萬法郎、利率百分之三的債券，留給了您的二兒子。他曾看著他出生、長大，認爲他值得擁有這份遺產。如果尚恩先生拒絕接受，遺產將轉贈給被遺棄的孤兒。」

羅朗老爹再也掩飾不住喜悅，高聲說道：「哎呀，不愧是眞心的好主意。我呀，我就是沒有子嗣，也一定不會忘記他的，這位正直的朋友！」

公證人微笑著說：「我當下就很樂意親自來通知您這件事。給人帶來好消息總是令人愉快的。」

他根本沒想到，這個好消息是一個朋友的死訊，羅朗老爹最要好的朋友的死訊，而羅朗老爹本人也很快遺忘了剛剛才認眞聲稱過的那份親密友誼。

只有羅朗太太和她的兩個兒子還保持悲戚的面容。她始終微微掉淚，用手帕擦眼睛，然後又把手帕捂在嘴上，不讓自己發出一陣陣強烈的嘆息。

醫生喃喃地說：「這是一個正直的人，很重感情，他經常請我們，我弟弟和我，吃晚餐。」

尚恩雙眼發亮，睜得大大的，用右手習慣性地握著他那漂亮的金黃色鬍子，順著撫下去，直到最後一根鬍鬚，彷彿要把它們拉長拉細。他的嘴唇蠕動了兩次，也想講一句得體的話，尋思了好久，卻只說出這麼幾句：「他的確很喜歡我，每次去看他，他總會抱著給我一個吻。」

但是羅朗老爹這時思緒飛快奔騰，圍繞著那份已經宣布而且確切可得的遺產思量盤算，這筆藏在門後的財富，只要開口說願意接受，待會兒或者明天就會進到門內。他問：「不會遇到困難嗎？……沒有訴訟嗎？……沒有爭議嗎？……」

勒卡尼先生似乎很有把握，他說：「沒有，不會的，巴黎的同行告訴我，情況非常清楚明確。我們只要尚恩先生表示願意接受就可以了。」

「好極了，那麼……，財產的帳目清楚嗎？」

「非常清楚。」

「所有的手續都齊備嗎？」

「都齊備了。」

突然，這位從前的珠寶商感到有些羞愧，爲了迫不及待打聽這些事情所引起的，一種模糊而本能的、一閃而過的羞愧。因此他接著又說：「您一定了解，我之所以立刻詢問您所有這些事情，是爲了避免我的兒子碰上一些他也許預料不到的麻煩。有時候，會有些債務，一個尷尬難堪的處境，我，我又怎麼知道呢？而他就會陷入一叢擺脫不開的荊棘中。總之，接受遺產的不是我，但我總得爲小不點兒設想。」

在家裡，大家一直都叫尚恩「小不點」，儘管他的個子比皮耶爾高大許多。

羅朗太太像是從夢中醒來了似的，彷彿記起一件遙遠、幾乎已經忘了的事，一件她過去曾經聽說、卻又不太有把握的事，她結結巴巴地說：「您是不是說，我們可憐的馬瑞夏爾把他的財產留給了我的小尚恩？」

「是的，太太。」

於是，她淡淡地接著說：「我眞爲這件事感到高興，這證明了他愛我們。」

羅朗早已站了起來：「親愛的公證大人，您要不要我的兒子立刻簽字表示接受？」

「不……不……羅朗先生。明天、明天，在我的事務所，下午兩點，如果你們方便的話。」

「好的、好的，當然方便。」

這時羅朗太太也已經站起來，在流過眼淚之後，現在她露出了微笑，走近公證人，把手放在他的椅背上，身爲母親的她內心滿懷感激，激動的眼光定定地停留在他身上，她問道：「要喝杯茶了嗎，勒卡尼先生？」

「現在，非常樂意，太太。」

女僕聽到了叫喚，先拿來幾個深底白鐵盒，裡頭裝著一些餅乾，這種又硬又脆又無味道的英國糕點像是專門烤來供鸚鵡啄食的，它們一塊塊緊密排放在金屬盒裡，也像是專爲環遊世界旅行時方便攜帶的。接著，女僕又拿來折成小正方形的灰色餐巾，在辛苦操勞的小市民家裡，這類喝茶用的餐巾是從來不洗的。她第三次又拿來糖罐和茶杯；之後就走出客廳燒開水去了。大家於是等候。

誰也無心說話，有太多事要想，也就無話可說了。只有羅朗太太試著閒聊幾句。她描述了這一天出海釣魚的事，對「珍珠號」和羅塞米利太太誇讚了一番。

「眞有趣，眞有趣。」公證人接連說。

羅朗把腰部倚在壁爐的大理石上，就像冬天點燃爐火時一樣。他雙手插在口袋裡，嘴唇努動著，似乎想吹口哨，滿腔歡喜亟欲流露出來，卻只能強忍，十分難受，於是顯得坐立不安。

兩兄弟分別坐在客廳中央獨腳小圓桌左右兩側，樣式相同的扶手椅裡，雙腿交叉，坐姿相同，兩眼直視前方，神態也類似，但臉上的表情截然不同。

茶終於端上來了。公證人接過杯子，加入一些糖，把硬得無法咀嚼的小餅乾捏碎放在茶湯裡，喝了茶，然後起身，和大家握手告辭。

「就說定了，」羅朗又重複了一次，「明天，下午兩點，您的事務所見。」

「說定了，明天，下午兩點。」

尙恩一句話也沒說。

公證人離開後，大家又是一陣沉默。之後，羅朗老爹走了過來，張開雙手拍拍他小兒子的雙肩，高聲說：「嘿嘿，好個走運的小子，你不擁吻我一下嗎？」

尙恩微微一笑，一面擁吻他的父親，一面說：「我覺得這件事不一定需要這麼做。」

可是這個老好人再也克制不住心中的喜悅，像彈鋼琴一樣，用他笨拙的手指在家具上敲敲打打，還用腳跟轉圈兒，一遍又一遍地說：「多好的運氣呀！多好的運氣呀！這運氣眞是太好了！」

皮耶爾問：「這位馬瑞夏爾，您從前跟他很熟嗎？」

父親回答：「那還用說，他每天晚上都到我們家來；你一定記得，每逢外出日，他總是去中學接你，還經常在晚餐後送你回學校。噢，對呀，尚恩出生的那個早上，就是他去請醫生的。你母親肚子陣痛的時候，他正在我們家吃午餐。我們立刻知道是怎麼回事，他隨即奔出門請醫生。匆忙中，他錯戴了我的帽子，以爲是他自己的。我清楚記得這件事，因爲後來我們還爲此大笑了一場。很可能，他在臨終時回憶起這個細節，又因爲沒有任何繼承人，便想：『啊，這個小傢伙的出生，我出過一份心力，我要把我的財產留給他。』」

羅朗太太身體陷在一張安樂椅裡，似乎在回憶往事。她好像自言自語一般，喃喃地說：「啊，他眞是一位正直的朋友，忠實且可靠，這樣的人，在如今這個年頭，實在少見。」

尚恩站起來，說：「我去散散步。」

他的父親有點驚訝，想留住他，因爲他們得討論商議一下，做些規劃和決定。但是年輕人藉口與人有約，執意出門。況且在正式獲得遺產之前，他們還有足夠的時間把一切事情商量妥當。

他出去了，因爲他想獨自一人思考。皮耶爾也說要外出走走，在他弟弟出門幾分鐘後，也跟著離開了。

等到只剩下他們夫婦兩人時，羅朗老爹把妻子摟進懷裡，在她的雙頰上各親吻了十下。過去，他的妻子經常爲了離開巴黎向他抱怨，他便趁機做答覆：「你看，親愛的，當初在巴黎多待了一陣，爲孩子們操勞，而不是來這裡恢復我的健康，對我實在沒有半點好處，這會兒，我們不就得到了一份從天而降的財產嗎？」

羅朗太太的神情變得十分嚴肅，她說：「財產從天而降，是給尚恩的，可是皮耶爾呢？」

「皮耶爾！他是醫生，他會自己賺……賺錢……而且他弟弟也可以做點什麼幫忙他。」

「不，他不會接受的。再說，這筆遺產是給尚恩，只給他一個人的。所以皮耶爾就大大處於劣勢了。」

老頭兒似乎茫然失措：「那麼，我們，我們可以在遺囑上多留一點給他。」

「不，這樣也不太公平。」

他叫了起來，說：「啊，那好，呸，你到底要我怎麼做？你老是想出一大堆討厭的意見，總是要破壞我的興致。算了，我去睡覺。晚安。不管怎樣，這一次眞是交好運，交了天大的好運！」

他高高興興地走了，早已不把剛才發生的事放在心上，對於那位去世了又如此慷慨遺贈的朋友，也沒有說一句悼念惋惜的話。

羅朗太太又再度陷入了沉思，面前的那盞油燈正逐漸燃盡。

二

皮耶爾一出家門，就往巴黎大街走去，那是勒哈弗爾的主要街道，街上燈火通明，人聲鼎沸，十分熱鬧。海邊吹來的微涼空氣輕拂著他的臉，他把手杖夾在胳臂下，雙手在背後交握，慢慢走著。

他自覺有些不舒坦，心情沉重，就像人們接到一則壞消息那樣，怏怏不樂。他的苦惱並沒有任何明確的原因，一開始他也說不清這股內心的沉悶和肉體的麻木從何而來。他覺得有個地方難受，卻不知道是哪裡。他身上有一處小小的痛點，一個幾乎察覺不到的傷口，卻找不到在哪個部位，可是它又令人渾身不對勁，倦怠無力、愁悶、生氣，那是一種他不曾感受過的輕微痛苦，像一顆孕育著憂傷的種子。

來到劇院廣場時，他覺得自己受到托爾托尼咖啡館的燈光吸引，便慢慢朝著光輝明亮的門面走去；可是就在要進門的一刻，他想起將會在那裡遇見朋友、熟人，一些他必須與之交談的人，他突然對這種半杯咖啡、幾盅燒酒的泛泛之交感到厭惡。於是他又往回走，重新踏上通往港口的那條主要街道。

他思忖著：「我究竟要去什麼地方呢？」一面在尋找一個他喜歡、又能讓他的精神狀態愉悅起來的地方。他找不到，因爲他雖然對自己孤單一人感到氣惱，卻又不想遇到任何人。

到了大碼頭的時候，他又再度猶豫了一會兒，然後轉身走向海堤——他選擇了孤獨。他行走在防波堤上，看見身旁有一張長椅，就坐了下來。他已經不想再走了，甚至可以說他原先就沒有散步的興致。

他問自己：「我今晚到底怎麼了？」他開始在記憶裡搜尋，想知道自己曾經遇到了哪件惱人的事，這情形就好像在詢問病人，以便找到病患發燒的原因。

他的頭腦既容易激動，又善於思考，情緒經常激越澎湃，之後又推敲細思，評判自己的衝動是否有理；但是在他身上，原始天性最後總是占上風，情感始終掌控理智。

所以，他在尋思，是什麼使他這樣神經緊張、心緒不寧，爲什麼他覺得需要外出活動，卻又不想做任何事，爲什麼他期望遇見與自己意見不同的人，好能夠爭辯一番；他又爲什麼厭惡那些他可能會見到的人，以及這些人可能會對他說的話。

他對自己提出了這個問題：「會不會是因爲尚恩得到遺產引起的呢？」是的，不管怎樣，這是有可能的。當公證人宣布這個消息的時候，他覺得自己的心臟跳得劇烈了一些。當然，人有時也會無法控制自己，會不由自主地感到激動，要和這種情緒反應抗爭是徒然的。

他開始深入思考這個生理學上的問題——當有本能的生命體對某件事情產生了印象，這個印象會在這生命體身上引起一連串痛苦或愉快的想法、感覺。當有思想的生命體，經由文化陶冶和智力開發變得超越自我時，也會企求、召喚，並且認定某一些想法和感覺是良好而健全的。然而，這類想法和感覺，卻與前述的痛苦或愉快的想法、感覺完全不同。

他努力設想，一個獲得了一筆巨額遺產的兒子的心理狀態；這個兒子的父親曾經由於吝嗇，而禁止他的孩子接觸許許多多的樂趣。如今，兒子因爲有了這筆遺產，即將體驗到那些他嚮往已久的樂事。儘管他對父親有所抱怨，卻依然是愛父親的。

他站起來，朝海堤的盡頭走去。他感覺舒服多了，也感到高興，因爲他理解了自己，突然發現自己腦中的眞實想法，揭露了存在我們內心的另一個面向。

「所以，我是在嫉妒尚恩。」他心裡想著，「這種心態實在相當卑劣！我現在可以確定自己有這種想法，因爲我一開始想到的是，他要和羅塞米利太太結婚。可是我並不喜歡這個愚蠢的小女人，她是講理，但是那種理性態度卻反倒讓人對通情達理和謹愼克制感到噁心。所以說，這是一種非理性的嫉妒，甚至就是嫉妒的本質，這種情緒是爲嫉妒而嫉妒。得好好留意這件事了。」

他來到標示港口水位高度的信號杆前面，劃亮了一根火柴，讀起一張船舶名單，上面列了已經抵達港外、正等待下次漲潮進港的船隻。尚在等待中的有巴西、拉普拉塔、智利和日本的輪船，兩艘丹麥的雙桅橫帆船，一艘挪威的雙桅縱帆船和一艘土耳其的蒸汽船。皮耶爾讀到「一艘土耳其蒸汽船」幾個字時，就彷彿他讀到的是「一艘瑞士蒸汽船」一樣吃了一驚。他好似做了一個奇異的夢，看見一艘大船，船上滿是戴頭巾、穿燈籠寬褲的男子正在纜索間穿梭攀爬。「眞傻，」他心想，「土耳其民族原本就是一個航海的民族。」

他又向前走了幾步，然後停下來凝望停泊場。在他的右邊，聖阿德雷斯的上方，拉埃弗岬角的兩座電力燈塔像兩個巍巍然的孿生獨眼巨人，把它們強烈的目光朝海面投射得遠遠的。從兩處相鄰的光源發射出來的兩道平行光線，有如兩顆彗星的巨型尾巴，順著一片筆直、幾乎無限延長的斜坡，從海岸的頂端一直落到遙遠的天際。在兩邊的海堤上，還有另外兩座燈塔，它們好似那些巨人的孩子，指示著勒哈弗爾港的入口。那兒，在塞納河的對岸，還可以看到其他許許多多燈光，或靜止不動或閃爍不定，光芒有的強烈、有的微弱，像眼睛似的一開一闔，那是海港的眼睛，黃的、紅的、綠的，窺視著布滿船隻的幽暗大海；那是好客的陸地生氣勃勃的眼睛，只用它們的眼皮規律不變的機械動作，告知人們：「是我。我是特魯維勒，我是翁弗勒爾，我是蓬－奧德梅爾河。」還有艾圖維勒燈塔，彷彿懸在高空一般，俯瞰著所有其他燈塔，它位在那麼高的地方，從遠處望去，簡直讓人誤以爲是天上的一顆行星，燈塔的光芒越過大河河口的一片片沙洲，遙指盧昂大路。海水深邃，比夜空還陰暗，在這片無邊無際的海面上，似乎到處可見一些星星。它們一顆顆小小的，在夜間的霧氣中顫動，有遠有近，也有白色、綠色或紅色。所有的星星幾乎都靜止不動，然而仍有幾顆在奔跑，那些都是船上的燈火，這些輪船有的已經下錨等待下次漲潮進港，或者正行駛而來尋找停泊處。

就在這個時候，月亮從城市後方升起，它就像一座龐大、神聖的燈塔，在蒼穹中點亮，爲繁密而不可勝數的眞正星辰，指引方向。

皮耶爾喃喃自語著，幾乎要高聲說：「多美的景致啊，而我們卻爲了錙銖利益而自尋煩惱。」

突然，離他咫尺處，在兩道海堤中間敞開的漆黑寬闊渠道裡，有一個陰影，一個宛如虛幻神怪般的巨大影子滑行而過。他俯身在花崗岩的護牆上，看見那是一艘漁船正在返航，沒有人聲，沒有波浪聲，也沒有划槳聲，只見深褐色船帆被海風吹得鼓脹，船身正被這高大的風帆推著緩緩前進。

他心想：「如果能在那船上生活，或許眞的會感到清靜許多呢！」

之後，他又向前走了幾步，瞧見防波堤的盡頭坐著一個人。這是誰？一個愛做夢的人？一個戀愛中的人？一位智者？他是快樂，還是憂鬱呢？他好奇地走近，想看看這個孤獨者的臉——他認出了那是他的弟弟。

「嘿，是你，尚恩？」

「嘿……皮耶爾……你來這裡做什麼？」

「我到這裡來透透氣，你呢？」

尚恩笑了起來：「我也是到這裡來透透氣。」

皮耶爾在他弟弟身旁坐下。「呵，這兒眞美，是不是？」

「是啊。」

從尚恩的聲音裡，他明白弟弟根本沒有在看海景；他接著說：「我呀，每次來到這裡，總會有一股瘋狂的渴望，想出走，想跟著所有這些船隻離開，往南往北闖一闖。

「你想想看，那邊，那些小小燈火都是從世界各個角落抵達的，從那些種著大朵珍奇花卉、有著蒼白或古銅色肌膚美女的國度，從那些生長著成群蜂鳥、大象、野生獅子，由黑人國王們統治的國度，從所有那些我們認爲是童話中的國度來的——儘管我們早已不相信《白色小母貓》[5]和《林中睡美人》[6]這回事了，但如果能到那些地方逛逛，就眞是太棒了；不過，這一定得有錢，有很多錢……」

他忽然打住不說了，想到他的弟弟現在已經有這筆錢了，將不再有任何憂慮，不必每天工作，將自由自在、無拘無束、幸福、快樂，可以到所有他想去的地方，去找金髮的瑞典女郎，或者去找棕髮的哈瓦那小姐。

接著，他的腦中冒出一個經常不由自主出現的想法，這一類想法總是來得那麼突然、那麼迅速，讓他無法預測，不能制止，也不能改變——他覺得，它們似乎來自另一個獨立而激烈的心靈。此時，正是這樣的想法掠過了他的腦海：「啊，他太蠢了，他會娶羅塞米利那個小女人的。」

他起身，說：「我讓你去夢想未來嘍，我呢，我需要走一走。」

他和他弟弟握手，接著用一種非常誠摯的語氣說道：「好呀，我的尙恩小弟，你現在有錢了。我很高興今天晚上單獨碰見你，可以告訴你，我對這件事情感到多麼歡喜，我多麼地祝賀你，也多麼地愛你。」

尙恩天性溫良和氣，非常感動，結結巴巴地說：「謝謝……謝謝……我的好皮耶爾，謝謝。」

皮耶爾轉身，把手杖夾在胳臂下，雙手在背後交握，邁著緩緩的步伐走了。

回到城裡之後，他又再次問自己該做什麼好，海邊散步被打斷了，遇見他弟弟也讓他沒能盡情觀賞大海，他對此感到有些不悅。突然，他有了一個念頭：「我去馬洛斯科老爹那裡喝杯甜燒酒吧。」於是，他又朝北往安古維勒區走去。

他是在巴黎的幾家醫院裡認識馬洛斯科老爹的。這是一個波蘭老頭子，一個政治難民，據說在故鄉那邊曾經犯下一些駭人聽聞的事，來到法國，重新通過了幾次考試，又再度從事起藥師的職業。大家對他的過去一無所知，因此在住院實習醫師和不住院的見習醫生之間，散播著不少有關他的傳奇事蹟，後來也傳到了鄰里之間。有人稱他是可怕的謀反分子、虛無主義者、弒君者，也有人說他是義無反顧、且奇蹟逃過死劫的愛國者。這各式各樣的名聲，吸引了熱愛冒險、想像力豐富的皮耶爾·羅朗。他於是成了這個波蘭老人的朋友，卻從未聽對方吐露過任何從前生活的經歷。也是多虧了這位年輕醫生的協助，老人才來到勒哈弗爾定居開業，並期待這位新近獨立門戶的醫生能爲

5《白色小母貓》，法國十七世紀女作家多勒努瓦伯爵夫人的作品，故事中的小白貓其實是一位受魔法詛咒的公主。

6《林中睡美人》，在歐洲流傳久遠的民間故事，擁有許多改編版本，十七世紀由法國作家貝侯（Charles Perrault，一六二八～一七〇三）大幅改寫成的童話，流傳最廣也最著名。

他提供大量客源。

在這之前，他只能在他那簡陋的藥房裡清苦度日，賣些藥品、解方給該區的小市民和工人。皮耶爾經常在晚餐後去看他，和他聊上一個小時，因爲他喜歡馬洛斯科那張平靜的臉和話語不多的交談，他認爲老人長長的緘默有其深刻的含意。

在擺滿小玻璃藥瓶的櫃臺上方，只有一盞煤氣燈閃爍著亮光。爲了節省開支，店面的煤氣燈全都沒有點燃。櫃臺的後面，有個禿頭老先生坐在一張椅子上，兩腿伸長交疊；他那光禿禿的前額下連接著一個大鷹勾鼻，讓他看起來就像一隻愁容滿面的鸚鵡。他下巴抵在胸脯上，睡得正熟。

聽到門鈴聲響，他醒了過來，起身，認出是醫生，便展開雙手，迎上前去。

他的黑色禮服表面沾滿了酸液和糖漿斑點，衣服穿在他瘦小的身軀上顯得太寬大，簡直就像古代教士的長道袍。老人講話時有濃重的波蘭腔，使他細弱的聲音帶了些許童稚氣，他口齒含糊、清濁音不分，聲調就像牙牙學語的小孩。

皮耶爾坐下來，馬洛斯科問道：「親愛的醫生，最近有什麼新鮮事呀？」

「一件也沒有，一切都是老樣子。」

「今天晚上，你好像不太快樂。」

「我並不經常是快樂的。」

「來吧、來吧，得把那些不快樂全甩掉。喝杯甜燒酒，如何？」

「好，我很想來一杯。」

「那麼，我且讓您嘗嘗我用新方法調製的一種酒。已經兩個月了，我一直努力嘗試從醋栗裡提煉點什麼出來，以往人們只拿醋栗做糖漿……好啦，我成功了……我成功做出來了……一種好酒，味道非常好，非常好。」

他喜孜孜地走向一個櫥櫃，把櫃子打開，選取一個小細頸玻璃瓶，拿著它走回來。他搖了搖這個小瓶子，他的動作短促，從來沒有完整地做好過，他從來不曾把手臂整個伸直，也從來不曾把雙腿大剌剌地張開，從來不曾做出過一個完整、明確的動作。他的思想似乎也和他的行動一樣——總是含糊籠統、欲言又止，模稜兩可、隱約暗示，始終不直接講明白。

此外，他生活中最關切的事就數調製糖漿和甜燒酒。他經常說：「只要做出好的糖漿或甜燒酒，就能發財了。」

他發明過上百種配製糖漿的方法，但沒有一個成功推銷出去。皮耶爾斷言，馬洛斯科讓他想起了馬拉[7]。

老頭子從藥房後間拿來兩個小玻璃杯，放在調製酒品的工作板上；隨後，兩個男人舉起酒杯，

7馬拉（Jean-Paul Marat，一七四三～一七九三），法國大革命時期著名的記者、政論家，思想激進，反對君主制。原本的職業是一名醫生和科學家。

對著煤氣燈審視液體的顏色。

「簡直像漂亮的紅寶石！」皮耶爾說。

「可不是嗎？」

老波蘭人那鸚鵡模樣的臉顯得很高興。

醫生喝了一口，細細品味，思索，再啜飲一口，又思索了一會兒，開口說：「味道很好、很好，是以往沒有嘗過的新口味；可眞是一項新發明呀，我親愛的！」「啊，說眞的，我非常高興。」

馬洛斯科於是向醫生討教有關爲這種新甜燒酒命名的事；他想把新酒稱作「醋栗精華」，或者「上等醋栗美酒」，或者「醋栗之花」，或者「醋栗小仙子」。

皮耶爾對這些名稱一個也不贊同。

老人有了一個點子：「您剛才說的那個詞很好，非常好──『漂亮紅寶石』。」

雖然這個名稱是醫生自己講出來的，但他還是覺得不合適，他建議可以簡單稱之爲「醋栗甜心」，馬洛斯科稱讚妙極了。接著，他們就沉默了，靜靜地在唯一點亮著的那盞煤氣燈下坐了幾分鐘，不發一語。

最後，皮耶爾幾乎是無意間脫口而出的：「嘿，今天晚上，我們家發生了一件相當奇怪的事。我爸爸的一個朋友，在臨終時，把他的財產遺贈給我弟弟。」

藥師沒有立刻聽懂他的話，但是想了一會兒之後，他以爲醫生也分得一半。等皮耶爾把事情解釋清楚後，老人似乎既驚訝又生氣；見到他的年輕朋友變成犧牲品，他感到憤憤不平，爲了表達他的不滿，他一連說了幾次：「這不會有好結果的。」

皮耶爾的心情又煩躁起來，他想知道馬洛斯科這句話究竟是什麼意思。爲什麼這不會有好結果？他的弟弟繼承了一位家庭友人的財產，會有什麼壞結果呢？

但是，老頭子相當謹慎，並沒有做進一步解釋。「在這種情況下，通常，遺贈會給兄弟兩人一人一半，我告訴您，這不會有好結果的。」

醫生感到不耐煩，便起身離開，回到家裡，上床就寢。有一段時間，他聽見尚恩在隔壁房間裡輕輕走動，之後，他喝了兩杯水，就睡著了。

三

第二天，醫生醒來，下決心一定要發財致富。

他已經做過好幾次這樣的決定，卻從來沒有眞正付諸實現。每次他嘗試新的職業時，總期待很快就能賺大錢，這種企望支持著他，使他產生信心和力量，一直到遇上了第一個困難、經歷了第一次失敗，便又把他推往另一條新道路。

他窩在床上暖暖的被褥裡思索著。

有多少醫生在短時間內成爲了百萬富翁！只需懂得運用一點手段就夠了，因爲他在求學期間，曾經親近過那些最有名的教授，得以評價了他們一番，並且認爲他們不過是一些蠢蛋。當然，他的能力和他們一樣好，甚至更強。如果他能想出任何一個吸引住勒哈弗爾那批富裕顯貴顧客的方法，便可以輕而易舉地每年賺進十萬法郎。他精確計算著這筆有把握進帳的收入——早上，他出門到病患家裡看診。少算一點，平均每天十人，一人二十法郎，每年至少能賺到七萬二千法郎，甚至七萬五千法郎；然而一個上午他實際去看病的病患人數肯定不只十人。下午，他在自己的診所看門診，每日也平均十人，每人十法郎，一年共計三萬六千法郎。所以，取個整數，總共會有十二萬法郎。朋友和老主顧們可打對折，到他們那兒出診一次十法郎，門診五法郎，如此或許會使總收入略微減少，可以用與其他醫師一起會診及醫療界通常有的種種小額外快來補償。

要達到這個目的可說是再簡單不過了，只需做巧妙的廣告宣傳，在《費加洛報》的地方新聞欄刊登訊息，說巴黎的科學界正密切關注他，對這位年輕樸實的勒哈弗爾醫師不可思議的療法十分感興趣。他會比他弟弟更富有，富有而且出名，他會對自己感到滿意，因爲他的財富是憑自身的能力賺來的；屆時，他會慷慨大方地對待年老的雙親，他們也將爲他的名聲而驕傲。他不會結婚，他一點也不想讓自己的生活受唯一的妻子礙手礙腳地束縛著，可是他會在最漂亮的女病患中挑選幾個當情婦。

他感覺成功觸手可及，便從床上一躍而起，彷彿想要立刻抓住它似的。他穿上衣服，打算走遍城區去尋找合意的寓所。

於是，他在大街小巷遊蕩，心裡一面想著，決定我們行動的原因是多麼無足輕重。毫無疑問地，他是因爲弟弟獲得了遺產才突然下定這個決心，然而三個星期以來，他其實早就可以、也早就應該打定主意的。

他在那些懸掛著租屋告示的大門前停下腳步，告示牌上宣稱出租漂亮或豪華的套房，至於不帶形容詞的招租內容他根本不屑一顧。他高傲神氣地入內參觀，測量天花板的高度，在筆記簿上畫平面圖、房間動線和出入口位置。他告訴帶訪者他是醫生，來看病的人很多。樓梯一定要寬敞乾淨；而且他不會租用位在二樓以上的套房。

他在記下七、八個地址，潦草寫下兩百條相關資訊後，便回家吃午飯，抵達時已經遲到十五分鐘了。

他才剛到前廳，就聽見餐盤的聲響。所以，大家沒等他回來就先開動了。爲什麼呢？家裡用餐從來不曾這麼準時。他感到生氣、不高興，因爲他的個性較爲敏感。

他一走進去，羅朗老爹便對他說：「來吧，皮耶爾，趕快，眞是要命！你知道我們下午兩點要去公證人那裡。今天可不是閒逛瞎混的日子。」

醫生沒說一句話，在擁吻過他的母親，以及和他的父親、弟弟握手之後，坐下了。他從飯桌中央的湯盤裡取了一塊留給他的肋排。排骨肉已經冷了，而且乾澀，一定是最差的那一塊。他心想，他們原可以把它留在爐灶裡等他回來再取出，可以不那麼暈頭轉向地完全忘記了另一個兒子，他們的長子。此時，因爲皮耶爾進門而中斷的談話，又接續了下去。

「要是我，」羅朗太太對尙恩說，「我會馬上這麼做。我會找一個豪華的住所安頓下來，好吸引眾人的目光，我會進出上流社交圈、會騎上駿馬，而且挑選一、兩件有趣的訴訟案來進行辯護，在法院建立起良好的形象。我要當一個讓人爭相聘請的業餘律師。感謝天主，你現在富有了，你之所以執業工作，不過是爲了不白費你的學習成果，因爲一個男人絕不該無所事事。」

羅朗老爹正在削一顆梨子，高聲說：「老天呀，如果我是你的話，就去買一艘漂亮的船，像我們領港員們駕駛的那種獨桅帆船，有了這種船，我就可以一直航行到塞內加爾了。」

皮耶爾也給出他的意見。總之，財富無法造就一個人，使他道德高尙、才智聰明。對於一般普通人，錢財只會引來墮落，相反地，在強者手裡，它卻是一股披荊斬棘的強大助力。然而，強者相當少見，不可多得。如果尙恩是出類拔萃之人，現在他富有了，正可以展現他的過人才幹。可是，他必須比在其他情況下多付出百倍的努力來工作。問題不在於爲寡婦和孤兒辯護或者打官司反對他們，也不在於無論訴訟勝負都盡量攢錢，而是要成爲傑出的法學家，當司法界的明燈。他還補充了一句做爲結論：「如果我有錢，我呀，我就買幾具屍體來解剖！」

羅朗老爹聳聳肩，說：「嘿嘿，生活裡最明智的做法，就是安穩舒服地過日子。我們不是苦役勞動的牲口，是人。生在窮困人家，不得不拚死拚活工作；也罷，自認歹命，就埋頭做吧；可是，如果有年金可領，見鬼喲，一定是大傻瓜，才會去糟蹋自己的身體。」

皮耶爾高傲地回答道：「我們的性情不同！我呢，我在世界上只尊重知識和才智，其他的一切都令人鄙視。」

羅朗太太總是努力緩和父子之間層出不窮的衝突，她於是轉移話題，談起上星期在波勒貝克—諾瓦托發生的一樁謀殺案。眾人的心思立即轉而關注這起重大刑案的諸多案情細節，大家都被犯罪事件中常有的離奇恐怖和神祕性所吸引。任何罪行，即便是庸俗可恥、讓人厭惡的，對人類的好奇心來說，卻總是具有一種普遍而奇特的迷惑力。

然而，羅朗老爹不時掏出懷錶看時間。「走吧，」他說，「該出發了。」

皮耶爾冷笑道：「一點鐘都還不到。說眞的，實在沒必要讓我吃一塊冷掉的肋排。」

「你去公證人那裡嗎？」母親問。

他冷冷地回答：「我呀，不去，去做什麼？根本不需要我在場。」

尚恩一直安靜無話，就好像事情毫不關己一樣。剛才談到波勒貝克謀殺案時，他曾以法律家的身分發表了一些看法，對罪行和罪犯評論了一番。現在，他又不言不語了，但是他眼睛裡的光芒、因興奮而泛紅的雙頰，乃至他發亮的鬍子，似乎都透露著他內心的幸福感。

家人都離開之後，皮耶爾再度獨自一人繼續著上午開始的尋訪出租套房工作。他在各租屋處的上下樓梯奔走了兩、三個小時後，終於在馮索瓦一世林蔭大道上找到了一間漂亮的公寓——一處位在一、二樓之間的夾層，室內空間寬敞，有兩扇分別通往不同街道的門，兩個客廳，一條裝有玻璃窗的走廊，病患在等待看診時，可以在夾道的花叢間散步，還有一個圓形飯廳，相當雅致而且面向大海。

在商議租賃契約時，三千法郎的租金使他頓時面露難色，因爲必須預付第一期的房租，而他沒什麼錢，身邊連一分錢也沒有。

他父親積聚的那一小筆財富，每年利息還不到八千法郎。皮耶爾經常責怪自己，不該在選擇職業時長期猶豫不決、老是半途而廢、不斷改弦更張、重新學習，使他的父母捉襟見肘，陷入困境。他於是離開了，允諾在兩天內給予答覆。他想到一個主意，等尚恩得到遺產後，就開口向弟弟借用這一期三個月或者甚至半年的租金，亦即一千五百法郎。

「這筆款子只不過借幾個月，」他想著，「也許年底前就可以還他了。況且這件事很單純，他會樂意幫我這個忙的。」

因爲時間尚未到四點，他也無事可做，完全沒有任何事可做，他便去公園裡找個位子坐下。他在長凳上坐了很久，腦袋空空的，兩眼看著地面，感到疲倦不堪，而這股倦怠感正逐漸轉變成愁悶。

自從回到家裡以後，這陣子他每天都這樣度過，卻從未如此強烈感受到生活空虛和無所事事的苦惱。那麼，這些日子來，從起床到就寢這段時間，他究竟是怎麼過的呢？

他在漲潮的時候到海堤上閒逛，也在大街小巷閒蕩，到各咖啡館裡，到馬洛斯科家裡閒晃，到處閒逛。

現在，突然間，這個他承受至今的生活讓他感到憎惡，難以容忍。如果他手邊有些錢，他就會叫一輛車子到鄉間去，沿著山毛櫸和榆樹綠葉成蔭的農地溝渠來趟漫遊；可是他連一杯啤酒、一張郵票的錢都得仔細計算，這類心血來潮的舉動對他而言根本免談。

他猛然想起，年過三十的人了，卻還落得不時要紅著臉向自己的母親要一路易[8]花用，這樣的處境實在難堪。他用手杖的尖端輕刮地面，喃喃地說：「該死，我要是有錢就好了！」話說完，他就像被胡蜂螫了一下那般，又再次想起弟弟得到遺產的事；但是他不耐煩地驅散這個念頭，不想任由自己在這嫉妒的斜坡上一路往下滑。

他的周圍有幾個孩子在小路的沙塵裡玩耍。這些小孩都留著金色長髮，他們神情非常認眞，正專注凝神地用沙子堆起一座座小山，然後一腳把它們踩坍。

皮耶爾正處於心情鬱悶期，在這樣的日子裡，人會翻找心靈的每個角落，抖動內心的每一處皺褶。他心想：「我們勞心勞力幹的活兒，就像這些小孩的工作一樣。」接著他又自問，人生中最明智的事，會不會仍是生下兩、三個這種無用的小傢伙，然後懷著得意和好奇看他們長大。

---

8 路易（louis）舊時金幣，一路易相當於二十法郎。

結婚的想法拂過他的心頭。人不孤單，就不會那麼失落迷惘。至少，在煩亂不確定的時刻裡，能聽到有人在身邊活動；在痛苦的時候，能用親近的「你」字和一個女人說話，這已經很不錯了。

他開始想到女人。

他對她們知之甚少，只在拉丁區有過幾段交往，但都僅維持了兩個多星期——當月的錢花完時，關係就斷了，等到下個月又再次復合，或被新戀情取代。然而，必定存在著一些非常善良且溫柔體貼、懂得安慰他人的女人。他的母親不就把家裡經營得有條不紊、舒適宜人嗎？他多麼想認識一個女人，一個眞正的女人！

他突然站了起來，決定去拜訪一下羅塞米利太太，接著，又倏地坐下——這個女人，他不喜歡！

爲什麼呢？她的情理見識都太庸俗、太小家子氣了；而且，她看起來不是更喜歡尙恩嗎？雖然他沒有明白乾脆地承認自己的想法，但他的確覺得，他對這個寡婦在聰明智慧上的輕蔑，大部分是由於她偏愛尙恩——儘管他愛自己的弟弟，卻仍不免認爲他有些平庸，而自己是較爲優越的。

然而，他並不想待在這裡一直到天黑入夜，於是，他又像前一天晚上一樣，焦躁地思索著：「我要做什麼好呢？」他覺得，此刻，自己在心靈上需要獲得溫情，讓心情得以舒緩，他需要被擁抱、被安慰。有什麼要受到安慰的呢？他或許說不清楚，但是他正處在軟弱疲乏的狀態，在這種時候，一個女人的陪伴、一個女人的撫慰、一隻手的觸摸、一件衣裙的輕輕拂掠、一隻黑色或藍色眼睛的溫柔目光，對我們的心靈似乎是立即而不可或缺的。

他想起了一名啤酒餐館的小侍女，她曾經帶他到自己住處過夜，後來還不時見面。他因此又站起來，打算去和這個女孩喝杯啤酒。他要對她說什麼呢？她又會向他說些什麼呢？顯然沒什麼好說的。有什麼關係？他可以握一下她的手！她似乎對他頗有好感。那麼，爲什麼不常去看看她呢？

啤酒館的大廳裡空蕩蕩的，幾乎沒什麼客人。他看見那個女孩在大廳的一張椅子上打瞌睡。有三名酒客把手肘支在橡木桌上，抽著菸斗。女收銀員正在讀一本小說，老闆則沒穿外套，在軟墊長椅上睡得很熟。

女孩一看見他，很快就起身，朝他走了過來，說：「日安，您最近好嗎？」

「還不壞，你呢？」

「我呀，好得很。您都不來了。」

「是啊，屬於我個人的時間很少。你知道，我是醫生。」

「咦，您沒有對我說過。早知道，上個禮拜我身體不舒服，我就去找您看病了。您要喝點什麼？」

「一杯啤酒，你呢？」

「我嘛，也一杯啤酒，既然有你替我付帳。」

接著，她就繼續用「你」這個稱呼來和他說話，彷彿請她喝飲料便默許了她可以對他表示親熱。於是，他們兩人面對面坐著閒聊起來。她不時以賣笑女子那種輕佻隨便的態度捏捏握握他的手，還用引誘人的眼神望著他，對他說：「爲什麼不經常來坐坐呢？我很喜歡你欸，親愛的。」

但是他已經對她失去了興趣，覺得她愚蠢、粗俗，有下等人的味道。他心想，女人們應該要出現在我們的夢幻裡，或者被華麗的氛圍籠罩著，好爲她們的庸俗包裹上一層詩意。

她問他：「有天早上，你和一個大鬍子的金髮帥哥經過這裡，那是你弟弟嗎？」

「是的，他是我弟弟。」

「好個俊俏的小夥子。」

「你這麼覺得嗎？」

「當然啊，而且他的樣子很隨和。」

是什麼古怪的需求，促使他突然把尚恩得到遺產的事告訴了這個啤酒餐廳的侍女？當他獨處的時候，他一直極力拋卻這個念頭，生怕它擾亂自己的心靈而排拒不去想，爲什麼此刻它竟來到他的唇邊？爲什麼他會任由它從嘴裡流瀉出來，彷彿他需要再一次在某人面前傾吐他那鼓脹胸臆的苦水？

他兩腿交叉地說道：「我弟弟運氣可好極了，他剛剛繼承了一筆年息兩萬法郎的財產。」

她那雙藍色的眼睛睜得大大的，流露出貪婪的目光，說：「喔！這筆錢是誰留給他的，他的祖母，還是他的姑姑？」

「都不是，是我父母的一位老朋友。」

「只不過是一個朋友？這不可能！而你，他什麼也沒有留給你嗎？」

「沒有，我跟他不熟。」

她思索了片刻，然後，嘴唇上浮現出怪異的微笑，說：「好呀，你弟弟，他眞幸運，能有這樣的朋友！眞的，難怪他長得跟你這麼不像！」

他很想甩她一巴掌，卻無法確切知道爲什麼會有這種想法；他嘴巴抽搐著，問：「你這句話是什麼意思？」

她擺出一副傻笨又天眞的神情，說：「我啊，沒什麼別的意思，我只是說他的運氣比你好。」

他丟下二十蘇[9]在桌上，就走出了啤酒餐館。

現在，他重複著「難怪他長得跟你這麼不像」那句話，她當時到底在想什麼呢？她這句話裡暗示了什麼？顯然，這其中有著嘲弄、惡意和侮辱——是的，這個女孩一定認爲尙恩是馬瑞夏爾的兒子。

想到他的母親竟然受到這種懷疑，讓他激動得不能自已，他停下腳步，看了看，想找一個地方

9蘇（sou）：法國早期貨幣之一。五生丁（centime）相當於一蘇。四里亞（liard）相當於一蘇。二十蘇相當於一法郎（franc），而五法郎等於一百蘇，被稱為一埃居（écu）。

坐下來。對面有另外一家咖啡館，他走了進去，拉近一張椅子坐下，這時，侍者上前招呼。

「一杯啤酒。」他說。

他感覺自己的心臟怦怦直跳，全身一陣陣輕微顫抖。他突然記起馬洛斯科前一天曾經說過的話：「這不會有好結果的。」老人是不是和這個可惡的女服務生有相同的想法、相同的懷疑呢？他朝啤酒杯低下了頭，注視著杯裡的白泡沫冒上來又消失，心裡想著：「這樣的事情，別人會相信嗎？」

此時，讓人在腦中產生這醜惡懷疑的理由一個接一個浮現，個個清楚又明顯，令人生氣。一個沒有繼承人的老單身漢，將自己的財產遺留給一位朋友的兩個孩子，是再單純自然不過的了，但是，如果他把全部財產都給了其中一個孩子，世人當然會感到奇怪、會竊竊私語，最終抿嘴微笑。他怎麼沒有事先料想到這一點，他的父親怎麼會毫無察覺，他的母親怎麼會猜測不出來呢？不，因爲他們太過高興得到這筆意外錢財了，所以根本未曾思及這個念頭；再說，這些正派的老實人又怎麼會往這樣可恥的侮辱去懷疑呢？

可是，大眾、鄰居、生意人、供應商，所有認識他們的人，難道不會對這件醜事議論紛紛，把它當作閒聊解悶的題材津津樂道，嘲笑他的父親、鄙視她的母親嗎？

那個啤酒餐廳的小侍女注意到了，尙恩金髮，他黑髮，指出他們無論是臉孔、舉止、身材、聰明才智，均無相似之處。現在，這種種疑點將會吸引所有人的注意、引起所有人的思索。當人們談到羅朗的一個兒子時，便有人會說：「是哪一個，眞的那一個，還是假的那一個？」

他站起來，決定去通知他弟弟，要他提防這個損及他們母親名譽的可怕危險。但是，尚恩會怎麼做呢？最簡單的辦法，莫過於拒絕接受這筆遺產，那麼，這些錢就會轉送給窮人，然後，只需對那些知道有這筆遺贈的朋友和熟人說，遺囑裡有一些難以接受的條款和條件，使得尚恩無法成爲繼承人，而只能是遺產的託管人。

在回家的路上，他想著，應該和他的弟弟單獨見面，以免在父母親面前談到這樣的話題。才到門口，就聽見客廳裡傳來陣陣喧譁，人聲和歡笑聲此起彼落。他走進屋子裡時，聽到了羅塞米利太太和博西爾船長的聲音，兩人是他父親請來家中共進晚餐，慶祝好消息的。

已經端來了香艾酒和苦艾酒開胃。大家開始感到心情愉快，興致已經逐漸高昂起來。

博西爾船長個子小，由於過去長年在海上打滾，身體也圓滾滾的，而他的所有想法也像海灘上的卵石一樣圓溜滑順。他笑起來，喉嚨裡總會發出大量的小舌顫音。他認爲人生非常美好，凡事皆充滿樂趣，不容錯過。

博西爾船長和羅朗老爹乾杯對飲時，尙恩也在兩個新杯子裡斟滿酒，然後遞給兩位太太。羅塞米利太太推辭著，認識她已故丈夫的博西爾船長這時大聲說道：「喝吧、喝吧，太太，我們地方上有句土話說『好東西再享受幾次都不嫌多』，意思是『喝上兩杯香艾酒從來不會有什麼壞處』。您看我，自從不再駕船出海以後，我每天都這麼小酌一下——晚餐前，喝兩、三杯，就能人爲製造出船上左搖右晃的感覺！喝過咖啡後，再來幾口，船身就會前後顚簸，如此一來，整個晚上就像處在波濤洶湧的海上一般。不過，我從不喝到『暴風雨』的程度，絕不、絕不，因爲我害怕遭遇海損呢。」

羅朗老爹聽見了遠洋老海員這番迎合他航海癖好的話，高興得開懷大笑，他的臉已經通紅，眼睛也因爲喝了苦艾酒而昏花模糊。他有著一個小店舖老闆那樣的大肚子，乍看只見一個肚子，身體的其他部分似乎都藏到肚子裡去了，就像老是坐著的人那種軟綿綿的肚子，這些人既沒有大腿、也沒有胸脯，沒有胳臂、也沒有脖子，椅子凹陷的底座使他們全身血肉都堆擠在同一處了。

博西爾則不同，他雖然矮矮胖胖，卻像一粒蛋那麼飽滿，又像一顆子彈那麼硬實。

羅朗太太還未喝完第一杯酒，便高興得臉上泛起了紅暈，目光晶亮地凝望著她的兒子尙恩。現在尙恩整個人也綻放出快樂的神采。事情已經辦妥，簽字了，他有了兩萬法郎的年金。從他的笑容，還有說話時比平常更響亮的聲音，從他看人的眼神，還有那相較於過去更顯明快灑脫的舉止、更堅強的自信，可以感覺到金錢賦予人的穩定力量。

晚餐宣布開始。老羅朗伸出手臂要讓羅塞米利太太挽著一同入座，他的妻子高聲說：「不、不，老爹，今天一切都以尙恩爲主啦。」

餐桌上擺飾豪華，菜餚豐盛，與往常大不相同。尙恩坐在父親的位子上，他的餐盤前面立著一大捧纏滿細長絲緞帶的花束，在眞正盛大慶典上用的花束，有如披掛了許多彩旗的小圓丘。花束周圍放著四個高腳盤，第一個裡面是排成金字塔形的鮮豔桃子，第二個裡面是以發泡奶油當內餡的夾心大蛋糕，上頭布滿焦糖小鈴鐺，簡直像一座餅乾做成的大教堂，第三個裡有一塊塊浸泡在清澈糖漿裡的鳳梨片，第四個盤子裝的是成串來自熱帶國家的黑葡萄，一種出奇昂貴的奢侈品。

「哎呀！」皮耶爾坐下時說，「我們是在慶祝尚恩晉升大富豪了。」

喝過湯以後，又品嘗馬德拉[10]葡萄酒；大夥兒早已同時聊了起來。博西爾講述他在聖多明哥[11]和一位黑人將軍同桌吃晚餐的情景。羅朗老爹一面聽，一面找空檔插話，說起了另一次參加一位朋友在默東[12]舉辦聚餐的經過，還說所有出席的賓客後來全都病了半個月。

羅塞米利太太、尚恩和他的母親，正在計畫到聖茹安郊遊、吃午餐的事，而且早已興致勃勃，都預計這趟出遊將會樂趣無窮。皮耶爾後悔沒有在海邊小飯館裡獨自吃晚餐，如此就能避開這些令他煩亂惱火的笑語交談和興高采烈的場面。

他正考慮現在要如何開口把他的憂慮告訴弟弟，讓尚恩放棄那份他已經接受了的、正享受其中

10馬德拉（Madère），北大西洋東部的群島。位在葡萄牙西南方，屬該國自治區，島上釀酒工藝歷史悠久，葡萄酒舉世聞名。

11聖多明哥（Saint-Domingue），即現今的海地。一六九七年到一八〇四年間，曾是法國殖民地。

12默東（Meudon），巴黎西南方郊區的市鎮。

並為之歡喜陶醉的財產。當然，對尚恩來說，這麼做十分艱難，但是非如此不可——他不能猶豫，因為他們母親的名譽正受到威脅。

端上一尾大狼鱸時，羅朗老爹又轉而講起種種釣魚的故事。博西爾也敘述了在非洲加彭和馬達加斯加的聖瑪莉一帶，有關釣魚的一些不可思議的趣聞；尤其是在中國和日本沿海，那裡的魚類像當地居民一樣，長相十分逗趣。他描述這些魚類的外貌，它們有著金色的大眼睛、藍色或紅色的肚子、形狀像扇面的怪異魚鰭，以及新月形的魚尾，他一面講一面模仿，模樣滑稽，使所有聽故事的人都笑得流出了眼淚來。只有皮耶爾顯得不相信，咕噥著：「有人說，諾曼第人是北方的加斯科涅人[13]，這話還真是有道理。」

鱸魚吃完後，接著端上桌的是魚肉香菇餡酥餅，然後是烤雞、沙拉、四季豆，以及比提維耶出產的雲雀肉醬。羅塞米利太太的女僕也來幫忙上菜；隨著葡萄酒一杯接一杯越喝越多，歡快的氣氛也越來越高漲。當第一瓶香檳酒的瓶塞跳離瓶口時，羅朗老爹非常興奮，他用嘴模仿瓶塞迸出的聲音，接著宣稱道：「我喜歡這種聲音，勝過手槍射擊聲。」

皮耶爾的內心越來越不快，冷笑地回答：「可是，這個對你或許比槍聲更危險。」

羅朗就要喝酒，聽見這話，於是把斟滿酒的杯子放回桌上，問：「為什麼？」

羅朗抱怨自己健康情況不佳已經有很長一段時間了，他總是說身體笨重、會暈眩，經常莫名其妙感到不舒服。

醫生接著說：「因為手槍射出的子彈極可能從你身邊擦過，不碰觸到你；但是，一杯酒卻一定會進到你的肚子裡。」

「那又怎樣？」

「然後，它會刺激你的胃，造成灼痛感，擾亂神經系統，使血液循環變遲緩，就容易導致中風，所有像你這種體質的人都有中風的危險。」

退休珠寶商原本越來越濃的醉意，像被風吹散的煙霧一樣，消失了。他用不安的眼神盯著他的兒子，想弄清楚對方是不是在嘲笑他。

但這時，博西爾高聲說：「啊，這些可惡的醫生，總是說同樣的話——別吃，別喝，別愛女人，別圍成圓圈跳舞，這一切都對健康有害。可是，我呀，先生，我樣樣都來，在世界上任何地方，每一處我到得了的地方，我都盡情享樂，而我的身體情況也沒有變得較差。」

皮耶爾尖刻地回答：「首先，您，船長，您比我父親強壯；其次，所有過著放蕩生活的人，說法都和您一樣，一直到有一天……那之後的第二天，已無法回來對謹慎忠告過他們的醫生說『醫師，您的話有道理』了。當我看到我父親做那些對他最傷身、最危險的事情時，我告知他要留意，這是很自然的事。如果不這麼做，我就是一個壞兒子了。」

13加斯科涅（Gascon），法國西南部的一個舊行省，據說當地人善於吹牛、愛說大話。

羅朗太太感覺有點掃興，插嘴說道：「好了啦，皮耶爾，你怎麼了？就一次，對他不會有什麼不好的。你想想，這對他、對我們，都是喜慶的時候。你會把他的興致全破壞光，也會讓我們大家難過。你做這樣的事，實在惡劣！」

皮耶爾聳聳肩膀，嘀咕道：「他想怎麼做就怎麼做，反正我已經提醒過他了。」

然而，羅朗老爹不喝了。他望著他的酒杯，杯子裡盛滿清澈透亮的美酒，一顆顆小氣泡推推擠擠，從酒杯底部迅速上升，在表面蒸發，這些彷彿都是葡萄酒輕盈醉人的靈魂飛走了似的；而他就像找到一隻死雞，卻又覺察裡面有陷阱的狐狸一樣，疑心重重地望著酒杯。他躊躇不安地問：「你認爲這個對我非常有害嗎？」

皮耶爾感到一陣懊悔，自責不該因爲自己心情不好，便搞得大家也不愉快。「不，就這一次，你可以喝；但是，別喝太多，也不要養成喝酒的習慣。」

羅朗老爹於是舉起酒杯，卻還沒有決定是否要把它湊近嘴邊。他痛苦地注視著酒杯，既想喝又怕喝；然後，他嗅了嗅、嚐了嚐，小口小口地啜飲，仔細品味，內心充滿苦惱、怯懦和垂涎的慾望，才喝完最後一滴酒，隨即又感到後悔不已。

皮耶爾突然接觸到了羅塞米利太太的眼光；她那湛藍明亮、敏銳嚴厲的眼睛正定定地盯著他看。他可以感覺到、看透、猜測到這炯炯目光裡的明確想法，這個頭腦單純又正直的嬌小女人那憤憤不平的想法，因爲她的眼神正在說——「你呀，你是嫉妒，這麼做，眞可恥」。

他低下頭，繼續吃了起來。

他並不餓，一點胃口也沒有。一心只想離開，不再和這些人相處，不再聽到他們交談笑鬧。

這時，羅朗老爹又開始受到葡萄酒香氣誘惑了，而且早已忘記他兒子的勸告，正斜眼貪愛地瞅著，那放在他的盤子旁邊、幾乎仍全滿的一瓶香檳酒。他不敢碰它，生怕再度招來訓誡，他在尋思該用什麼巧妙伎倆才能不引起皮耶爾注意，把美酒拿到手。他心生一個詭計，是所有計謀中最簡單無奇的那種——漫不經心地拿起酒瓶，握著瓶子下端，伸長手臂橫過桌面，首先把醫生已經空了的杯子倒滿，然後一個接一個爲其他人倒酒，繞過一圈，輪到自己時，他便開始提高聲量說話，這麼一來，即便他在自己的杯子裡倒入一些酒，別人也一定會認爲那是無心疏忽的。況且實際上，根本沒有人注意到他替自己倒了酒。

皮耶爾一不留神已經喝了很多酒。他內心煩躁又氣惱，不時手持著高腳香檳酒杯，無意識地把杯子湊近嘴唇邊；透過水晶玻璃酒杯，可以看見許多小氣泡在透明液體裡奔竄升騰，好不熱鬧。這時，他把液體非常徐緩地倒進嘴裡，去感覺氣體在舌頭上消散時產生的那種帶甜味的小小刺痛感。

漸漸地，一股宜人的熱流傳遍他的身軀。肚子似乎是這股熱流的起源處，它從那裡出發，流到他的胸膛，滲入他的四肢，散布到全身的肌肉裡，有如一陣溫暖的潮水，有益健康，也帶來喜悅。他覺得舒服多了，不那麼焦躁、不那麼鬱悶了。甚至，他今天晚上要和弟弟談話的決心也減弱了，並非他想放棄行動，而是不願意這麼快攪亂自己內在的舒適感。

博西爾起身發表祝酒詞。他依次向周圍的人致過意之後，說：「高貴的夫人們、諸位先生們，我們今日齊聚一堂，爲的是慶祝新近發生在我們一位朋友身上的喜事。過去，有人說財富之神是個瞎子，我倒認爲他不過是近視，或者愛作弄人吧，而他剛剛購買了一副絕佳的航海雙筒望遠鏡，使他得以在勒哈弗爾港裡辨識出我們正直的夥伴——『珍珠號』船長羅朗的兒子。」

席間響起了喝采叫好聲，還伴隨著陣陣鼓掌。

羅朗老爹站起來回禮。他咳嗽了一下，因爲感覺喉嚨黏稠有痰，舌頭有點不靈活，之後，他結結巴巴地說：「謝謝船長，我爲自己和我的兒子表達感謝。我永遠不會忘記您此時此刻的情義相挺。我乾杯祝您事事如意。」他的眼睛和鼻子都充滿淚水，不曉得再說些什麼爲好，便坐了下來。

尙恩笑吟吟的，輪到他發言了。「應當由我，」他說，「由我來感謝在座各位忠誠的朋友們、優秀的朋友們（他望著羅塞米利太太），你們今日以如此動人的方式流露對我的情感，我對你們的感激不是言語所能表達的。我將在明天以及生命中的時時刻刻，向你們表示我的謝意，因爲我們友誼深厚，絕非走馬看花的交情。」

他的母親非常感動，輕聲說：「太好了，我的孩子。」

這時，博西爾叫道：「來吧，羅塞米利太太，請代表女性說幾句話。」

這位太太於是舉起酒杯，用溫柔又帶著些許憂傷的聲音說：「我呢，我懷著感恩之心舉杯，悼念馬瑞夏爾先生。」

眾人聞言都安靜了下來，就像禱告完以後，總會有片刻的靜默凝神那樣。

博西爾向來善於恭維奉承，此時下了評語：「只有女人才能這麼細膩體貼。」接著，他轉身對羅朗老爹說：「這個馬瑞夏爾究竟是什麼樣的人？您跟他私交相當好嘍？」

老頭子已經喝醉了，情緒變得容易激動，一下子哭了起來，嘟嘟噥噥地說：「……再也找不到一個這樣的兄弟……我們那時形影不離……他每晚都到家裡來吃飯……還請我們到劇院看戲……我只能告訴您這些……就這些……就這些……一個眞正的朋友……一個眞正的……不是嗎，路易絲？」

他的妻子只簡單地回答：「是的，他是一個忠誠的朋友。」

皮耶爾注視著他的父親和母親，但是，大家轉而談論別的事情後，他便又繼續喝酒。

當天晚宴是怎麼結束的，他一點也不記得了。賓主一夥人喝咖啡，還喝甜燒酒，笑笑鬧鬧，不亦樂乎。然後，將近午夜時，他上床睡覺，神志混沌，腦袋昏沉。他像個老粗一樣呼呼大睡，直到第二天早上九點才醒。

四

這一夜，滿肚子香檳和查爾特勒甜酒的睡眠，無疑讓皮耶爾和緩平靜了下來，因爲他一覺醒來，心情頗好，充滿善意。他一面穿衣服，一面評估、衡量，總結自己昨晚激動的情緒，盡力想要確切而完整地找出，那些促使自己情緒激動的各種實際的和潛藏的、個人的和外在的原因。

事實上，這個啤酒餐館女侍很可能在得知，羅朗的兩個兒子中只有一個繼承了一位陌生人的財產時，心中便生出一個邪惡的念頭、一個娼妓的眞正想法——這些輕佻女子對於所有品行端正的女人，不都抱持著這種毫無根據的猜疑嗎？只要她們開口說話，不是總聽見她們在辱罵、毀謗、中傷所有那些她們明知無可指謫的女人嗎？每次有人在她們面前提到一個聲譽無懈可擊的女人時，她們就大發脾氣，好像誰侮辱了她們似的，還叫嚷著：「哼，你知道，你說的那些個已婚女人，我很清楚，這些人可眞是乾淨呀！她們的情人比我們還多，只是她們隱瞞不說，因爲她們都是虛僞的人，哼！是啊，這些人可眞是乾淨呀！」

在別的情況裡，他一定聽不懂，甚至料想不到，有人會對他可憐的母親這樣含沙射影地誣蔑，因爲他的母親是那麼善良，那麼樸實，那麼端莊。但是，嫉妒正像酵母一樣在他身上發酵，擾亂他的心靈。他那過度激動的思緒，可以說，正不由自主地伺機攫取任何能危害他弟弟的機會，甚至也許正是他這種精神狀態，才引發這個啤酒館女侍生出她原本所沒有的醜惡意圖。很可能只是因爲，他有著無法駕馭、不斷逃離他意志掌控的想像力，而這種想像力大膽放肆，居心叵測地在無窮盡的思想世界裡自由馳騁，並且時而從那裡帶回一些像贓物似的，是些藏在他靈魂深處、難以探測幽微地帶裡不可告人的可恥念頭。那個可怕的懷疑或許正是純然由這種想像力創造、虛構出來的。他的心，他自己的這顆心，顯然，還對他有著一些祕密——這顆受傷的心，不是已經在這可憎的懷疑之中找到了方法，去剝奪他弟弟那份令他嫉妒的遺產嗎？此刻，他正在懷疑自己，探查自己思想深處的種種祕密，就像虔誠的教徒們在查問自己的良心一般。

當然了，羅塞米利太太儘管聰明有限，仍然具有女性對人際分寸的敏感、預感和微妙的覺察力，可是她卻並沒有那樣的想法，因爲她已經爽直大方地舉杯感謝和悼念了已故的馬瑞夏爾。如果她內心稍微存在一丁點懷疑，就絕不會那麼做。現在，他已經不再疑惑了——他對弟弟得到從天而降的財富不由自主地心懷不悅，以及，確定也懷有對母親的極端敬愛，這兩者激起了他的顧慮，這些顧慮是出於孝心，值得尊重，卻太過誇大了。

在做出這個結論時，他就像完成了一件善行一樣，感到很高興。他決定要對所有人親切和氣，先從對待他的父親開始，儘管他父親的那些癖好，那些愚蠢的論斷、粗俗的看法和顯而易見的平庸，經常讓他十分氣惱。

午餐時間，他準時回家，用他的機智和好心情給全家人帶來歡樂。

他的母親高興不已，對他說：「我的皮耶洛[14]，你不知道，只要你願意，你會多麼幽默有趣呀。」

他侃侃而談，總是找到一些貼切的字眼，把他們的幾個朋友巧妙地描述了一番，惹得大家哈哈

---

14 皮耶洛（Pierrot）是皮耶爾（Pierre）的暱稱。

大笑。博西爾成爲他開玩笑的對象，他還稍微提到羅塞米利太太，不過他用詞謹愼，適可而止。他看著他的弟弟，心裡想：「你就袒護她吧，容易上當的傻瓜；只要我高興，就能讓你相形見絀。」

喝咖啡時，他對父親說：「你今天要用『珍珠號』嗎？」

「不用，我的小夥子。」

「我可以和讓—巴特一起駕船出海嗎？」

「當然可以，只要你喜歡。」

他於是在遇到的第一家菸草零售店裡，買了一支上等雪茄，然後腳步歡快地往下坡的港口走去。他望著明亮的晴空，這片淡藍色的天空被海風刷洗過，顯得格外清新。

綽號叫「讓—巴特」的水手巴巴格里正在船艙內打盹兒，羅朗老爹早上不去海釣的時候，他每天中午都要把船打理好，準備出航。

「就我們兩人，船老大！」皮耶爾高喊。

他走下碼頭的鐵扶梯，跳到了小船上。

「什麼風？」他問。

「一直是內陸風，皮耶爾先生，我們有出海的好風。」

「那好！老爹，啓航。」

他們升上前桅帆，起錨，小船重獲自由了，開始在港內平靜的水面上，朝海堤慢慢滑行而去。

從街道上吹來的微弱氣流落在船帆的上部，輕柔得幾乎感覺不出來，「珍珠號」彷彿有了自己的生命，船舶的生命被一股潛藏於內在的神祕力量推動著。皮耶爾早已握住舵柄，口中叼著雪茄，兩腿伸直在長凳上，在耀眼的陽光下，瞇起雙眼，望向防波堤上那一塊塊塗了柏油、與他擦身而過的大木頭。

當他們來到護衛他們的北面海堤末端、駛入大海時，更爲涼爽的海風拂掠過醫生的臉和雙手，就像一陣微微冷涼的撫摸。海風吹進他的胸膛，他敞開心胸，深深呼出一口氣，好接著暢飲海風。風把棕色船帆吹得鼓脹，使「珍珠號」側身傾斜，也變得更敏捷了。

讓—巴特突然升起三角帆，三角形的帆面鼓滿風，有如一支翅膀，接著他跨兩步來到了船尾，解開繫在桅杆上的艉帆。這時，船身忽然側傾，並且全速疾駛，船舷上的海水像沸騰似的翻滾，向後流逝，發出一陣活潑輕柔的聲音。船首，像失控的犁頭下端用來翻土的金屬片一般，劈開海面，掀起波浪，白色柔滑的泡沫飛濺，堆成圓圓一團又掉落下來，彷彿在田野耕作時，犁起的沉重褐色泥土又掉落了下去一樣。

波浪短促而密集，每遇一個浪衝來，「珍珠號」從三角帆頂端到尾舵都會震動起來，連皮耶爾握在手裡的舵柄也會顫抖；有時一陣較強的風吹來，才持續幾秒鐘，波濤便輕掠過船殼板，彷彿就要湧進小船裡。

一艘利物浦的運煤蒸汽船拋下錨，正等待漲潮進港；他們兩人駕船從運煤船的後方繞了一圈，然後一艘接一艘視察停泊在錨地裡的船隻，接著，把船開得遠一點，好觀賞展現在眼前的海岸風景。

皮耶爾安定而平靜，滿心喜悅，在微波蕩漾的海面上，游移了三個小時。他就像駕馭著一頭長了翅膀、速度快又溫馴的野獸，操控著這個由木頭和帆布做成的物體，讓這物體在他手指的壓力下，隨他的心意變化，來來去去。

他的思緒東飄西蕩，像人在馬背上或在船的甲板上遐思連翩一樣，他想著自己的未來將一片美好，想到憑一己的聰明才智過活的樂趣。明天他就向弟弟商借一千五百法郎，爲期三個月，他便可以立即搬進馮索瓦一世林蔭大道的漂亮公寓安頓下來。

水手突然說：「起霧了，皮耶爾先生，該返航了。」

他抬頭，望見北邊有一片濃而輕的灰色陰影，彌漫天空、覆蓋海面，正像從高處落下的烏雲一樣朝他們奔來。

他掉轉船頭，順風往海堤駛去，後方速度迅疾的大霧正逐漸趕上來。當大霧觸及「珍珠號」，把船包裹在厚厚一團、難以捉摸的水氣裡時，皮耶爾感到一陣寒顫傳遍四肢，有股霉和煙交混的氣味，海霧的奇特氣味迫使他閉上了嘴巴，以免嘗到這冰冷潮溼的雲霧。當船回到港內慣常的停靠位置時，整個城市已經籠罩在細密的霧氣裡；這片霧並不落下來，卻像細雨一樣溼潤，又像流動的大河一樣在房屋和街道上滑行。

皮耶爾的手腳都凍僵了，急忙回家，撲到床上，一直睡到晚餐時分。

當他出現在飯廳裡時，他的母親正在對尚恩說：「走廊經過一番布置，一定非常漂亮，我們可以在那兒擺一些花。你等著看吧，我會負責照顧這些花草，定時更換新的。日後你舉辦宴會的時候，那裡看起來一定美得像仙境。」

「你們在談什麼呀？」醫生問。

「談一間美麗的公寓，我剛剛為你弟弟租下的。一個驚喜的新發現，是一個一、二樓之間的夾層，面向兩條街。有兩個客廳，一條裝了玻璃窗的走廊，還有一個圓形小飯廳，對一個單身男士而言，那眞是個雅致的住所。」

皮耶爾臉色頓時發白，心頭竄起一陣怒火。「這個公寓位在什麼地方？」

「在馮索瓦一世林蔭大道上。」

再也沒有疑問了，他坐下來，內心惱怒得幾乎想大喊：「到頭來，這實在太過分了，為什麼一切都只歸他所有呢？」

他的母親喜笑顏開地一直說話：「而且你想想，我只花了兩千八百法郎就租下這間公寓。房東要求三千，但是我簽下一個三年、六年或九年都行的契約，所以減了兩百法郎。你弟弟住在那裡眞是合適極了。一個律師只要處所漂亮，就能賺大錢。那會吸引顧客，讓他們著迷，留住他們，使他們對這位律師產生敬意，讓他們明白一個住在這樣豪華房子裡的人說出來的話是十分昂貴的。」

她停頓了一下，接著又說：「也得爲你找一個類似的住所，要比較簡樸一點的，因爲你現在沒什麼錢，不過，還是要溫馨典雅。我向你保證，這對你會非常有用。」

皮耶爾用有些倨傲的口氣回答道：「哦，我呀，我將靠工作和才能獲取成功。」

他的母親仍堅持地說：「沒錯。不過，我向你保證，一個漂亮的處所對你還是非常有用的。」

晚餐吃到近一半時，皮耶爾忽然問：「這個馬瑞夏爾，你們是怎麼認識他的？」

羅朗老爹抬起頭，回想了一下，說：「等等，我不太記得了，事隔了這麼久。啊，對，我想起來了，是你母親在店裡先認識他的，是嗎，路易絲？他來訂購某樣東西，之後，他就經常來。我們認識他，因爲他是顧客，後來才成爲朋友。」

皮耶爾正在吃一些小菜豆，他用叉子尖端一顆接一顆地戳著，彷彿要把豆粒串起來似的，又接著說：「你們是什麼時候認識的？」

羅朗又再度思索，卻什麼也記不起來了，他請妻子幫忙回憶，說：「噢，路易絲，是哪一年啊？你記性那麼好，應該不會忘記。呃，那是在……是在……一八五五還是五六年呢？……你想想看，你應該記得比我清楚呀！」

羅朗太太的確想了一會兒，然後用平靜而有把握的聲音說：「是在五八年，我的老爺子。皮耶爾那時候三歲。我很確定不會搞錯，因爲那年，這孩子得了猩紅熱，我們才剛認識馬瑞夏爾，可是他卻幫了我們很大的忙。」

羅朗高聲說：「是啊、是啊，他眞是個大好人！當時因爲你母親累得無法動彈，而我忙著店裡的生意，他便去藥師那裡爲你拿藥。是啊，這個人心腸眞是好。後來你痊癒了，你無法想像他有多高興，怎樣對你又親又吻的。就是從那時候起，我們成了要好的朋友。」

突然有一個強烈的想法，像子彈穿刺、撕裂一樣，進到了皮耶爾的心靈裡：「既然他認識我在先，既然他對我這麼盡心付出，既然他這麼喜歡我，那麼熱烈親吻我，既然是由於我，他才和我的父母建立起深厚交情，爲什麼他把所有的財產全給了我的弟弟，卻一點也沒給我呢？」

他不再提出問題，一臉陰鬱地待在那裡，他並不是陷入幻想，而是全神貫注地思索，在他心上存留著一個尙不明確的新憂慮，一個新痛苦的祕密胚芽。

飯後，他早早就出門，在街上四處亂逛。

大霧把街道淹沒了，霧氣使黑夜沉重而晦暗、令人作嘔，就像一陣落到地面上、會傳染瘟疫的煙霧。人們看著它漫過煤氣燈，看起來就像時不時會把燈熄滅似的。石板路面有如在寒夜裡結上了一層薄冰一般，溼溼滑滑的。所有各種難聞的氣味，地窖裡、坑洞裡、下水道裡、骯髒破舊的廚房裡所散發的臭氣，似乎都從一棟棟房屋內湧出來，和四處飄浮的濃霧那令人掩鼻的氣味交混在一起。皮耶爾駝著背，雙手插在口袋裡，他不想在這麼寒冷的天氣裡還留在戶外，便向馬洛斯科家走去。

老藥師始終在替他守夜的煤氣燈下睡覺。他對皮耶爾的情感像狗一樣忠實，當他認出來人是皮耶爾時，精神一下子振作了，便去找出兩個杯子，把醋栗酒拿來。

「怎麼樣？」醫生問，「您的甜燒酒事業進行得如何？」

波蘭人向他說明，城裡四家主要的咖啡館已經同意銷售這款酒，《海岸燈塔》和《勒哈弗爾信號臺》兩家報紙將爲他宣傳，交換條件是他給編輯們提供一些藥品。

兩人沉默了好一陣子之後，馬洛斯科問起尚恩是否確定擁有那筆財產了；接著，他又就同樣的這件事提出了兩、三個含糊不清的問題——他對皮耶爾相當忠誠，不願自己的朋友受到欺侮，因此，遺囑中偏愛尚恩一事令他感到憤憤不平。而皮耶爾似乎已經聽見了他心中的想法，從他迴避地轉來轉去的眼睛裡，從他遲疑不決的聲調中，猜到、理解、讀出那些來到了他唇邊卻沒有說出口的話，這些話他絕不會說出來，因爲他是那麼謹慎、那麼膽小、那麼狡黠。

現在，皮耶爾已經不再懷疑了，這個老人一定在想：「您不該任由他接受這筆遺產，這會惹來閒言閒語傷害您母親的。」或許他甚至早已認爲尚恩是馬瑞夏爾的兒子。他當然會這麼想！他怎麼能不這麼想呢？這件事看起來如此眞實，可能性這麼大、又如此顯而易見。但是，他自己，他，皮耶爾，身爲兒子，三天以來，不是費盡心力、窮竭思慮地在內心奮戰，就爲了欺騙自己的理智、消滅這個可怕的懷疑嗎？

突然，他再一次感到需要獨處，他想一個人去思考、去和自己討論，果敢而無所顧忌、毫不偏頗地面對這件可能發生又極度可怕的事情；這股需要，凌駕了他的其他想法，使他連那杯醋栗酒也沒喝就起身，和一臉錯愕的藥師握了握手，便重新鑽入街上的迷霧中。

他心想著：「這個馬瑞夏爾，爲什麼把他所有的財產都留給尙恩呢？」此刻促使他思索這個問題的，已經不再是嫉妒，不再是三天以來他在心底與之搏鬥、懂得隱藏起來的那股卑劣卻自然的妒意，而是對一件非同小可事情的恐懼，他懼怕自己也相信他的弟弟尙恩是這個人的兒子！

不，他不相信這樣的事，他甚至無法向自己提出這個充滿罪惡的問題。然而，即便這個懷疑是那麼微小、那麼不可能，也必須把它從自己的腦子裡全然徹底地永遠排除。他必須弄清眞相、消除所有疑點，讓自己坦然安心，因爲他在這個世界上只愛他的母親。

他要獨自一人在黑夜裡遊逛，一面運用理性在記憶裡進行鉅細靡遺的探查，經過這番周詳的查考，實情將會水落石出。之後，這整件事將就此結束，他不會再去想它，永遠不再想。他也可以回家睡覺了。

他想著：「好吧，我們先來檢視一些事實，我再回憶一下我所知道關於他的所有事情，他對待我和我弟弟的態度，然後尋找一切可能引發他那種偏愛的原因……他看見了尙恩出生嗎？是的。可是，在這之前，他已經認識我了。如果他是默默而含蓄地愛著我的母親，那麼他應該會更喜歡我，因爲正是多虧了我、多虧了我的猩紅熱，才使他成爲我父母的知己。所以，從邏輯上來說，他應該會選擇我，對我應該懷有更強烈的情感，除非他在看著我弟弟長大時，感覺天性上受他吸引，對他產生了一種本能的偏愛。」

他於是絞盡腦汁、搜索枯腸地在記憶中翻找，想重新組構這個人的全貌，重新看見他、認識他、了解他。在他自己於巴黎生活的那幾年間，這個人曾經從他的面前經過，而他卻從來未曾留意。可是這時候，他感覺自己走路時，腳步的細微動作有點擾亂了他的思緒，讓想法飄忽不定，繼而削弱了它們的意義，模糊了他的記憶。爲了敏銳地審視過去那些還不怎麼熟悉的事件，爲了無所遺漏，他必須待在一個空曠的地方靜止不動。他因此決定像前天一樣，到海堤上去坐坐。

走近港口時，他聽到大海上傳來一聲淒厲悲苦的哀鳴，像公牛的哞叫聲，但是聲音更長、更有力。那是汽笛聲，是那些迷失在濃霧裡的船隻發出的嘶嚎。他的身軀一陣寒顫，他的心也緊縮了一下，那聲呼救迴盪在他的心靈裡，如此震撼他的神經，他竟以爲那是自己發出的呼喊。稍遠處，有另一個類似的聲音在哀嚎。接著，就在鄰近處，港口的汽笛也發出令人心痛的吶喊來回應它們。

皮耶爾大步走到海堤，他什麼也不想，心中對於踏入這片淒慘呼嘯的黑暗中感到滿意。

他在防波堤的盡頭坐下，閉上雙眼，絲毫不想去看那些在夜裡照亮港口、引導船舶通行的電力光源，它們在霧氣籠罩下已經顯得有些朦朧了；也不去看南面海堤上的燈塔放射出的紅光，那光線此時也幾乎看不清了。之後，他側轉身體，把兩隻手肘放在花崗石的護牆上，雙手蒙著臉。

他的嘴雖然沒有說出口，腦中卻一直重複著那個名字「馬瑞夏爾……馬瑞夏爾」，就彷彿在呼喚他，召喚、招引他亡魂似的。在他眼皮閉闔的一片漆黑裡，他忽然看見了這個人，就像他從前看到的模樣一樣。

那是一個六十歲的男士，留著尖尖的白鬍鬚，眉毛很濃，也已經全白。他不高不矮，態度和藹可親，灰色的眼睛很溫和，舉止穩重，外表看來是個樸實、慈祥而正直的人。他稱皮耶爾與尙恩爲「我親愛的孩子」，他從來不曾表現出偏愛哪一位，總是請他們兩人一起去他家吃晚餐。

皮耶爾就像追蹤著模糊足跡的狗一樣固執頑強，開始搜尋這個已經從世間消失的人的話語、姿態、聲調、眼神。漸漸的，他全然回憶起來了，那是馬瑞夏爾在他那間位在特隆雪大街的寓所裡，接待他弟弟和他吃飯的情景。

有兩個女傭人照料他，她們都很老了，而且顯然久已養成了習慣，稱呼他們兄弟倆爲「皮耶爾先生」和「尙恩先生」。

兩個年輕人進門時，馬瑞夏爾向他們伸出雙手，右手給其中一位，左手給另一位，並不固定哪隻手伸給誰。「你們好，我的孩子們，」他說，「有你們父母親的消息嗎？至於我呀，他們從不再寫信給我了。」

大家愉快、親切地閒聊著家常。這個人的腦子裡並沒有什麼獨特的想法，但是他爲人非常和氣、很有風度，十分令人喜愛。他的確是他們的一個好朋友，對於這類好朋友，人們向來非常有把握，從不懷疑，所以也很少想到他們。

現在，回憶一件件浮現在皮耶爾的腦海裡。

有好幾次，馬瑞夏爾看見他心事重重，猜到他的學生生活拮据，便主動提出借錢給他，或許幾百法郎，後來雙方都忘了，也就從來沒有還過。這麼說，這個人始終愛著他、一直關懷著他，因爲他經常擔心在意他的各項需求。那麼……那麼爲什麼他把所有的財產都留給了尚恩呢？不，他從來沒有明顯表現出喜愛弟弟勝過哥哥，關心這一位勝過另一位，或者表面上對這個沒有比對那個親切。那麼……那麼……他想必有一個強烈而且不可告人的理由，才會把一切、把他的所有財產都給了尚恩，卻分文也沒給皮耶爾，不是嗎？

醫生越是這樣想，最後那幾年的過往越清楚地重現，他對於他們兄弟兩人得到的不同待遇也越覺得難以置信、無法理解。

一陣尖銳的痛苦、一陣無法解釋的焦慮進入他的胸臆，使他的心像擺動的破布一樣凌亂飄搖。那些維繫他心臟規律收縮的筋肉似乎斷裂了，血液大量地從那裡任意流過，把他的心衝撞得激烈震顫。

這時，他像做惡夢、說囈語似的，低聲喃喃道：「一定要弄清楚，我的主啊，一定要弄清楚。」

現在，他又往更久遠的年代搜索，那段他的父母還住在巴黎的舊時光。但是，他已經不記得人物的臉孔了，這使得他的記憶頓時一團混亂。他尤其竭力去回想馬瑞夏爾當時究竟是金髮、栗色頭髮，還是黑髮。他卻怎麼也想不起來，因爲這個人最後的容貌，那老年人的面容，已經把他過去其他時候的容貌都抹滅掉了。然而，他還是記得他當時比較纖瘦，他的手很柔軟，還有他經常帶花來送他們，很常帶花來，因爲他的父親總是一而再地重複著：「又送鮮花來了！您簡直瘋了，我親愛的，您會因爲玫瑰花而破產呀。」

而馬瑞夏爾始終回答：「您別管了，我很高興這麼做。」

突然，他的腦中閃過母親的聲音，他的母親總是微笑著說：「謝謝，我的朋友。」那聲音如此清晰，讓他以爲自己當下眞的聽見了。這幾個字，她一定相當常說，所以才會這麼深刻地烙印在她兒子的記憶裡！

這麼說，馬瑞夏爾，這位有錢的男子、紳士、顧客，是送花給這個小店舖的老闆娘，這個普通小珠寶商的妻子。他愛上她了嗎？如果他不是愛上了這個女人，又怎麼會成爲這對生意人的朋友呢？這是一個有學養、不乏機智的人。曾有多少次他和皮耶爾談起詩人和詩歌，他一點也不喜歡藝術家型的作家，對感情豐富的小資產階級作家卻十分欣賞。醫生那時候對於這些感動經常莞爾一笑，他認爲那有些愚蠢；如今，他明白了，這個多愁善感的男子從來不可能、絕對不可能是他父親的朋友，因爲他父親是那麼講求實際、那麼庸俗、那麼遲鈍，「詩歌」這個詞，對他而言，意味著廢話連篇。

所以，這位年輕富有、無牽無掛且溫柔多情的馬瑞夏爾，有一天，或許因爲留意到了這個漂亮的女老闆，才會偶然走進這家店鋪。他買了東西，之後又回來，與店主聊上幾句，雙方一天比一天熟悉。他經常在店裡買東西，因此獲得了到他們家裡坐坐，對少婦微笑、和丈夫握手的權利。

於是，後來……後來……喔，我的主啊……後來呢？……

他曾經喜歡過、親愛地撫摸過第一個孩子，這個珠寶商人的孩子，一直到另外一個孩子出生；之後，他一直到死都難以捉摸、無法識透，然後，他的墳墓關上了，他的肉身腐化，他的名字從活人的名字中抹去，所有他的一切永遠消失了；他已經不必再顧慮、懼怕、隱藏，便將所有的財產給了那第二個孩子！……爲什麼呢？……這個人是聰明的……他應該明白、應該預料到，他可能，而且幾乎不可避免地會讓人猜疑這個孩子是他的。他這麼做，豈不是將毀掉一個女人的名譽嗎？如果尙恩並不是他的兒子，他怎麼會這麼做呢？

突然，一個清楚而可怕的回憶從皮耶爾的內心湧現了出來。馬瑞夏爾之前是金髮，就像尙恩一樣是金髮。現在他記起來了，從前在巴黎，他曾經在他們家客廳的壁爐上看見過一幀袖珍藝術小肖像，現在，卻不見了。這幅小肖像在哪裡呢？是遺失了，還是被藏起來了？啊，但願他能拿到它，只要片刻就好。或許，他的母親已經把它保存在一個珍藏著愛情紀念物的祕密抽屜裡。

想到此，他的苦惱簡直撕心裂肺，使他不禁發出一聲呻吟，是那種痛苦過於強烈、迫使從喉嚨裡迸出的短暫悲音。突然，海堤上的汽笛彷彿聽見他的哀嘆、彷彿理解他的心思，而且像是要回應他似的，就在他的近身處鳴叫了起來。這超自然怪物的吼聲，比雷聲更響，這專門爲了壓倒風浪聲的震耳欲聾狂烈嘶吼，在一片黑暗裡，在爲濃霧覆蓋得看不見的大海上傳送了開來。這時候，有些相似的鳴叫聲，穿過霧氣，在黑夜中或遠或近的地方，一再響起。這些由一艘艘被大霧蒙蔽視線的大型客輪所發出的呼喊，聽起來實在嚇人。

之後，一切又恢復沉寂。

皮耶爾早已睜開眼睛張望著，他像是從惡夢中醒來，對自己竟會在這裡感到驚訝。

「我瘋了，」他想，「我居然懷疑我的母親。」他的心，一下子爲伴隨著憐憫而懊悔、祈求而悲傷情緒的一波波愛意所淹沒了。他的母親，過去和現在，他都一樣了解她，他怎麼能懷疑她呢？這個單純、貞潔而正直的女子，她的心靈和她的生活難道不是比水更清澈嗎？任何見過她、認識她的人，有誰不認爲她是無可懷疑的呢？而他，她的兒子，卻對她起了疑心。哦，如果此刻能把她擁入懷裡，他會怎樣地親吻她、撫慰她，他將怎樣地跪下來請求寬恕啊。

她，她會欺騙他的父親嗎？……他的父親！當然，他的父親是一個正派而值得尊敬的人，做生意誠實可靠，但是，他腦中的思想從未跨出過他那家店鋪的門檻。

而他的母親從前非常漂亮，他一直都知道，就是現在，人們也還看得出來，她的心靈敏感、充滿愛意和柔情，這樣一個女人怎麼會接受一個與她截然不同的男子做她的未婚夫，還做了她的丈夫呢？

爲什麼去追究原因呢？她嫁給他，就像由父母作主、嫁給備有聘禮的小夥子的那些女孩們一樣。婚後，兩人隨即在他們位於蒙馬特大街的店鋪安頓下來。年輕的妻子主掌櫃臺事務，受到經營新家庭的心念所鼓舞，也受到共同利益那神聖而微妙的意識所激勵（儘管在巴黎大多數商人夫婦之間，這份共同利益往往取代了愛情、甚至取代了感情），她開始積極工作，縝密地運用所有聰明才智，爲他們全家企盼的財富而努力。她的生活就這樣流逝，一成不變，平靜無趣，安分守己，沒有柔情密意！……

沒有柔情密意？……一個女人有可能一點都不去戀愛嗎？一個年輕漂亮的女人，生活在巴黎，她讀書，爲舞臺上死於熱烈愛情的女演員鼓掌叫好，她有可能從少女到老年連一次動心的經歷也沒有嗎？對於別的女人，他不相信——爲什麼涉及自己的母親時，他卻相信呢？她當然像別的女人一樣，也會愛上某個人！即便她是自己的母親，爲什麼她就會和別的女人不同呢？

她曾經年輕過，也有過所有撩亂年輕人心緒、那些富於詩意的弱點。被關閉、禁錮在店鋪裡，身旁是一個庸庸碌碌的丈夫，整天談生意，她也曾經夢想迷人的月色，旅行遊歷，在黃昏暗影裡接吻。然後，有一天，有個男人就像書裡的情人一樣走了進來，也像那些書裡的情人一樣和她交談。

她曾經愛過他。爲什麼不可能呢？這就是他的母親啊！好吧，是不是因爲事關他的母親，他就必須瞎眼、昏聵，乃至於否認事實呢？她曾經以身相許嗎？……一定的，既然這個男人並沒有其他女朋友；一定的，既然他一直都愛著這個遠在他方、不再年輕的女人；一定的，既然他把所有的財產全留給了他的兒子，他們的兒子！……

皮耶爾站起來，憤怒得渾身顫抖，幾乎想殺人。他伸出手臂、張開手掌，想打人、想傷人、想把人捏得粉碎、想掐住某人的脖子，把他勒斃。誰呢？所有的人，他的父親、他的弟弟、死去的馬瑞夏爾，還有他的母親。

他衝向前去，急著回家。他回去做什麼呢？

當他從信號杆附近的小塔樓前面經過時，一陣尖銳的汽笛聲迎面撲來。他嚇了一大跳，險些跌倒，一直退到花崗石的護牆邊。他在那裡坐了下來，這精神上的震盪令他極度疲乏，再也沒有一絲力氣。

第一艘回應這汽笛聲的輪船似乎離他相當近，潮水已經高漲，船正出現在入口，準備進港。皮耶爾轉身，看見了這艘船紅色的眼睛在濃霧中顯得有些黯淡。接著，在數個港口電力燈分散照射下，有個巨大的黑影出現在兩道海堤之間。

在皮耶爾的背後，傳來了夜間值班員的聲音，是那種退休老船長的沙啞呼喊聲：「船名叫什麼？」

大霧中，站在輪船甲板上的領港員，也用同樣沙啞的聲音回答：「桑塔—盧其亞。」

「哪個國家？」

「義大利。」

「哪個港口？」

「那不勒斯。」

皮耶爾在他迷茫的雙眼前方，彷彿看見了維蘇威火山[15]噴發的羽飾狀火焰，而火山腳下，在索倫托或卡斯特拉馬的柑橙樹林裡，許許多多螢火蟲正隨處飛舞。有多少次，他曾夢見這些熟悉的名字，就好像他早已看過這些地方的風景。哦，要是他能馬上離開這裡，不管到什麼地方，永遠不回來、永遠不寫信、永遠不讓人知道他的景況，該有多好啊。但是不行，他必須回家，回到父親的家裡，睡在自己的床上。

算了，他不回家，他就在這兒等天亮。他喜歡這些汽笛聲。他又起身，像在甲板上值班的海軍軍官一樣走動了起來。

另一艘船跟隨在第一艘後面駛近，船身顯得巨大而神祕。那是一艘從印度返航的英國輪船。他還看到了好幾艘船，從肉眼難以看穿的黑暗中一艘接一艘出現、駛來。之後，大霧的溼氣越來越重，讓人受不了，皮耶爾便開始往城裡走去。他覺得冷極了，因此走進一家水手們常去的咖啡館，喝一杯摻熱糖水的烈酒。當辛辣溫熱的甜燒酒灼燙他的口腔和咽喉時，他感覺內心又生出了希望。

或許他搞錯了？他十分清楚自己有失去理智、胡思亂想的傾向。他一定是搞錯了吧？他這樣累積證據，正如編造罪狀控訴一個無辜者一樣，一旦認定對方有罪，欲加之罪，何患無辭。等他睡過一覺之後，他的想法就會全然不同了。

於是，他返家上床就寢，靠著意志力，最後終於昏昏沉沉地睡著了。

五

但是醫生在夜裡睡得並不安穩，輾轉反側，只安眠了一、兩個小時。當他在門窗緊閉、熱烘烘的臥室裡醒來時，四周一片漆黑，他的思緒甚至還沒有開始運作，就感覺到那種痛苦的壓抑，是我們懷著憂愁入睡後、遺留在內心的不快。就好像厄運只不過在前一天撞擊了我們一下，卻在我們休息的時候，悄悄鑽進我們的血肉之軀，使人有如發燒一樣憔悴而疲憊。突然間，回憶重又出現在他的腦海，他在床上坐了起來。

這時，他開始把在海堤上、在汽笛鳴叫時那折磨他心靈的所有推論，慢慢地逐一思考一番。他越想越覺得這件事無可置疑。他感覺正被自己的邏輯拖向難以容忍的確信，就像有一隻手掐住了他的脖子，把他往前拉。

他又渴又熱，一顆心怦怦直跳。他起床，想打開窗戶透透氣，就在他站立起來的時候，他聽到隔壁傳來了一陣輕微的聲響。

尚恩正在平靜地睡著，微微打呼。他，他在睡覺，他什麼也沒有預感到，什麼也沒有猜測到。

15 維蘇威火山（Vésuve），位在義大利西南部那不勒斯城的東方，是歐洲大陸近百年來唯一仍有噴發活動的火山，在西元七九年大爆發時，曾經摧毀了龐貝城。

一個認識他們母親的男人把自己所有的財產留給他，他收下了錢，認爲這樣做正大光明、理所當然。

他在睡覺，富有而滿足，不知道他的哥哥正痛苦悲傷得幾乎無法喘息。皮耶爾的心中竄起一股怒火，這個無憂無慮、心滿意足的打呼之人令他感到生氣。

如果是昨天，他就會敲他的房門，走進去，坐在他的床邊，對突然醒來而驚魂未定的弟弟說：「尚恩，你不該留存這筆遺贈，日後它將會讓人懷疑我們的母親，毀掉她的名譽。」

但是今天他再也無法說出口。他不能告訴尚恩，他根本不相信他是他們父親的兒子。現在必須將這個他發現的恥辱，保留、埋葬在他的心底，對所有人隱瞞這個被他察覺的汙點，不可以讓任何人知道，甚至連他弟弟也不行，他弟弟尤其不行。

此刻，他不再考慮輿論是否能尊重地看待這件事，那已經毫無意義了。他寧可所有人都指責他的母親，只要他曉得她是清白的，他，唯獨他一個人就夠了。他怎麼能每天生活在她身邊，看見她的時候，心裡卻想著她是在一個外人的愛撫下生下了他的弟弟，這樣的情況他如何能忍受得了？然而，她又是多麼平靜從容，她對自己顯得那麼淡定而有把握。像她這樣一個有著純潔靈魂、正直胸懷的女人，竟然會墮落、任由激情擺布，而且之後沒有表現出任何悔恨，回憶時，良心上也無絲毫不安，這可能嗎？

啊，悔恨、悔恨，這些情緒在昔日初期必定曾深深折磨著她，然後內疚的感覺消失了，就像所有一切都會消失一樣。她當然曾經爲她的過錯流淚哭泣，而漸漸地就幾乎不復記憶了。所有的女人、全部的女人，不都具有這種驚人的遺忘能力嗎？這忘卻事物的異常能力，使她們在幾年之後幾乎認不得那個親吻過她們嘴唇和全身的男人。親吻像閃電一樣強烈而短暫，愛情像一場暴風雨一樣轟隆而過，然後，生活又像天空一樣回歸平靜，一切又如從前一樣重新開始。誰會記得過去的一片雲彩呢？

皮耶爾再也無法待在他的房間裡——這棟房子，他父親的房子，彷彿正在壓垮他。他感覺屋頂重重壓在他的頭上，四面牆壁把他擠壓得幾乎無法呼吸。他感到很渴，便點燃了蠟燭，打算去廚房的淨水器那兒倒一杯水喝。

他走下兩層樓，然後握著裝滿水的長頸玻璃瓶上樓，樓梯間流動著一陣穿堂風，他索性穿著睡衣在階梯上坐下，接著，他不用杯子，而把瓶口湊近嘴邊，像一個氣喘吁吁的跑者一樣大口大口地喝水。當他停止動作時，屋子裡的寂靜令他感動；之後，他分辨出了一道道最細微的聲響。首先是飯廳裡的座鐘，他感覺那鐘擺滴答聲似乎越來越大。接著，他又再度聽到一陣打鼾聲，是老年人那種短促、吃力而沉濁的鼾聲，那無疑是他父親的打鼾聲。他的腦中突然出現一個想法，彷彿剛從內心迸出來一樣，使他抽搐了一下——這兩個正在同一棟住所裡打呼的男人，父親和兒子，竟然彼此毫不相干，沒有任何關係，甚至沒有最細微的關係能把他們連結在一起，而他們自己對這點卻渾然不知。他們親熱地交談、擁吻，有共同的喜好、相同的感受，彷彿他們的血管裡流著同一家族的血。兩個出生在地球兩端的人，也不會比這個父親和這個兒子更無關聯。他們之所以相親相愛，是因爲有一個日益擴大的謊言蒙蔽了他們的眼睛。是這個謊言促成這份父慈子孝的感情，那是一個不能揭穿的謊言，一個除了他、真正的兒子以外，任何人都永遠不會知道的謊言。

然而，然而，如果是他搞錯了呢？如何知道眞相呢？

啊，如果他父親和尚恩之間能存在一個相似處，即使是非常細微的一點相似也好，是那種從祖父到曾孫世代相傳、能顯示出整個家族都直接源自於同一個接吻，那樣不可思議的相似。就身爲一個醫生而言，只要稍微有一丁點相似之處，就能認出來了，好比下巴的形狀、鼻子的弧度、兩眼之間的距離、牙齒或毛髮的質地，更微妙的則例如一個手勢、一個習慣、一個態度、一種遺傳的喜好，是在某個訓練有素的人看來相當容易辨識的特徵。

他在回憶裡搜尋，卻什麼也想不起來，不，一點都不記得。不過，他以前並沒有好好地看、仔細地觀察，當時，他也無任何理由要去發現這些細微到難以覺察的跡象。

他起身，打算回到自己的房間，並且開始一步一步慢慢走上樓梯，心裡並且一面思索著。從他弟弟的房門前經過時，他霎時停下腳步，伸手想開門。他的內心剛湧出了一股急切的慾望，想立刻見到尚恩，細細端詳他，在他睡覺的時候出其不意地溜進去看他，這時，他的臉是平靜的，五官筋肉放鬆地休息著，生活中所有裝模作樣的表情都消失了。這樣，他便能掌握他容貌靜止不動時的祕密，如果有某個可以覺察的相似之處，將無法逃過他的眼睛。

可是，如果尚恩醒了，他要說什麼呢？如何解釋這意外的探視呢？

他站著，手指捲縮，緊握門鎖把，在找一個理由，一個藉口。

他忽然記起，一星期以前，他曾經借給他弟弟一小瓶鴉片酊以緩解劇烈牙痛。他可以說，今天夜裡，自己也牙痛，所以前來取回他的那瓶藥。他於是像一個竊賊一樣，躡手躡腳地悄悄走了進去。

尚恩張著嘴巴，如酣眠的牲畜一樣睡得很沉。他栗黃色的鬍鬚和頭髮在雪白的被單上就像一塊金色斑點。他並沒有醒來，不過，他停止打呼了。

皮耶爾朝他彎下身子，用渴切的目光凝視著他。不，這個年輕人長得不像羅朗，他的腦中又再度想起那幀不見了的馬瑞夏爾小肖像。他必須找到它，看到它之後，也許就不再存疑了。

他的弟弟動了一下，大概因爲他在床邊，或者因爲他手裡蠟燭的亮光透進他的眼皮裡，讓他感到不舒服。醫生於是踮起腳尖往後退到房門口，不發出聲響地把門關上；之後，他返回自己的臥室，不過，並沒有上床睡覺。

白晝遲遲不來。飯廳裡的座鐘一次又一次敲響，聲音低沉而莊嚴，彷彿這小小鐘錶儀器吞下了一個教堂的大鐘。報時鐘聲飄上了空蕩蕩的樓梯間，穿過牆壁和房門，消逝在臥房中熟睡之人感覺遲鈍的耳朵裡。皮耶爾開始在床鋪和窗戶之間來回踱步。天亮後他將做些什麼呢？他感覺自己心緒太過混亂，無法在家裡度過這一天。他還想獨自一人，至少一直到明天，好進行思考，平靜心情，堅強起來，以便應付他每天必須重新開始的日常生活。

好吧，他就去特魯維勒，去看海灘上擁擠的人群。這可以使他散散心，變換一下思維氣氛，給他時間準備、因應他所發現的可怕事情。

曙光乍現，他便梳洗穿衣。霧氣已經消散。天氣很好，非常晴朗。開往特魯維勒的船九點才駛離港口，這時，醫生想起出發之前，他還應該擁吻他的母親。

他等到母親每天起床的時刻便下樓，來到他母親的房門口時，他的心跳得很厲害，使他不得不停下來深吸幾口氣。他放在門鎖把上的手虛軟無力，還微微顫抖著，他幾乎連轉動鎖把、開門進去的些微力氣也沒有了。

他敲門，聽見了母親的聲音問道：「誰？」

「是我，皮耶爾。」

「有什麼事嗎？」

「向你問好，因爲我要和幾個朋友去特魯維勒待一整天。」

「我還沒起床呢。」

「好，那不打擾了。我晚上回來時，再來擁吻你。」

他希望可以不見她就出門，不必去親吻她的雙頰，那種虛僞不由衷的吻，他還沒有做，就已經覺得噁心了。

可是她回答：「你等一下，我開門。等我躺回床上後，你再進來。」

他聽到她赤腳在地板上走動的聲音，接著是門閂滑動聲，她提高音量說：「進來吧。」

他走進去。她已經坐在床上了，羅朗在她身邊，頭上裹著方巾，臉和身體朝向牆壁，仍然睡得很熟。沒有任何事可以把他吵醒，除非有人拉他的手臂使勁搖他。每到出海釣魚的日子，總是水手巴巴格里在約定的時間前來拉門鈴叫女傭，再由女傭把她那沉睡有如死豬一般的主人強拖起來。

皮耶爾走向母親，一面注視著她，他突然覺得自己好像從來不曾見過她。

她向他伸出臉頰，他親吻了兩下，之後在一張低矮的椅子上坐下。

「你是昨晚決定要外出的嗎？」她說。

「是的，是昨天晚上決定的。」

「你回來吃晚餐嗎？」

「我還不曉得。反正，你們不用等我了。」

他用令人驚訝的好奇心審視著她。這個女人，是他的母親！這整張臉，是他自童年起、從他的眼睛能分辨事物起就看見的，這微笑，還有這聲音，如此熟悉、如此親切，這些對他而言突然顯得十分陌生，和他以前的印象完全不同。現在他明白了，他愛她，卻從來沒有仔細看過她。然而，這確實是她，她臉上那些最微小的細部，他沒有一處不知道；可是，他卻是第一次清楚看見這些小細節。當他焦慮不安地專注端詳這張親愛的臉龐時，他驚覺它不一樣了，那是一個他過去從未見過的容貌。

他站起來準備離開，然後，他突然抵抗不了，自前一天夜裡起，便咬囓著他的心的那股想查明眞相的強烈渴望，他說：「對了，我好像記得，以前在巴黎的時候，我們的客廳裡有一幅馬瑞夏爾的小肖像。」

她猶豫了一、兩秒，或者至少他感覺她在猶豫；接著，她說：「是有一幅。」

「這幅肖像，後來到哪裡去了？」

她原可以回答得更快一點的。「這幅肖像……等等……我不太清楚……也許在我的寫字檯裡。」

「你如果能再把它找出來那就太好了。」

「好的，我來找一找。你要它做什麼呢？」

「喔，這不是爲了我。我想，如果把這張肖像給尙恩會是很合情理的，而且這也會讓我弟弟感到高興。」

「是的，你說得對，這是個好點子。我待會兒起床後就去找。」

於是他便出門了。

這是一個晴空蔚藍的日子，沒有一絲風。街上的行人顯得笑逐顏開，商販們去談生意，職員們到辦公室，年輕的女孩們前往商店上班。有些人還輕輕地哼著歌，都因為天清氣朗而感覺心情愉快。

在開往特魯維勒的船上，已經坐滿了乘客。皮耶爾坐在最後面的一張木頭長椅上。他心裡想著：「她會不會因爲我問了肖像的事而內心不安呢，或者只是感到吃驚而已？她把它弄丟了嗎，還是把它藏起來了？她知道肖像在哪裡，還是不知道？如果她把它藏起來，又是爲什麼呢？」

他在腦子裡循著一貫的思路，一件一件推想，得出了以下的結論——這幅肖像，朋友的肖像，情人的肖像，原本一直放在客廳裡一個醒目的位置，直到那一天，這個女人，這個母親，發現了，她先於所有其他的人，第一個察覺到這幅肖像和她兒子容貌相似。她一定很早就在偷偷觀察這種相似之處；後來，她發現了，看到相似處出現了，而且明白，任何人，總有一天，也可能看出來，於是，某天晚上，她取下了這張可怕的小畫像，把它藏起來，因爲不敢銷毀它。

皮耶爾現在很清楚地記得，這幅袖珍藝術肖像從很久以前就消失了，在他們離開巴黎之前許多年就已經不見了。他相信，這個小肖像是在尙恩開始長鬍子的時候消失的，因爲他留鬍子的模樣，使他和畫框裡微笑著的年輕人突然非常相似。

輪船啓航的震動擾亂了他的思緒，讓他分心。他於是站起來，眺望大海。

小客輪駛出海堤，向左轉，鳴著汽笛，呼呼噴氣，微微顫動著航向晨霧中依稀可見的遠處海岸。在平靜的大海上，到處可見笨重漁船的紅色船帆，這些船一動也不動，看起來就像一塊塊突出水面的大岩石。塞納河自盧昂以下的河段彷彿大海伸出的一隻長手臂，把相鄰的兩片土地隔開。

不到一個小時，就抵達了特魯維勒的港口。正是泡海水浴的時刻，皮耶爾便往海灘走去。

從遠處看，海灘宛如一片開滿鮮豔花朵的長條花園。在巨大的黃色沙丘上，從海堤一直到黑岩海灘，五顏六色的遮陽傘、各種形狀的帽子，各式各樣帶有細膩差別的裝扮，一群群聚集在更衣室前，一行行沿著浪潮線排列或者四處分散，像極了無邊草原上的一簇簇大花叢。眾聲嘈雜，清新空氣裡傳來或遠或近的串串話語聲、呼喚聲、孩童被浸入水裡時發出的尖叫聲、女士們清脆的笑聲，這一切組成了一片持續不斷的嗡嗡喧譁聲，混在難以覺察的微風裡，一起被人吸進了胸臆。

皮耶爾在這些人當中走著，即便他在一艘距離岸邊百里遠的船上被人從甲板丟進大海，也不會比現在更絕望、更孤獨、更無助，更深陷在無處可逃的痛苦思緒中。他與這些人擦身而過，對於傳到耳邊的三言兩語聽而不聞，對於男人和女人說話、女人向男人微笑的情景視而不見。

但是，突然間，他彷彿從夢中醒來一般，清楚地看到了他們；他的心裡頓時升起一股對這些男男女女的仇恨之火，因爲他們顯得那麼高興而幸福。

現在，他從一群群人的身旁經過，在人群之間穿梭繞行，腦子裡又湧現出一些新想法——所有這些有如花束覆蓋在沙灘上的色彩繽紛服飾，這些漂亮的衣料，這些鮮豔奪目的遮陽傘，腰身受到束縛的那些矯揉造作的優雅，從小巧可愛的鞋子乃至古怪誇張的帽子所有這些構思巧妙的最新時尚，那姿態、聲音和微笑散發出的誘惑，總之，這鋪展在沙灘上的嬌媚風情，在他看來，突然像是女性的邪惡正在遍地開花。所有這些化妝打扮的女人都想取悅人、誘惑人、勾引人。她們把自己打扮得漂漂亮亮的，全爲了男人，爲了所有的男人，她們的丈夫除外，因爲已經不需要再征服自己的配偶了。她們是爲了今日的情人和明天的情人，爲了她們遇到、留意到、或許還有所期待的陌生人，而打扮自己。

這些男人坐在她們身邊，和她們四目相對，彼此湊近嘴巴說話，他們呼喚著、想得到這些女人，他們緊緊跟隨，就像在追捕一頭看起來近在眼前、想抓住她似乎輕而易舉，實則靈活而難以捉摸的獵物。所以，這片廣闊的海灘不過是一個情愛市場，市場裡，有些女人出賣自己，另一些女人奉獻出自己，這幾個爲她們的愛撫討價還價，那幾個只是自願投懷送抱。所有這些女人都只想著同一件事，提供她們的肉體，引發別人的慾望，而這肉體是她們早已給過，賣過，向其他男人們承諾過的。

他想到，這件事在全世界都一樣。他的母親曾經做了和其他女人一樣的事，如此而已。其他的女人都一樣嗎？不，還是有例外，而且有很多、很多。那些他看到在他周圍的女人，狂熱尋找情愛的有錢女人們，大多屬於風雅調情的時髦社交圈，或者甚至是屬於賣淫的娼妓社會，因爲在這些被成群遊手好閒、無所事事人們踩踏的海灘上，是看不到那些深居簡出的安分女子的。

漲潮了，海水把前面幾排的泳客逐漸趕往城市。一群群人看到邊緣泛著一細條泡沫的黃色海浪朝他們滾滾而來，都急忙起身，帶著他們的海灘椅逃跑。那些由一匹馬牽拉的活動更衣室也紛紛往後退。沿著沙灘這一端到另一端鋪設的木板步道上，現在擠滿了衣著高雅的人士，正密密麻麻地不停緩慢移動，形成兩股走向相反的人流，彼此摩肩接踵，交混在一起。皮耶爾有點神經質，人潮之間的推擠使他情緒更加煩躁，於是趕緊離開，逃進了城裡，在一家小酒館駐足吃午餐。

喝完了飯後咖啡，他在酒館門前的兩張椅子上躺下，因爲昨夜幾乎沒闔眼，就在一棵椴樹蔭下迷迷糊糊睡去。休息幾個小時以後，他振作醒來，發現是搭船回去的時候了，於是動身走向碼頭，他突然感覺渾身痠痛不堪，那是方才假寐中產生的。現在，他想回家，他想知道他的母親是否已經找到馬瑞夏爾的肖像。她會主動先提起嗎？或者得要他再次詢問？如果她等著別人問了才說，她一定有不可告人的理由，不能讓人看到這幅肖像。

可是，當他回到自己的房間時，他又猶豫了，他不想下樓吃晚餐。他太痛苦。他那激越翻騰的心還沒有足夠的時間平靜下來。然而，他終究還是做出決定，在大家就座準備用餐時，來到了飯廳。

大夥的臉上都洋溢著喜悅。

「怎麼樣？」羅朗說，「你們的採購進行得如何？我呀，在一切都安頓好之前，我什麼也不想看。」

他的妻子回答：「是啊，還算順利。不過，得花點時間愼重考慮，免得買下不合意的東西。在家具問題上，可眞讓我們費盡心神。」

她花了一整天，和尚恩一起逛掛毯店和家具行。她想買一些有點氣派、引人注目的華麗布料。她的兒子則相反，想要一些樸素、高雅的東西。每次店員展示出樣品供他們選擇時，兩人就又把各自的論調重述一遍。她認爲需要給顧客，也就是訴訟人留下強烈的印象，讓他們一走進候見室，看到事務所的富麗堂皇，心頭就爲之一震。尚恩的意見與母親大不相同，他只想吸引高尚有錢的客戶，想用他樸實自信的作風來征服那些有才智的人士。

爭論持續了一整天，才開始喝湯，話題又重啓。

羅朗沒有什麼意見，他重複先前的想法：「我啊，對你們說的這些事，我一件也不想聽，反正完工了，我就去看。」

羅朗太太要求他的大兒子也發表意見，說道：「那麼，你呢？皮耶爾，你怎麼看這件事？」

他心中激憤到了極點，簡直想用一句咒罵來回答，然而，他還是語氣生硬惱怒地說：「噢，我嗎？我完全同意尚恩的看法。我只喜歡樸實無華，品味簡樸就好比性格正直。」

他母親接著說：「可是，你想想，我們住在一個商業城市，品味高尚在這裡並不普遍。」

皮耶爾回答：「那有什麼關係？難道這就是去模仿那些蠢貨的理由嗎？如果我的同胞們既愚笨又不誠實，我難道還要以他們爲榜樣嗎？一個女人不會因爲她的鄰居都有情夫，就也去做這種錯事。」

尚恩笑了起來，說：「你這個推論所用的比較，好像是從道德家的格言裡找來的。」

皮耶爾沒有反駁。他的母親和他的弟弟又開始討論起布料和扶手椅的事情。他望著他們兩人，就和今天早上出發去特魯維勒之前，他望著母親一樣；他像一個在一旁觀察的陌生人那樣注視著他們。的確，他感覺自己好像一下子進入了一個陌生的家庭中。

尤其他父親，在外表和思想上都令他難以置信。這個一臉滿足而愚昧、肌肉鬆弛的胖子，竟是他的父親，他自己的父親。不、不，尚恩和他毫無相似之處。

他的家庭！兩天以來，一隻陌生而具破壞性的手，一隻死人的手，把所有維繫他們一家四口的共同連結逐一拔除、扯斷，全都終結、崩毀了。不再有母親，他無法懷著做兒子的心裡需要有的那種溫柔恭順絕對敬意去尊敬她，所以也就不可能再珍愛她；不再有兄弟，因爲這個弟弟是一個外人的孩子；他只剩下一個父親，這個他即使勉強自己也無法去愛的胖子。

他突然問：「對了，媽媽，你找到那幅肖像了嗎？」

她睜大了眼睛，驚訝地說：「什麼肖像？」

「馬瑞夏爾的肖像。」

「沒有……呃，是啊……我沒有找到，不過，我想我知道它在哪裡。」

「什麼東西？」羅朗問。

「一幅馬瑞夏爾的小肖像，從前在巴黎的時候放在我們的客廳裡。我想到，如果尚恩能有它，他一定會相當高興。」

羅朗高聲說：「是啊、是啊，我記得很清楚；上個星期的後面幾天，我甚至還看到過那幅肖像。你母親在整理文件時，曾經把它從寫字檯裡拿出來。是上星期四或星期五的事。你還記得嗎，路易絲？當時我正在刮鬍子，你把它從一個抽屜裡拿出來，放在你身旁的一張椅子上，和一堆信擺在一起，那些信你已經燒掉一半了，是不是？就在尙恩得到遺產的兩、三天前，你碰觸過那幅肖像，這不是很奇怪嗎？如果我相信有預感這回事的話，我會說這正是一個哩！」

羅朗太太平靜地回答道：「是的，沒錯，我馬上去找。」

所以，她說謊了！就在當天早上，她兒子問她這幅袖珍藝術肖像的下落時，她對她的兒子說謊了——「我不太清楚……或許在我的寫字檯裡」。而她在幾天前，早已碰觸過、撫摸過、凝視過這幅肖像，然後把它和一些信，他的來信，一起藏在那個祕密抽屜裡。

皮耶爾望著他那說謊話的母親。他注視著她，內心懷著做爲兒子自己那神聖的感情遭到了欺騙、竊取的憤怒，還有長期盲目信任、最終發現妻子無恥背叛行徑的男人嫉妒。他，她的孩子，如果他是這個女人的丈夫，他會抓住她的手腕、肩膀或者頭髮，把她甩在地上，打她、揍她、踩爛她。可是，他什麼也不能說、什麼也不能做，一點也不能表露、一點也不能揭穿。他是她的兒子，他沒有任何需要報仇的，他，別人並沒有欺騙他。

但是，她欺騙了他溫柔的親情，欺騙了他恭順的尊敬。對他而言，她應該要無可指責，如同所有母親有責任對她們的孩子那樣。如果說，他內心激盪的憤怒幾乎正在轉變成仇恨，那是因爲他覺得，她對他，比對他的父親更加罪孽深重。

男女的愛情是一種自願的協約，感情鬆動出軌的一方，其罪過只是背信棄義；可是，當女人成爲母親之後，她的責任增長了，因爲一個家族自然地交付給了她。如果這時她屈服墮落了，她就是個懦弱、卑鄙、無恥的人。

「不管怎樣，」羅朗突然說，他一邊講話，一邊在桌下伸長兩條腿，就像他每晚啜飲他的黑醋栗酒時那樣，「人有一筆小資產的時候，什麼都不做地過日子，倒也不壞。現在，我希望尚恩以後請我們吃幾頓特別豐盛的晚餐。說眞的，要是我有時候腸胃吃出毛病來，也算自作自受了。」

然後，他轉頭對他的妻子說：「親愛的，既然你已經吃完了，就去把那張肖像拿來。我也很高興看看它。」

她站起來，拿起一根蠟燭，就出去了。雖然她僅僅離開三分鐘，皮耶爾卻覺得時間過了很久。之後，羅朗太太微笑地走進飯廳，帶著一個樣式老舊的鍍金畫框，她的手拎著畫框的掛環。「是這個，我幾乎立刻就找到了。」

醫生早已第一個把手伸出去。他接過肖像，打直手臂，拿在稍遠的地方審視。然後，他感覺母親正望著他，便慢慢地抬起眼睛看弟弟，好比較一下。他暴躁的情緒這時湧了上來，差點脫口而出：「嘿，這肖像和尚恩眞像。」儘管他沒有說出這句可怕的話來，卻以活生生的臉孔來和畫像臉孔加以比較這樣的方式，把他的想法表達出來。

這兩張臉肯定有一些相同的特徵——相同的鬍子和相同的額頭，但是相似度並沒有明確到足以讓人宣稱「這是父親，那是兒子」，倒不如說，他們很像同一家族的人，是相同的血緣造成了容貌上的相似。然而，對皮耶爾來說，比這種面貌形似還更具決定性的是，他的母親這時早已站了起來，轉身背對著他們，動作非常緩慢地假裝把糖和黑醋栗酒放進壁櫥裡。

她已經明白他知道了，或者至少知道了他在懷疑！

「把肖像給我。」羅朗說。

皮耶爾將這幅袖珍藝術像遞過去，他父親把蠟燭拿近，以便看清楚，然後用一種柔和的聲音輕輕地說：「可憐的小夥子，我們認識他的時候，他就是這個模樣。該死啊，時間過得眞快，那時他還是個俊俏的男士，舉止又那麼討人喜歡，是不是呀，路易絲？」見他的妻子沒回答，他又接著說：「而且，他那個性眞是平和，我從來沒見過他生氣。現在，全都結束了，什麼也沒有留下……除了留給尚恩的那些東西。總之，我可以發誓，這個人自始至終都是忠誠的好朋友，甚至到臨死時，都沒有忘記我們。」

尚恩也伸出手臂，把肖像拿了過來。他仔細看了一會兒，語帶遺憾地說：「我呀，我一點也認不出他來。我只記得他白頭髮的樣子。」

他把肖像還給他母親。她迅速地瞥了一眼，隨即把眼光移開，眼神中似乎有些害怕，接著，她以極其自然的聲音說：「現在，這張肖像屬於你了，我的尙諾[16]，因爲你是他的繼承人。我們以後把它拿去你的新寓所裡。」

晚餐結束，大家走進客廳時，她把這袖珍藝術肖像放在壁爐上方，座鐘旁邊，它從前的位置上。

羅朗裝塡他的菸斗，皮耶爾與尙恩點燃香菸。兩兄弟抽菸的時候，通常一個在房間裡來回走動，另一個坐著，兩腿交叉，整個人深陷在扶手椅裡。父親則總是跨坐在一張椅子上，遠遠地朝壁爐裡吐痰。

羅朗太太坐在一張低矮的椅子上，身旁有一個放著檯燈的小桌子，她或者繡花邊、打毛線，或者在內衣上做記號。

這天晚上，她開始編織一塊打算掛在尙恩房間的壁毯。這是一件困難而複雜的工作，起初尤其需要全神貫注。然而，她在計算針點時，卻不時抬起眼睛，朝著靠在座鐘上的死者小肖像偷偷瞄一眼。醫生嘴叼著香菸，雙手抄在背後，四、五個跨步，在狹窄的客廳裡，從這一頭到另一頭，來回走著，每回都和他母親的目光相遇。

就好像他們在相互窺視一樣，一場鬥爭儼然剛在他們之間展開；皮耶爾感到痛苦，一股難以承受的痛苦緊緊揪住他的心。他雖然深受折磨，卻又感到滿意，他心裡想著：「如果她知道我已經猜出來了，她現在一定很難過。」他每次返身走向壁爐的時候，就停下幾秒鐘注視著馬瑞夏爾那金髮的臉孔，爲的是清楚表示他腦中正有一個揮之不去的執念。這張還不到一個手掌大的小肖像，彷彿一個活生生又凶惡可怕的人，突然走進了這棟房子裡，走進這個家庭裡。

靠街的門鈴忽然響了，羅朗太太向來那麼平靜從容，此時卻驚跳了一下；在醫生眼中，這正顯露出了她心神不安、神經緊張。

之後她說：「大概是羅塞米利太太來了。」她又一次抬起焦慮的眼睛望向壁爐。

皮耶爾明白了，或者以爲明白了她爲何恐懼不安。女人們的眼光是相當銳利的，她們頭腦靈敏、生性多疑。這個即將走進來的女子會看到這張她未曾見過的袖珍畫像，或許她第一眼就會看出肖像與尚恩的臉相似。那麼，她便會知道，了解一切。皮耶爾感到害怕，一種突如其來的極度害怕，害怕這件可恥的事會被揭穿。他轉身，就在門打開的時候，拿起小畫像，把它輕輕推到座鐘下方。他父親和弟弟都沒有留意到他的舉動。

當他再度遇到母親的目光時，他發現她的目光改變了，變得迷茫而恐慌。

「大家好，」羅塞米利太太說，「我來和你們一起喝杯茶。」

正當大夥兒圍著她寒暄問好時，皮耶爾從仍開著的門走了出去，不見蹤影。

眾人發覺他離開了，都感到很奇怪。尚恩怕年輕的寡婦因爲不受尊重而難過，所以很不高興，

16 尚諾（Jeannot），這是對尚恩（Jean）的暱稱。

嘀咕著：「眞是沒禮貌！」

羅朗太太回答：「別責怪他了，他今天有點不舒服，而且去了特魯維勒一趟，也一定累了。」

「不管怎樣，」羅朗接口道，「也不能因此就像野人似的偷偷溜掉。」

羅塞米利太太想化解尷尬，便說：「不、不，他是英國式作風；在社交場合裡，如果想早一點離開，都是這樣不辭而別的。」

「喔！」尚恩回答，「在社交場合裡是有可能，可是不能用這種英國式作風對待家人呀；最近這陣子以來，我哥哥老是這麼做。」

六

有一兩個星期，羅朗家裡風平浪靜，一切如常。父親釣魚，尚恩在母親協助下安頓新家，皮耶爾則臉色非常陰沉，只在用餐時間才現身。

有天晚上，他父親問他：「你到底怎麼回事，對我們愁眉苦臉的？我不是今天才發覺你這樣啊！」

醫生回答：「因爲我感覺生活的壓力太重了。」

老頭兒一點也不懂他這句話的意思，怏怏不樂地說：「這眞的太過分了。自從我們幸運獲得那筆遺產以來，所有人似乎都愁眉不展，好像我們遭遇了什麼意外，好像我們爲誰哭泣似的！」

「我的確在為某個人哭泣。」皮耶爾說。

「你？為誰？」

「哦，一個你不認識、而我過去一直非常愛的人。」

羅朗以為那大概是一樁風流戀情，一個他兒子追求過的輕浮女子，便問道：「一定是一個女人，對吧？」

「是的，是一個女人。」

「死了嗎？」

「不，比死更糟糕，她墮落了。」

老人對於他兒子用這種奇怪的口吻，在他妻子的面前講出這件意料之外的私事，感到有些詫異，儘管如此，他並沒有再多追問，因為他認為這些事情純屬個人隱私，與他人無關。

羅朗太太似乎什麼也沒聽到——她的臉色發白，像是生病了。她的丈夫已經好幾次看到她坐下的時候，動作就像跌落到椅子上一般，聽到她喘息的聲音，好像快斷氣了似的。他在驚訝之餘，曾對她說：「真是的，路易絲，你的氣色很差，你一定是替尚恩布置新家時太過勞累了！天殺的，你得多休息、休息。這小子，他既然有錢，是不會急的。」

她總是搖搖頭，不回答。

這天，她的臉色變得如此蒼白，又再次引起了羅朗的注意。「哎呀，」他說，「這樣不行啦，我可憐的老伴兒，你得保重身體。」

接著，他轉身對他的兒子說：「看見了吧，你，你母親身體不舒服。你起碼已經爲她做過檢查了，對吧？」

皮耶爾回答：「沒有，我沒發現她有什麼異狀。」

這時，羅朗生氣了：「事實擺在眼前，該死。如果連你母親不舒服你都看不出來，你還當什麼醫生？你看看她，來，你看看她。不，說眞的，人可能快死了，這個醫生卻還看不出來！」

羅朗太太開始喘氣，她的臉色慘白，把她丈夫嚇得大叫：「她要暈過去了！」

「不……不……我沒事……一下子就會好……我沒事。」

皮耶爾走過來，盯著她，問道：「嗯，你怎麼了？」

她用低低的急促聲音一再反覆地說：「沒事……沒事……眞的……沒事。」

羅朗已經離開去拿醋了；他回來，把醋瓶子遞給他的兒子，說：「喏……給她舒緩一下，你至少檢查過她的心跳了吧？」

皮耶爾俯身要測量母親的脈搏，她迅速把手抽開，動作過猛，身體撞到了一旁的椅子。

「來吧，」他冷冰冰地說，「既然你有病，就讓人幫你治病。」

她於是抬起手臂伸給他。她的皮膚發燙，脈搏紊亂，斷斷續續的。他低聲說：「的確，相當嚴重。必須吃點鎮定劑。我來給你開一張處方箋。」

正當他彎腰在紙上書寫時，他聽到了一陣急迫的輕輕嘆息聲，透不過氣來的呼吸聲，還有強忍住的短促喘氣聲，讓他不由得突然回過頭去。

她正在哭泣，雙手摀著臉。

羅朗慌亂起來，問道：「路易絲、路易絲，你怎麼了？你到底怎麼了？」

她沒有回答，似乎被一股撕碎心肺的痛苦深深折磨著。

她的丈夫想握住她的手，把那雙手從她臉上移開。她一面抗拒，一面重複著：「不，不，不。」

羅朗轉身對他的兒子說：「她究竟怎麼了？我從來沒有見過她這樣。」

「她沒事的，」皮耶爾說，「只不過有點歇斯底里。」

看她這樣受苦，他感覺自己的心似乎輕鬆了一些，這痛苦似乎緩和了他的憤恨，減輕了他母親肩負的恥辱。他像一個對自己的工作感到滿意的法官一樣注視著她。

可是，她忽地站起來，朝門口奔去，她這麼突然地往前衝，讓人預料不到，也無法阻攔；她跑進了臥室，把自己關在裡面。

羅朗和醫生站在那兒面面相覷。

「你是不是多少知道一點原因呢？」這一位說。

「是的，」另一位回答，「這純粹是神經出了一點小毛病，經常好發在媽媽這種年紀的人身上。她很可能還會像這樣發作好幾次。」

她的確又有另外幾次類似情況，幾乎每天都發作，而且似乎都是由於皮耶爾的話引起的，彷彿他已經握有她這不知名的奇怪病症的祕密。他窺伺著母親臉上間歇出現的寧靜，然後帶著施刑者的狡猾，僅利用一句話便又重新挑起那暫時平緩下來的痛苦。

而他，他的痛苦並不亞於她。他因爲不再愛她、不再尊敬她，卻還折磨著她而感到極度難受。每當他在這個女人、這個母親的內心，那被他劃開的血淋淋傷口上撒鹽的時候；每當他感覺到她是如何悲苦絕望時，他便獨自去城區四處遊蕩，心裡內疚不已，憐憫之情讓他心如刀割，他懊悔自己身爲人子竟然蔑視母親，把她折磨到這種地步，他眞想跳進海裡，淹死算了。

哦，他現在多麼願意去寬恕啊。可是，他根本辦不到，因爲他無法遺忘過去。要是他能夠不使她痛苦就好了，可是他同樣做不到，因爲他自己也一直承受著痛苦。他每每都在用餐時間回到家裡，滿懷著付出同情的決心，可是一看到她，一看到她眼睛裡昔日的眼神那麼正直而坦率，現在卻閃躲、膽怯、慌亂，他就不由自主地展開攻擊，無法收住來到嘴邊的惡毒話語。

那只有他們母子知道的可恥祕密，有如針尖一樣刺戳著他去與她爲敵。那是一種毒液，此刻正在他的血管流動，讓他總想要如瘋狗一樣去咬人。

現在，他可以不斷撕裂她的心而不會受到任何阻礙，因爲尙恩幾乎整天都在他的新寓所那邊，只有晚上用餐和睡覺的時候才回家裡來。

尚恩經常發現自己的哥哥心情陰鬱、脾氣暴戾，他把這些都歸因於嫉妒。他下決心要使他哥哥收斂安分些，打算有朝一日給他一點忠告和教訓，因為在接二連三吵吵鬧鬧之後，家庭生活已經變得令人難以忍受。不過，他現在與家人分開生活，所以比較不受皮耶爾這些粗暴言行的困擾。而且，他生性喜愛平靜，對一切總是保持忍耐。更何況，那筆財產早已使他飄飄然，他的所思所想全都是與他有直接利害關係的事情。他來家裡的時候，腦子裡總是裝滿一些之前從未操心過的瑣事——掛慮著一件禮服的剪裁，一頂毛氈帽的樣式，名片的大小是否合宜。他一再地談論新房子的各種細節，談到他臥室壁櫥裡擺放衣物的隔板，安置在前廳裡的衣帽架，還談到為了預防有人擅自潛入住所而安裝的電鈴。

他決定趁自己這次喬遷新居的機會，請大家到聖茹安來趟郊遊，用過晚餐後，回程再一起去他家喝茶。羅朗想從海路前往，但海上航程較遠，如果遇到逆風，更沒有把握何時能到達，因此他的意見遭眾人否決。最後商定租一輛四輪大馬車來進行這趟旅行。

他們在將近十點出發，以便抵達當地吃午餐。

塵土飛揚的大路貫穿諾曼第鄉間原野向前延伸，連綿起伏的平原和一座座群樹環繞的農莊使這片田野像極了無邊無際的大公園。兩匹壯碩的馬拉著馬車緩步前行，車上，羅朗一家人，羅塞米利太太和博西爾船長都沉默無語，車輪聲幾乎把他們的耳朵震聾了，在漫天塵埃裡，他們個個緊閉著嘴巴。

正値農作物成熟時節。在深綠色的苜蓿和鮮綠色的甜菜旁邊，種滿黃色小麥的田野正閃耀著金黃色的光芒。這些麥子彷彿暢飲了灑落在它們身上的陽光。這兒那兒都有人展開收割。在遭鐮刀進攻的麥田裡，可以看見人們搖搖擺擺地前進的同時，一面貼近地面揮舞著翅膀一般的大鐮刀。

馬車走了兩個小時之後，轉進左側的一條道路，從一座轉動著的風力磨坊旁邊經過，那是一個淒涼感傷的灰色殘骸，一半已經腐朽、不堪使用，是那些古老磨坊中的最後倖存者。隨後，馬車駛入了一個漂亮的庭院，在一棟雅致的房子前停下來，這是當地頗負盛名的旅店。

女老闆，人稱美麗的阿爾芳希娜，笑盈盈地來到車門邊，朝兩位太太伸出手，她們正因為馬車的腳踏板離地面太遠而遲疑，不敢下車。

牧場邊緣蘋果樹成蔭的地方，立著一頂帳篷。已經有一些外地人，從艾特泰來的巴黎人，在帳篷下吃午餐了。房子裡也傳來陣陣說話聲、笑聲和餐盤碰撞聲。

所有的飯廳都滿座了，他們只好在一個小房間裡用餐。忽然，羅朗瞧見牆上有幾個捕撈長臂蝦用的網具。

「啊，哈！」他叫道，「這裡可以捕捉海蝦呀？」

「是啊，」博西爾回答，「這裡甚至是這整片海岸上能捕到最多海蝦的地方。」

「天哪，我們吃過午餐以後就去捕海蝦，怎麼樣？」

那天恰好下午三點退潮；他們於是決定一夥人下午全到岩石堆裡捕捉長臂蝦。

大家都吃得少，以免待會兒雙腳踩在水裡時，血液往頭上衝。而且，他們還想留點胃口吃晚餐；餐點已經預定好了，非常豐盛，待大家六點回來時，就會備妥。

羅朗耐不住心急。他想買一些這次捕海蝦專用的網具，這種器械和在草地上捕捉蝴蝶用的網子很相似，人們稱它為「拉內網」，是將小布袋形的網子綁在一根長棍子頂端的木頭圓環上。始終滿臉微笑的阿爾芳希娜借給羅朗好幾個這種網子。接著，她幫兩位女士把裝束臨時改變了一下，免得她們待會兒弄溼連衣長裙；她提供了一些短裙，厚羊毛長襪和繩底帆布鞋。男士們則脫下襪子，向附近的鞋匠買了幾雙舊拖鞋和木鞋。

然後，一行人把拉內網搭在肩上，揹著背簍上路了。羅塞米利太太那一身打扮，看起來非常好看，竟有一種意想不到的農村婦女灑脫美感。

她穿著從阿爾芳希娜那兒借來的裙子，裙襬往上翻起，用針線縫住，模樣十分俏麗，如此她便可以在岩石間無所顧慮地奔跑跳躍，裙子下方還露出了腳踝和半截小腿，是身材嬌小、靈活健壯的女人所具有的那種結實的小腿。她的腰部沒有束縛，因此能活動自如；為遮蓋頭部，她找來了一頂園丁用的黃色大草帽，帽簷寬闊，一邊捲起，用一根檉柳枝條固定，戴起來予人近衛騎兵一樣驍勇的氣概姿態。

尚恩自從獲得了遺產以來，每天都在思忖著是否要和她結婚。每次見到她，他總覺得自己已經下定決心要娶她為妻，然後，一旦他獨自一人時，卻想著再等等吧，他還有時間好好考慮。現在，她沒有他富有了，因爲她每年只有一萬兩千法郎的收入，不過都是不動產，那是在勒哈弗爾盆地上的幾處莊園和土地，這些日後將會值一大筆錢。所以，兩人的財力大致相當，而且這位年輕的寡婦也確實非常討他喜歡。

這一天，他看著她走在他的前方，心裡想：「來吧，我得做個決定。我肯定找不到比她更好的了。」

他們從村莊沿著一個向下傾斜的小山谷，往海邊懸崖走去。懸崖就位在山谷的盡頭，俯視著八十公尺下方的大海。遠處，綠色海岸的左右兩側緩緩低下去，框住一大片三角形的水域，太陽下，水面呈現銀藍色光澤，有一葉船帆，在那兒像昆蟲似的幾乎看不清楚。燦爛明亮的天空和海水連成一片，讓人根本分辨不出哪裡是分界線。兩個女人走在三個男人前面，她們緊裹在短上衣裡的腰身輪廓清晰地展露在澄淨的天際上。

尙恩眼睛發亮，看著羅塞米利太太那纖細的腳踝、苗條的腿、婀娜多姿的臀部，還有那撩人的大草帽在他面前閃躲似地忽左忽右前行。這逃逸似的動作刺激著他的慾望，促使他毅然做出決定，就像那些猶豫膽怯的人突然打定了主意一樣。暖洋洋的空氣裡，海岸的氣息，交混著荊豆、苜蓿和青草的清香，露出水面的岩石散發著海洋的香氣，這些都讓他慢慢地感到陶醉，使他興奮。每走一步，每過一秒鐘，每望一眼這年輕女子靈活的身影，他的決心就更加堅定了一些。他決定不要再猶豫，決心對她說他愛她，他想娶她。這次捕蝦活動對他十分有利，因爲他們可以趁此機會單獨相處。此外，這裡風景優美，是個談情說愛的好地方，兩人雙腳浸泡在清澈的淺水池裡，可以一邊看蝦子舞動長鬚、在海藻下竄逃，一邊互訴衷情。

當一行人到達山谷的盡頭、懸崖的邊緣時，他們看見了一條羊腸小徑沿著峭壁向下延伸。在他們下方，大海和山腳之間，在大約半山坡處，有一大片驚人的亂石區，許多巨大岩石或像是倒塌了，或像是被翻倒了，亂七八糟地堆疊在長滿青草、起伏不平的原野上。原野往南鋪展，一望無際，是從前海岸崩塌所造成的。這塊荊棘和野草叢生的狹長地帶，據說受到了火山爆發震動而形成，倒臥其上的岩石就像已經成了逝去大都市的廢墟，那座大城昔日面對著大海，背後正是綿延無盡、高聳如巨牆的白色峭壁。

「這裡，眞美。」羅塞米利太太停下腳步說。

尙恩已經來到她身邊，他心情相當激動，伸手扶著她走下鑿在岩石裡的狹窄階梯。他們兩人走在前頭，這時，博西爾挺直了兩條短腿，站穩身子，把彎起來的手臂伸給羅朗太太，這位太太正因爲身處於峭壁之上而嚇得頭昏眼花。羅朗和皮耶爾殿後，醫生不得不牽拉他的父親，因爲老頭兒暈眩得很厲害，只能臀部靠在階梯上，任自己一級一級往下滑。

兩個年輕人最先走下來，行進速度相當快；忽然，他們瞥見了在近一半路程處有一張供人休息的木頭長凳，旁邊有股清澈的細流正從峭壁的小洞窟裡噴出來。這股清泉首先灑落在一個被水流沖蝕而成的臉盆大小池子裡，然後又像瀑布一樣從不到兩尺高的地方傾瀉而下，再穿越長著一片水田芥的小徑，接著流經堆滿坍方落石、高高隆起的原野，繼而消失在荊棘和野草中。

「哦，我好渴啊！」羅塞米利太太高聲說。

但是，怎麼喝水呢？她試著用掌心捧水，可是水卻從指縫間流掉。尙恩於是想出一個點子，他把一塊石頭放在路中，讓她跪在上面，這樣，嘴唇和泉水便位於同一個高度，她可因此直接湊近嘴唇湊啜飲山泉。

當她再抬起頭時，她的皮膚上、頭髮上、睫毛上、衣服上全沾滿了不計其數的晶瑩小水珠，尙恩朝她彎下身，喃喃地說：「您多麼漂亮呀！」

她用責備小孩的口吻回答：「您別說話了，好嗎？」

這是他們第一次交換帶有些許戀愛意味的話語。

「我們走吧，」內心十分騷亂的尙恩說，「在他們趕上來之前，趕快離開。」

他的確看見博西爾船長的背部現在已經離他們很近了，原來，船長正倒退著往下走，以便用雙手支撐著羅朗太太；更高一點、遠一點的地方，只見羅朗始終任由自己往下滑行，他屁股穩坐在地上，腳肘並用，像烏龜一樣慢慢移動，皮耶爾走在前面，並一邊留心父親的動作。

小徑不再那麼陡峭了，變成一條斜坡道，圍繞著一堆堆過去從山上掉落的巨石，並往下延伸。羅塞米利太太與尙恩開始奔跑，很快就來到了卵石灘。他們穿越這片石頭海灘，打算到礁石地帶去。

那些礁石鋪展在覆蓋著海草的長條狀平坦地面上，無以數計的水窪在其間閃閃發亮。退了潮的大海就在那邊，在很遠處，在這片布滿海藻、泛著墨綠色光澤的黏答答礁石地帶後方。

尚恩捲起褲管，一直捲到小腿以上，也把袖子捲到手肘處，這樣就不怕弄溼衣服了，然後他說了一聲「前進」，就果斷地跳進了眼前遇見的第一個池沼裡。

那年輕女子雖然也決定立即下水，卻比較謹愼地繞著狹窄的水池走，腳步膽怯，因爲她踩在溼黏的海生植物上，腳底有點打滑。

「您有沒有看見什麼東西呢？」她說。

「有的，我看見您的臉在水中的倒影。」

「如果您只看到這個，我們就撈捕不到什麼大蝦子了。」

他用溫柔的聲音輕輕說：「喔，可是我最喜歡撈捕的就是這個呀。」

她笑著說：「那麼您試一試，您會看到它穿過您的網子溜掉。」

「可是，您是不是願意呢？」

「我願意看您捕撈幾隻海蝦……暫時……不想要別的了。」

「您好壞喔。我們再走遠一點，這裡什麼也沒有。」

他把手伸向她，好攙扶她在黏滑的岩石上行走。她有些怯生生地倚靠著，這時他突然感覺心裡充滿愛意，湧起一陣陣慾望，渴望擁有她，就好像已在他身上萌發的惡疾，早在等待這一天發作起來似的。

他們不久便來到一個較深的裂縫旁，裡面的水微微顫動，正經由一個看不見的縫隙流向遠方的大海，水裡漂浮著細細長長、顏色怪異的海草，還有一些彷彿在游動的粉紅色、綠色髮鬚。

羅塞米利太太大叫：「您瞧、您瞧，我看見了一隻，一隻大的，好大一隻，在那邊！」

他也瞧見了，於是毫不猶豫地下到水坑裡，管不了腰部以下全都浸溼在水中了。

可是，蝦子搖晃著牠的長鬚，面對網子慢慢後退。尚恩把牠逼向一堆海藻，很有把握能在那裡捕捉到牠。大蝦感覺自己被堵住了，忽然往前一跳，一溜煙躍過拉內網，穿越池沼不見了。

那年輕女子在一旁看他捕捉，激動得一顆心怦怦直跳，忍不住喊道：「喔，眞是笨手笨腳！」

他很不高興，馬上不經思考率性地把網子往長滿水草的池底一撈。當他再將網子舉出水面時，看見裡面竟然有三隻透明的大長臂蝦，是他糊裡糊塗把牠們從那個看不見的藏匿處打撈上來的。

他得意洋洋地把三隻大蝦拿給羅塞米利太太看，她卻一點也不敢碰，非常害怕牠們小小頭上那武器一般的鋸齒狀尖刺。

後來，她還是決定伸手去抓，她用兩隻手指捏住蝦子長鬚的尖端，把牠們一隻隻放進她的背簍裡，同時還放入一些海藻，使蝦子保持在活生生的狀態。後來，她找到一處較淺的水窪，略帶遲疑地跨了進去，雙腳頓時感到一陣冰涼，讓她幾乎透不過氣來——她開始自己撈捕了。她有著獵人所需的嗅覺和靈活的雙手，既敏捷又狡詐。她的追捕動作緩慢而巧妙，所以幾乎每次出手，總能撈到幾隻逃避不及、上了鹽的蝦子。

尚恩現在一隻也找不到了，卻亦步亦趨地跟著她、貼近她，俯身緊挨著她，假裝對自己的笨拙非常灰心失望，想好好地向她學習。

「喔，請您教教我，」他說，「請教教我嘛！」

小池沼的水非常清澈，在池底黑色水草的襯托下成了一面澄明的鏡子；當這樣的明鏡映現出他們靠在一起的兩張臉時，尚恩總是對身旁看著他的那個臉龐微笑，有時還用指尖朝她拋一個飛吻，那吻就彷彿落到了她的臉上。

「啊，您眞是煩人哪！」年輕女子說；「我親愛的，千萬別一次做兩件事。」

他回答：「我只做一件事，我愛您。」

她直起身子，用嚴肅的語氣說：「喂，這十分鐘以來，您到底怎麼了？您是昏了頭嗎？」

「沒有，我沒有昏了頭。我愛您，而且我終於敢告訴您了。」

現在他們站在鹹水池沼裡，海水一直浸到他們的小腿肚，他們溼淋淋的手拄在蝦網上，互相凝視著。

她接著說道，語氣像是開玩笑又彷彿在生氣：「您眞是冒失啊！現在跟我提這樣的事情。您不能改天再說，不要破壞我捕蝦的興致嗎？」

他嘟囔地說：「對不起，可是我再也無法不說了。我已經愛您很久了。今天您讓我心醉神迷，讓我失去了理智。」

這時，她彷彿突然下定了決心，彷彿只好談論正事，只能放棄捕蝦的樂趣。

「讓我們坐到這塊礁石上，」她說，「我們可以安靜地聊一聊。」

他們爬上一塊有點高的岩石，在陽光裡並肩坐下，懸垂著雙腳，她這才繼續說道：「我親愛的朋友，您已經不再是小孩、而我也不是年輕少女了。我們彼此都很清楚這是什麼樣的事，我們可以衡量我們行爲的所有後果。您今天決定對我表白愛意，我自然而然地認爲您想娶我。」

他一點也沒有料到她會把情勢這麼直截了當地攤開來講，因此傻傻地回答：「那是當然的。」

「您向您的父母親談過這件事了嗎？」

「沒有，我想先知道您是否接受。」

她對他伸出自己仍溼漉漉的手，見他熱切地伸手握著，她說：「我呀，我很願意。我相信您心地善良、正直忠誠。可是，請您千萬記得，我不想讓您的父母不高興。」

「喔，您以爲我的母親一點也沒有預料到嗎？如果她不希望我們結婚，她會像現在這樣喜歡您嗎？」

「這倒是眞的，我的心這會兒有點亂。」

他們沉默了。他感到吃驚；相反地，他沒想到她會如此不慌不亂、如此從容理智。他原本以爲會有一些嬌羞俏皮的調情，一些欲迎還拒的媚態，會在汩汩水聲中上演一場和捕蝦活動穿插進行的愛情喜劇。

而現在整件事情已經結束，他感覺自己只用了二十句話，就和她連結在一起，建立起了婚姻關係。他們既然同意了，彼此也不再有什麼話好說了。現在，他們都對剛才如此迅速發生在他們之間的事感到有些難爲情，甚至有點尷尬，不敢再說什麼，也不敢再捕蝦，都不知道該做些什麼才好。

羅朗的聲音解救了他們：「到這裡來，到這裡來，孩子們，來看看博西爾。他要撈空大海啦，這傢伙。」

船長的確正以不可思議的方式在捕蝦。只見他的腰部以下都浸溼了，他從這個池沼走到那個池沼，一眼就看出那些最佳捕撈處，然後用他的拉內捕蝦網，緩慢而穩當地搜索所有遮蔽在海藻下的坑洞。當他一個迅速俐落的手勢抓起蝦子，準備扔進他的背簍時，那美麗又透明的灰金色長臂蝦就在他的手心跳動著。

羅塞米利太太既驚奇又雀躍，再也不離開他，盡力模仿著船長，幾乎忘記了剛才的婚約承諾，還有跟在她背後若有所思的尚恩，自顧自地完全沉浸在孩子般的喜悅裡，專注捕撈著那些在浮動海草下的小生物。

羅朗突然叫道：「看啊，羅朗太太朝我們走過來了。」

羅朗太太起初單獨和皮耶爾留在海灘上，因爲他們兩人誰也沒有興致到岩石間奔跑，在水窪裡蹚水玩樂；可是，他們倆都遲疑著，不想一起待著。羅朗太太怕她兒子，她的兒子也怕她，甚至還害怕他自己，怕他那個自己也掌控不住的凶暴脾氣。

他們終究在卵石灘上相互挨著坐了下來。

海風稍稍緩解了陽光的炎熱，兩人坐在這陽光下，眼前的天際遼闊平和，湛藍色的海水上銀波閃閃，他們不約而同地想著：「如果是從前，在這裡該多麼愜意啊。」她根本不敢對皮耶爾說話，因爲她很清楚他的回答一定很冷酷無情；皮耶爾也不敢和他的母親交談，因爲他心裡明白，自己一開口，就會不由自主地惡言傷人。

他似乎和圓卵石過不去，用手杖尖端把它們撥來撥去，又敲又打。而她，眼神茫然，手指抓著三、四塊小石頭，往復地從一隻手放到另一隻手去，動作緩慢，像機械一樣毫無意識。然後，她游移不定的目光往前飄晃時，在大片海藻中間，看到了她的兒子尚恩正和羅塞米利太太一起捕蝦。她於是注意起他們，窺視他們的舉動，憑著母親的直覺，她隱約意識到，他們並不是像平常那樣交談。她看見，他們肩並肩俯身望著兩人在水中的倒影，站著面對面探詢彼此的心意，接著爬上了岩石，坐在那裡，向對方許下承諾。

他們的身影看上去十分清楚顯眼，彷彿天際間只有他們兩人，在天空、大海和峭壁構成的廣袤空間裡，展現出一種崇高感，彷彿具有某種象徵意義。

皮耶爾也望著他們，忽然，他的唇間迸出一聲冷笑。

羅朗太太沒有回頭，只問他：「你怎麼了？」

他始終冷冷地笑著。

「我在研究，我現在知道了，人們是怎麼戴上綠帽子的。」

一股怒火頓時竄上心頭，她氣得幾乎跳起來，這句話非常刺耳，而且她相信自己聽出了言外之意。

「你在說誰？」

「當然是說尚恩！看他們那副樣子，實在太滑稽了！」

她用低低的顫抖聲音，喃喃地說：「哦，皮耶爾，你眞是冷酷啊。這個女人簡直是正直的化身，你弟弟不可能找到比她更好的了。」

他縱聲大笑起來，故意斷斷續續地笑著。「哈、哈、哈，正直的化身！所有的女人都是正直的化身……而她們的丈夫全都是戴綠帽子的。哈、哈、哈！」

她沒有回答，站起身來，冒著跌進水草底下隱蔽著的坑洞、摔斷手腳滑倒的危險，很快地走下了卵石灘的斜坡；她幾乎跑步似地往前走，穿越一個個池沼，看也不看，逕自筆直地朝她的另一個兒子走去。

尚恩見她走過來，高聲對她說：「怎麼樣？媽媽，你決定來撈捕蝦子了嗎？」

她沒有答腔，只是抓住他的手臂，好像在對他說：「拯救我，保護我吧。」

他看她一臉驚慌，感到十分訝異，說：「你的臉色好蒼白呀，你怎麼了？」

她含糊不清地說：「我差點兒跌倒。剛才走在那些岩石上，我眞是害怕。」

尙恩於是引導她、攙扶她，向她解釋捕蝦的方法，想引發她的興趣。可是她根本不聽，而他正強烈渴望向別人吐露心聲，便把她拉到遠一點的地方，低聲說：「你猜我剛才做了什麼事？」

「呃……呃……我不知道。」

「你猜一猜。」

「我，嗯……我不知道。」

「好吧，我告訴了羅塞米利太太，我想娶她。」

她什麼也沒有回答，腦袋裡嗡嗡作響，神智陷入困頓，幾乎什麼也聽不懂了。她也接著他的話說：「娶她？」

「是呀，我做得不錯吧？她很可愛，不是嗎？」

「是的……很可愛……你做得很好。」

「那麼，你同意了？」

「是的……我同意。」

「你說話的模樣眞古怪，就好像……好像你不太高興的樣子。」

「不、不……我……我很高興。」

「眞的嗎？」

「眞的。」

爲了向他證明這一點，她將他緊緊摟在懷裡，用母親特有的方式，重重親吻了他的臉。

接著，她擦了擦已經湧上眼眶的淚水，看見在海灘的那邊有一個肚子朝下俯臥的人體，那人的臉埋在砂石裡，看起來就像一具屍體——那是她的另一個兒子，在絕望中苦苦冥思的皮耶爾。這時，她拉著小兒子尙恩走得更遠些，來到最靠近波濤的大海邊，兩人久久地談論著這樁在她內心掛念已久的婚事。

海水上漲了，把他們母子趕往幾個捕蝦人的方向，去和這些人會合，然後大家一起回到岸上，叫醒佯裝在睡覺的皮耶爾。當晚，一夥人花了很長的時間用餐，也喝了許多酒。

七

回程，在馬車上，除了尙恩以外，所有的男人全都在打瞌睡。博西爾和羅朗每隔五分鐘就往鄰座人的肩膀上倒，對方抖動了一下肩膀，又把他們推回去。這時，他們便坐直身子，停止打鼾，張開眼睛，咕噥著說句「天氣眞好」，之後，幾乎又立刻倒向另外一邊。

馬車駛進勒哈弗爾時，他們兩人昏睡得太沉了，大家費了好大工夫才把他們搖醒。博西爾甚至不願意上樓到尙恩屋裡，喝那早已準備好等著眾人的茶點，只好把他送到他家門口，讓他下車。

年輕律師今晚將第一次在他的新住處睡覺過夜；而他突然感到十分歡喜，有種略帶稚氣的喜悅，因爲，也正是在今天晚上，他可以讓他的未婚妻看看她不久即將入住的寓所。

女僕已經離開了，因爲羅朗太太預先聲明，她要自己燒熱水，親自款待客人，她不喜歡讓傭人們値夜，怕引起火災。

除了她自己、她的兒子和裝修房子的幾個工人外，還沒有任何人進來過這裡，如此安排爲的是讓其他人在看到這公寓有多漂亮時，大吃一驚。

尙恩請大家先在門廳裡等待。他要去點亮蠟燭和煤油燈，他將羅塞米利太太、他父親和他的哥哥留在黑暗裡，然後，他一面高喊「請進」，一面把兩扇門扉大大敞開。

在枝狀吊燈，和一些隱藏在棕櫚、橡膠樹和花朵裡的彩色玻璃照耀輝映下，那鑲有玻璃窗的走廊乍看之下宛如舞臺布景。大家一時間都非常驚奇。羅朗對這般豪華的場景尤其讚賞不已，喃喃地說：「媽呀，眞了不得。」他就像面對什麼精采絕倫的事物一樣，簡直要拍手叫好了。

大家隨後進入了第一間客廳，室內空間不大，牆上掛著暗金色的帷幕，幾張座椅的布面顏色也相同。用來接待顧客、提供諮詢的大客廳非常簡樸，爲淡淡的橙紅色調，相當氣派。

尙恩坐在一把扶手椅上，面前是擺滿書籍的辦公桌，他用莊嚴又微微做作的聲音說道：「是的，夫人，法律條文很明確，加上我向您聲明過的那只同意，我有絕對信心，我們剛才商議的那件事，在三個月內，必定能順利解決。」

他看著羅塞米利太太，羅塞米利太太望著羅朗太太，臉上浮現出微笑，羅朗太太則拉起她的手，緊緊握著。

尙恩眉開眼笑，像中學生一樣蹦跳而起，大聲說：「嘿，在這裡說話，聲音多響亮啊。這個大廳眞是個訴訟辯論的好地方。」

他開始用誇張的語調講話：「如果僅僅是人道精神，如果僅僅是這種我們面對一切苦難時油然而生的慈悲情懷，能做爲我們懇請你們宣告無罪的動機，那麼，我們會訴諸你們的憐憫心，陪審團的各位先生們，我們會訴諸你們的父親之心和人類之心；但是，法律是在我們這一邊的，而我們將在你們面前提起的，就只有這個法律問題……」

皮耶爾望著這個原本可能屬於他的住所，對他弟弟的這些頑皮行徑非常反感，認爲這個弟弟果然是太幼稚無知、太膚淺了。

羅朗太太打開右邊的一扇門。

「這裡是臥房。」她說。

她費盡了心思，以全部的母愛來布置這個房間。帷幔是用盧昂出產、仿諾曼第古織品的提花布做成的。還有一幅路易十五風格的畫作，是由兩隻鳥喙相連的鴿子組成的橢圓形畫像，中間畫著一個牧羊女。這樣的圖畫，爲房間的牆壁、簾幕、床鋪和扶手椅增添了一股十分優雅且迷人的鄉村氣息。

「哦，眞漂亮。」羅塞米利太太說，她走進這個房間時，神情變得有點嚴肅。

「您喜歡嗎？」尙恩問。

「喜歡極了。」

「您可知道，聽您這麼說，我有多高興。」

他倆互看了一下，目光裡充滿心心相印的柔情。

然而，在這個日後將成爲她新婚臥室的房間裡，她感覺有些不自在，有點不好意思。在進來的時候，她已經留意到床鋪很大，一張實實在在的夫妻雙人床，是羅朗太太挑選的，她無疑已經預先考慮到了兒子的婚事，而且希望兒子能盡早結婚。這份來自母親的用心設想，此時讓羅塞米利太太感到相當高興，那似乎在對她說，這個家庭正等待她的加入。

之後，一行人又返回客廳，尙恩忽然打開左側的門，大家看見圓形的飯廳裡頭開著三扇窗戶，還懸吊著日本燈籠。母子兩人在布置上顯然盡己所能，發揮了所有想像力。房間裡擺放有竹製家具，形象古怪可笑的瓷人偶、東方大瓷花瓶、織滿閃亮小金片的綢緞、透明簾子上綴著好似水滴的玻璃珠、牆上釘著固定住帷幔的扇形掛鉤；此外，還有屛風、馬刀、面具、用眞羽毛做成的鶴，以及各式各樣陶瓷的、木頭的、紙的、象牙的、螺鈿的和銅製的袖珍小玩意，所有這些裝飾賦予了房間矯揉造作、極不自然的氣氛，顯得布置者既笨拙又缺乏眼光，毫無設計巧思、品味和藝術修養。然而，大家最欣賞的卻是這個房間。只有皮耶爾態度保留，評論中還帶著幾分嘲諷和些許尖刻，令他弟感到相當不快。

餐桌上，水果堆得像一座座金字塔，糕餅也是層層疊起，有如一個個古式建築。

大家都不餓，並沒有大吃大喝，只是小口小口地吸吮水果，一點一點地啃食糕點。一個小時以後，羅塞米利太太起身告辭。

眾人決定由羅朗老爹送她回家，並且即刻出發；但因爲女僕已經下班了，羅朗太太便打算以母親的眼光巡察一下住所，確保她的兒子不缺任何東西。

「我需要再回來接你嗎？」羅朗問。

她猶豫了一會兒，然後回答：「不用了，老爺子，你去睡覺吧。皮耶爾會陪我回家。」

他們離開之後，她便吹熄蠟燭，把糕點、糖和幾瓶甜燒酒收起來，鎖在櫃子裡，鑰匙交給尚恩。然後，她走進臥室，將被褥掀開一點，察看水瓶是否裝滿了，窗戶有沒有關好。

皮耶爾與尚恩留在小客廳裡，尚恩對於方才哥哥批評他缺乏品味之事仍然滿懷不悅，皮耶爾則因爲看見他弟弟住在這個處所，心中越來越惱火。

兄弟倆都坐著抽菸，彼此沒有交談。

皮耶爾突然站起來。「見鬼了！」他說，「那寡婦，今天晚上一副疲憊不堪的模樣，這次郊遊對她根本沒什麼用處。」

尚恩忽然感到火冒三丈，就像一個被惹怒的好好先生一樣。他激動得幾乎喘不過氣來，結結巴巴地說：「從今以後，你提到羅塞米利太太的時候，我禁止你再叫她『寡婦』。」

皮耶爾轉身朝向他弟弟，高傲地說：「我覺得，你是在對我下命令，你會不會是瘋了？」

尚恩霍地站立了起來，說：「我沒有瘋，但是我受夠了你對我的態度。」

皮耶爾冷笑道：「對你？你是羅塞米利太太的一部分嗎？」

「你要知道，羅塞米利太太就快成爲我的妻子了。」

另一方笑得更厲害了，說：「哈、哈，很好。現在我明白爲什麼我不該再叫她『寡婦』了。可是，你向我宣布你婚事的方式，也太滑稽了。」

尚恩走了過來，臉色蒼白、聲音顫抖，這種對他所愛且選定了的女人一再嘲諷的態度，令他十分惱怒。

「我不准你開玩笑……你聽好……我不准你這麼做。」

但是，皮耶爾也突然火冒三丈，所有鬱積在他心裡無能爲力的怒火、壓抑的怨恨、這陣子以來一直克制住的憤怒和說不出口的絕望，都衝上了他的腦門，他像中風似的昏了頭。「你敢？……你敢？……我命令你閉嘴，你聽見了嗎，我命令你閉嘴！」

尚恩對哥哥這種激烈的反應感到驚訝，沉默了片刻，他像我們大發脾氣時一樣思緒一片混亂，卻仍在腦中尋找一些事情和詞句好刺傷他哥哥的心。

尚恩又繼續講起話來，同時努力控制著自己，以便痛擊對方。他竭力放慢說話速度，好讓話語聽起來更加尖刻：「我知道你在嫉妒我，我老早就看出了這一點，自從你開始叫她『寡婦』那天起，你就在嫉妒我，因爲你很清楚這麼做會讓我難過。」

皮耶爾發出他慣有的那種刺耳又輕蔑的笑聲：「哈、哈，我的天啊！嫉妒你！……我？……我？……我？……嫉妒什麼？……嫉妒什麼？我的天啊，嫉妒你的臉蛋，還是你的腦袋？……」

但是，尚恩清楚感覺到自己已經觸及了這個心靈的痛處，他接著說：「是的，你嫉妒我，你從小就嫉妒我；當你看到這個女人偏愛我而不要你時，你就變得更加氣惱了。」

皮耶爾被這種推測激得怒不可抑，講話結結巴巴的：「我……我……嫉妒你？就因爲這個笨蛋，這個蠢女人，這隻呆頭肥鵝？……」

尚恩見自己的話起了作用，又繼續說道：「那天，在『珍珠號』上划船時，你不就試圖要展現出你比我強嗎？所有你在她面前說的話，不都是爲了炫耀自己嗎？你眞是嫉妒得要命啊！當我得到那筆財產時，你簡直氣瘋了，你憎恨我，而且用盡了一切方法表示你的怨恨，你讓所有人都痛苦，你無時無刻都在發洩那股幾乎讓你窒息的惱怒。」

皮耶爾憤怒地握緊拳頭，恨不得撲到他弟弟身上，掐住他的咽喉。「啊，你這就閉嘴，不要提那筆財產！」

尚恩又高聲說道：「可是，嫉妒正從你全身的皮膚裡滲出來。你對父親、母親或我說的話，沒有一句不含著嫉妒。你假裝看不起我，因爲你嫉妒。你向所有人尋釁，因爲你嫉妒。現在我富有了，你再也無法忍受，你變得刻薄惡毒，你折磨我們的母親，就好像那是她的錯！……」

皮耶爾已經一直往後退到了壁爐邊，他的嘴巴半開，眼睛睜得大大的，氣得近乎發狂，人在盛怒中不免會失去理智，犯下大錯。

他壓低聲音，卻仍氣喘吁吁，連聲地說：「你住口，快住口！」

「不，很久以前我就想把心裡的想法全都告訴你；現在，你給了我機會，算你倒楣。我愛上了一個女人，你知道這件事，還當著我的面嘲笑她，你逼得我忍無可忍，算你活該。而我，我就要打斷你的毒牙，我要強迫你尊重我。」

「尊重你，你？」

「對，我！」

「尊重你……你……你這個貪婪愛錢、使我們大家名譽掃地的人？」

「你說什麼？再說一遍……再說一遍？……」

「我說，當被看作是另一個人的兒子時，那個人的財產，人們是不會接受的。」

尚恩站著一動也不動，他沒有聽懂，但感到十分驚愕，因爲他猜到了這句話當中的影射。

「什麼？你說……你能再說一遍嗎？」

「我說的這件事，所有人都在竊竊私語，到處傳播，大家都說你是把財產留給你的那個人的兒子。這麼說吧，一個光明磊落的男子漢是不會接受傷害他母親名譽的錢財的。」

「皮耶爾……皮耶爾……皮耶爾……你眞的這樣想嗎？……你……是你……你……是你在說這種汙穢的話嗎？」

「是的……我……是我。所以，你一點也沒有看出來，一個月以來，我悲傷欲絕，夜裡睡不著覺，白天像野獸一樣躲藏，我太難過了，因爲恥辱和痛苦而恐慌不已，再也不知道自己要說什麼、做什麼，也不知道自己會變成什麼樣子，因爲一開始時我只是猜測，而現在我已經知道了。」

「皮耶爾……住口……媽媽正在隔壁的房間裡。你想想，她會聽見我們講的話……她聽得見我們講話。」

可是，他一定要清空他的內心，於是他把一切都說了出來——他的懷疑、他的推測、他心裡的交戰、他如何產生確信，以及那幅肖像又一次消失的事情經過。

他說話的句子很短，斷斷續續的幾乎不連貫，像神思恍惚的人在胡言亂語。

現在，他似乎已經忘記了尚恩，以及在隔壁房間裡的母親。他自顧自講著，彷彿沒有人會聽見似的，因爲他必須說出來，因爲他太痛苦了。太過壓抑自己的傷口了，想要把它封起來；而傷口早已漲得像一顆腫瘤，這腫瘤剛剛破裂了開來，膿液噴濺到所有人身上。他像往常一樣開始來回踱步，兩眼直盯著前方，有如深陷在絕望中的瘋子指手畫腳，喉嚨裡發出了抽噎的哭聲，充滿著對自己的憎恨；他說話的模樣彷彿在傾吐自己的不幸和親人的不幸，好像在把自己的痛苦拋進這片飄散著他話語的無聲無形空氣裡。

尙恩驚惶失措，他哥哥盲目狂暴的言行讓他一下子幾乎啞口無言，他背靠在臥室的門上，猜想他們的母親在門後一定聽到他們說的話了。她不可能出去，因爲必須先經過客廳。而她並沒有回到客廳來，這麼說來，她是不敢。

皮耶爾突然跺腳大喊：「啊，我眞是畜牲，竟然說了這些話。」接著，他帽子也沒戴，就逃進樓梯間走了。

臨街大門乒乓關上的聲響使尙恩從深沉昏鈍的狀態中驚醒，而後又經過了幾秒鐘，那數秒鐘的時間簡直比數個小時還漫長，他的心靈仍然呆滯而麻木。他清楚感覺到，他必須馬上思考並採取行動，可是他卻等著，出於害怕、軟弱、怯懦，他甚至不想再去了解、去知道、去回憶。他不是那種快刀斬亂麻型的人，他總習慣把事情延到明天再說，遇到必須立即下決定的時候，仍會本能地設法拖延片刻。

可是，經過皮耶爾方才那一陣大喊大叫以後，現在他的周遭一片寂靜，這牆壁和家具驟然顯出的寂靜，加上六支蠟燭和兩盞燈放射出的強烈光線，突然嚇得他也想拔腿離開。

他於是振作思緒，打起精神，試著思考。

在之前的生活中，他從未遭遇過困難。他是循規蹈矩、隨遇而安的那種人。在校上課時仔細用心，免得受到處罰，因爲生活裡無風無雨，也就按部就班地完成了法律學業。對他而言，世界上的所有事情都順理成章，並不會引起他去特別注意。他心思單純、毫無機竅，性格上喜愛秩序、克制、平靜。面對這場災難，就像個從來不曾游泳的人突然掉進了水裡一樣。

他首先試著對整件事抱持懷疑。他的哥哥會不會出於憎恨和嫉妒而說謊？然而，他如果不是本身絕望至極，又怎麼會卑鄙到說出這樣的話來侮辱他們的母親？而且，在尚恩的耳朵裡、眼睛裡、神經裡，一直到肌膚深處，都還留存著皮耶爾的某些話語，某些痛苦的呼喊、聲調和手勢，這些言行流露出的是無法抑遏的極端痛苦，就如同事實一樣不容置疑。

他簡直被徹底擊垮了，無法行動，也沒有行動的意願。他的苦惱已經變得難以忍受；而且，他還感覺到他的母親就在門後，她在那兒聽見了一切，她在等待。她在做什麼呢？沒有一個動作，沒有一點顫抖，沒有一絲氣息，沒有一聲哀嘆表示這片門板後面有人在。她會不會逃走了？可是，從哪裡逃走呢？如果她已經逃走了……那麼，她一定是從窗戶跳到了大街上。

一陣突如其來的恐懼讓他幾乎驚跳起來，這恐懼來得如此迅速、如此狂猛，他彷彿不是打開門，而是撞破門一般地進到了自己的臥室裡。房間似乎是空的。只有櫥櫃上放著一支照亮室內的蠟燭。

尚恩衝向窗戶，窗戶關著，護窗板也是閉攏的。他轉身，用焦慮的眼光搜索房間裡每個陰暗的角落，他發現床幃已經拉下來了。他跑過去，掀開幃帳。他的母親就躺在床上，臉埋在枕頭裡，正在用抽搐的雙手拉緊枕頭、蓋住頭，好讓自己不再聽見任何事情。剛開始，他以爲她窒息了。接著，他抓住她的肩膀，把她的身體翻轉過來，而她並沒有放開蓋在臉上的枕頭，還咬著它，以免自己叫出聲來。

可是，他在碰觸到她那僵直的身體和抽搐的臂膀時，他便明白她正承受著無法形容的痛苦打擊。看見她強力而堅決地以手指和牙齒，把塡滿羽毛的枕頭塞住自己的嘴、壓住自己的眼睛和耳朵，只爲了不讓他看她、跟她說話，經由他內心所受到的精神震盪，他猜得出一個人所能忍受的痛苦已經達到了何等程度。他的心，他那顆單純的心，因爲憐憫而傷痛不已。他不是法官，他，甚至連一個仁慈寬大的法官都不算，他是一個力量薄弱的人，一個充滿柔情的兒子。他已經不記得剛才另一個人對他講過什麼話，他不去推論評理，也完全不想爭辯，他只是用雙手觸摸母親那一動也不動的身體，因爲他無法拉下蓋在她臉上的枕頭；他一面吻著她的衣裙，一面叫著：「媽媽、媽媽，我可憐的媽媽，看看我呀！」

若不是她的四肢在微微顫抖，像繃緊的弦線一樣幾乎察覺不出地抖動著，她簡直就如同死了一般。他一再地說：「媽媽、媽媽，聽我說。這不是眞的，我知道這不是眞的。」

她痙攣了一下，一陣氣噎，接著突然在枕頭裡嗚咽起來。這時，她所有的神經鬆弛了，她僵硬的肌肉軟化下來，她半開的手指放掉了枕頭布。他這才撥下枕頭看見了她的臉。那張臉整個煞白、毫無血色，一滴滴淚水從她緊閉的眼皮裡流出來。他摟著她的脖子，慢慢地親吻她的眼睛，深深而悲痛地親吻著，她的眼淚沾溼了他的嘴唇。他不斷地說：「媽媽，我親愛的媽媽，我知道這件事不是眞的。別哭了，我知道，這件事不是眞的！」

她直起身子，坐了起來，望著他，用一種在某些情況下想自殺所必須具備的勇氣，對他說：「不，這是眞的，我的孩子。」

他們面對面，沒有說話。有好一會兒，她又喘不過氣來，她伸長脖子，把頭往後仰以便能好好呼吸。然後，她再度控制住自己的情緒，接著說：「這是眞的，我的孩子。爲什麼要說謊呢？這是眞的。如果我說謊，你也不會相信我的。」她的樣子就像一個發瘋的人。

他非常驚恐，在床邊跪下，低聲道：「別說了，媽媽，別說了。」

她已經站了起來，神情裡有著驚人的決心和堅定。「我沒有什麼話可對你說了，我的孩子，永別了。」

她朝房門走去。他張開雙臂抱住她，叫道：「你要做什麼，媽媽，你要去哪兒？」

「我不知道……但願我知道……我再也沒有什麼事可做了……因爲如今我是孤零零一個人了。」

她掙扎著想逃走。他抓住她，不知道說什麼才好，只是重複著：「媽媽……媽媽……媽媽……」

她用力試圖掙脫兒子的擁抱，一邊說：「不、不，我現在不是你的母親了，我跟你，跟任何人，都不再有一點關係，毫無關係，毫無關係了！你不再有父親，也不再有母親，我可憐的孩子……永別了。」

他突然明白，如果他讓她離開，他就永遠也見不到她了，於是他抱起她，把她放到一張扶手椅上，強迫她坐下，然後跪在她面前，兩隻手臂像鍊子一樣圍住她。「你絕不可以離開這裡，媽媽；我愛你，我會守著你。我要把你永遠留在身邊，你是屬於我的。」

她用疲憊不堪的聲音喃喃道：「不，我可憐的孩子，這已經不可能了。今天晚上你哭，明天你就會把我扔到外面去，你也一樣不會原諒我的。」

他滿懷眞誠的感情，急切無比地回答：「哦，我嗎？我嗎？你實在太不了解我了呀！」

她聽到這些話，禁不住叫出聲來，她雙手抓住他的頭髮，把他的頭用力拉過來，瘋狂地親吻他的臉。接著，她一動也不動，和兒子臉頰緊貼著臉頰，透過他的鬍子感覺到他血肉的熱氣，她湊近他的耳邊，低聲說：「不，我的小尙恩。明天你就不會原諒我了。你以爲你能，但你不過是在欺騙你自己。今天晚上你原諒了我，這個原諒挽救了我的性命；可是，不應該再讓你見到我了。」

他一邊緊抱著她，一邊重複著：「媽媽，別說這樣的話。」

「不，我的孩子，我必須離開。我不知道去哪裡，不知道我該怎麼辦，也不知道日後要說什麼，可是，我一定得離開。我不敢再看你，也不敢再抱你、親吻你，你明白嗎？」

這時，輪到他湊近她的耳邊，低聲說：「我親愛的媽媽，你要留下來，因爲我要你留下，因爲我需要你。你馬上發誓會聽我的話。」

「不，我的孩子。」

「哦，媽媽，一定要這麼做，你聽見了嗎？一定要這麼做。」

「不，我的孩子，這是不可能的。這會讓我們兩個人都落入地獄。一個月以來，我，我已經知道這是怎樣的一種酷刑。你現在受感動，可是當情緒過去以後，當你像皮耶爾那樣看我時，當你回憶起我曾經對你說的話時……哦！……我的小尚恩，你想想……你想想，我是你的母親啊！……」

「我不要你離開我，媽媽，我只有你了。」

「可是，你想一想，我的兒子，我們以後見面時，兩個人一定都會臉紅，我一定會羞愧得無地自容，一定不敢正視你的眼睛。」

「這不是眞的，不會發生的，媽媽。」

「是、是、是，這是眞的。哦，我了解你那可憐的哥哥內心所有的交戰，所有的，打從第一天開始。現在，當我猜出屋子裡有他的腳步聲時，我的心簡直要衝破胸膛跳出來；當我聽見他的聲音時，我就覺得快昏厥了。那時我還有你，你呀！現在，我連你也失去了。哦，我的小尚恩，你認爲，我還能和你們兩個人生活在一起嗎？」

「是的，媽媽，我會愛著你的，只要你不再去想這件事。」

「哦，哦，這可能嗎？」

「是的，這是可能的。」

「你叫我如何生活在你哥哥和你之間，又不去想這件事呢？你們，你們難道不會再想這件事嗎？」

「我嗎？我可以向你發誓！」

「可是，你每天無時無刻都會想到這件事的。」

「不，我向你發誓。而且，你聽著——如果你離開，我保證，我一定去自殺。」

這個孩子氣的威脅使她深受感動，她緊緊摟住尚恩，熱情地撫揉著他。

他又說道：「我愛你，我對你的愛超出你的想像，是的，超出很多、更多。噢，別一意孤行了，你先留下來一個星期試試。你願意答應我待一個星期不走嗎？你不會拒絕我這個要求吧？」

她伸直了手臂，雙手搭在尚恩的肩膀上，說：「我的孩子……我們都平靜下來，不要再激動。讓我先對你說。只要一次，我從你的嘴裡聽見這一個月以來我從你哥哥嘴裡聽到的話，只要一次，我從你的眼睛裡看到我在他眼中讀到的東西，只要我從你的一句話或一個眼神猜測出你像他一樣厭惡我……那麼，一個小時之後，你聽著，一個小時之後……我就會離開，永遠不再回來。」

「媽媽，我向你發誓……」

「讓我說吧……一個月以來，我歷經了人所能承受的一切痛苦。自從我明白你的哥哥，我的另一個兒子，懷疑我，並且在每分每秒揣測出越來越多真相之後，我時時刻刻都生活在痛苦中，這種內心的折磨實在無法向你形容。」

她的聲音那麼悲痛，使得尚恩也感染上了那份淒楚，禁不住熱淚盈眶。他想擁吻她，可是她推開他，說：「別打斷我……聽著……我還有很多事情要對你說，好讓你了解……可是你不會懂的……因爲……如果我留下來……就一定要……不，我辦不到！」

「你說，媽媽，你說。」

「好吧，我說。至少我並沒有欺騙你……你要我留下來和你在一起，不是嗎？要做到這一點，爲了讓我們還能夠見面、說話，整天在這屋子裡相處，因爲我已經不敢再打開一扇門，就怕看見你哥哥在門後，爲了這個原因，必須得，並不是要你原諒我，沒有什麼比原諒更令人受苦的了，而是要你不因爲我做過的那些事而怨恨我……你一定要感覺自己足夠堅強，足夠異於凡俗，讓你在對自己說你不是羅朗的兒子時，不爲此臉紅，不蔑視我。……我，我受的痛苦已經夠多了……我太痛苦了，我再也受不了，不，我再也無法忍受了。這痛苦並不是從昨天才開始的，它已經存在很久了……可是這個，你呀，你永遠也不會懂。爲了讓我們還能一起生活，還可以相互擁抱，我的小尚恩，你要好好告訴自己，儘管我是你父親的情婦，我卻更是他的妻子，他眞正的妻子。對此，我心底並不感到羞愧，也沒有一絲後悔；雖然他已經死了，我依然愛他，我將永遠愛他，我只愛過他，他是我的整個生命，是我所有的喜悅，我所有的希望，我所有的慰藉，在如此長久的歲月裡，對我而言，他就是一切，所有的一切。聽著，我的孩子，在聆聽我傾吐的天主面前，我要說，如果沒有遇見他，我的一生裡絕不會有任何美好的事物，什麼也不會有，沒有柔情、沒有樂趣、沒有一點那種使我們對年華已老感到非常遺憾的時刻，什麼也沒有。因爲他，我才有了一切。在這個世界上我只有他，還有你們兩兄弟，你哥哥和你。沒有你們，我的生活會一片空虛，像暗夜一樣漆黑而虛無；我什麼也不會去愛，什麼也不認識，什麼也不冀望，甚至不會哭，因爲我曾經哭泣，我的小尚恩。哦，是的，自從我們來到這裡以後，我曾經哭泣過。我已經把全部的一切都給了他，把我的肉體和靈魂永遠給了他，而且感到非常幸福；有十多年的時間，在天主面前，我是他的妻子，正如他是我的丈夫一樣，是天主把我們鑄成天造地設的一對。後來，我明白，他對我的愛正在逐漸減少。他始終親切、體貼，可是，對他而言，我已經不再是從前的那個我了，一切都結束了。哦，我哭得多麼傷心啊。……生活眞是可悲，眞是虛妄呀。……沒有什麼是恆久不變的……之後我們來到這裡，我從此沒有再見到他，他也從未前來過……他在每封信裡承諾要來……我一直等著他。……卻再也沒有見到他。……如今他死了。……但是他依然愛著我們，因爲他想到了你；而我呢，我會一直愛著他，至死方休，我永遠不會背棄他。我愛你，因爲你是他的孩子，在你面前，我不會因爲他而感到羞愧。你明白嗎？我不會的。如果你要我留下來，你必須接受自己是他的兒子，我們有時得要談談他，你得對他懷有一點敬愛，當我們彼此對視的時候，還要能想著他。如果你不願意，如果你辦不到，那麼永別了，我的孩子。我們現在不可能待在一起了，我會依照你的決定來做。」

尙恩用柔情的聲音回答：「留下來，媽媽。」

她把他緊緊抱在懷裡，又哭了起來；然後，她臉頰貼著尙恩的臉頰，又繼續說道：「好的，可是皮耶爾呢？我們要怎麼和他相處呢？」

尚恩喃喃地說：「我們會找到辦法的。你不可能再和他一起生活了。」想到她的大兒子，她便焦慮得一陣抽搐。「不，再也不可能了，不，不能。」她撲進尚恩的懷抱，悲傷無比地叫道：「你，把我從他那兒救出來吧，我的孩子，救救我，快做點什麼，我不知道……想想辦法……救救我呀。」

「好的，媽媽，我會想辦法的。」

「立刻……一定要……馬上……別離開我。我是那麼害怕他……那麼的害怕。」

「好，我會找到辦法的，我向你保證。」

「哦，可是要快，趕快！你不了解，當我看到他時，心裡是什麼樣的感覺。」接著，她壓低聲音，在他的耳邊喃喃地說：「把我留在這裡，在你家裡。」

他遲疑了，思索了一下，以他講求實際的情理，看出了這個做法的弊害。可是他勢必得花上不少時間講述道理，和她討論，用一些明確的理由消解她的慌亂和恐懼。

「只要今天晚上，」她說，「只要這一夜。明天，你可以叫人告訴羅朗，說我身體不適，所以沒有回家。」

「不可能的，因爲皮耶爾已經回去了。來吧，勇敢一點。我向你保證，明天就把一切事情都安排好。我九點就到家裡。來，戴上帽子，我送你回家。」

「你要怎麼做，我都聽你的。」她像順從聽話的小孩一樣，既膽怯又感激地說。

她試著起身，但是剛才遭受的打擊實在太大了，她的雙腿還無法站穩。尚恩於是給她喝糖水，嗅氨氣，還用醋塗擦她的太陽穴。她任由兒子照顧，感覺就像生產過後一樣，精疲力竭又如釋重負。她終於能行走了，便挽著兒子的臂膀出發。母子經過市政府大樓時，三點的鐘聲正響起。到了他們家門口，他擁吻她，對她說：「再見，媽媽，勇敢一點。」

她悄悄走上了寂靜無聲的樓梯，進入她的房間，迅速脫下衣服，帶著從前外遇幽會後的那種激動心情溜進被窩裡，而身旁的羅朗正熟睡打鼾。

屋子裡，只有皮耶爾還沒睡著，早已聽見她回來了。

八

尚恩返回自己的寓所以後，就癱倒在一張長沙發上，那些使他哥哥有如被追趕的野獸一般想要奔逃的痛苦和憂慮，在他懶洋洋的性格上產生了不同的影響，彷彿正在折斷他的雙腿和雙臂。他感覺自己虛軟無力，再也無法動彈，甚至沒有力氣躺到床上去，他的身體和精神都衰頹不振，他疲憊不堪，憂愁而悲傷。他並不像皮耶爾那樣，在純潔的孝心上，在隱隱保護著那些驕傲心靈的自尊上遭受打擊，而是被一記命運注定的重拳擊垮了，而且這重拳還同時威脅著他最寶貴的利益。

當他的心靈終於平靜下來、當他的思緒像攪動過的水一樣又恢復了清澄以後，他對別人剛才向他揭露的情勢考量了一番。如果他是經由任何其他方式得知自己出生的祕密，那麼，他一定會相當憤怒，會感到一股深沉的哀痛；但是，在和他哥哥爭吵以後，在歷經撼動他神經的激烈粗暴控訴以後，他母親那令人肝腸寸斷的自白，讓他喪失了反抗的力量。他的同情心所受到的衝擊之猛烈，足以使他在不可抑制的激動中，戰勝了所有的偏見，戰勝了所有的偏見，戰勝了對自然、道德的神聖敏感之心。再說，他不是一個堅定剛強的人，他不喜歡與任何人抗爭，更不喜歡與自己抗爭；所以，他逆來順受，而且出於一種本能傾向，出於一種對安寧、平靜、舒適生活的先天喜愛，他立刻就擔心起將會在他周圍出現、將對他產生不利的紛紛擾擾。他預感到這些混亂是不可避免的，爲了擺脫它們，他下決心要付出超越常人的努力和行動。必須即刻，在明天，就把困難解決掉，因爲他有時候也會有立即了斷的強烈需求，這種需求就是那些缺乏恆久意志力的弱者的所有力量。況且，他那律師的頭腦已經習慣了釐清、研究家庭糾紛中的種種複雜狀況，以及各類歸屬於隱私範疇的問題，因此他馬上就設想到，在他哥哥目前的情緒狀態下將會產生的一切直接後果。他不由自主地以一種幾近職業性的角度來考慮事情的後續發展，就好像他在經過一場災難似的道德風波之後，調整了未來與客戶之間的關係。當然，持續與皮耶爾保持關係，對他而言，是不可能了。他留在自己的寓所，就能輕而易舉地避開皮耶爾，可是，讓他們的母親繼續與她的大兒子生活在同一屋簷下，卻更加令人無法接受。

他一動也不動地倚在靠墊上，沉思許久，想出了一些辦法，接著又放棄，找不到任何一個能讓他滿意的方案。

這時，他的腦中突然跳出一個想法——他所收下的這筆財產，一個正直的人士會保留它嗎？一開始，他給自己的回答是「不」，並且決定把這筆錢捐贈給窮人。這樣做很難，卻也無可奈何。他會賣掉他的家具，就像其他人一樣，像所有那些初次展開事業的人一樣工作。這個痛苦而有魄力的決定激發了他的勇氣，他站起來，走向前去，把額頭抵在玻璃窗上。過去，他曾經貧窮、沒錢，現在他又再度沒有錢了；總之，他是不會窮困而死的。他兩眼望著正對面，街道另一側的煤氣路燈。這時，有一個遲歸的女子從人行道上經過，他忽然想起了羅塞米利太太，一顆心頓時感到非常激動，那是我們心裡有嚴酷想法時會產生出的深切不安感。這個決定可能引起的所有令人不快後果，一下子呈現在他的眼前——他勢必得放棄娶這個女人爲妻，放棄幸福，放棄一切。現在，他已經和她訂下了婚約，他還能這麼做嗎？她當初答應嫁給他時，是知道他富有；現在，他貧窮了，她或許還是同意結婚，可是，他有權利要求她、強迫她這樣犧牲嗎？把這筆錢留下來，當作暫時寄存，日後再歸還給窮人，不是更好嗎？在他的靈魂裡，自私自利戴上了公正良善的面具，所有各方面的利益相互對抗、爭鬥著。最初的猶豫讓位給了巧妙的推論，然後又出現，接著再度消失。

他走回來坐下，尋找著一個決定性的理由，一個萬全的藉口，能讓他不再猶豫，以克服他天性中的正直。他已經多次地問了自己：「既然我是這個人的兒子，既然我知道、而且也承認了，那麼，我接受他的遺產不是很自然的事嗎？」但是這個論據無法阻止他內裡的良心低聲說「不」。他突然又想到：「我從前以爲是我父親的那個人，既然我並不是他的兒子，我便再也不能接受他的任何東西，無論是他在世時或是在他死後。那麼做，既不應當，也不公平，那是搶奪了我哥哥的財產。」這種看待事情的新方式讓他鬆了一口氣，使他的良心平靜了一些。

他又走向了窗戶。「是的，」他心想，「我必須放棄接受家裡的財產，把它全部留給皮耶爾，因爲我不是他父親的孩子。這樣做合情合理。那麼，我保留我父親給我的財產，不也是合理的嗎？」既然已經意識到他不能享有羅朗的財產，並決定整個全部放棄，他也就允許自己把馬瑞夏爾給他的財產留下來，因爲如果他兩份都拒絕，他便會落得身無分文，一貧如洗了。

這件難以定奪的事情一旦解決了，他又回頭思量皮耶爾待在家中的問題。怎麼擺脫他呢？尚恩找不到一個切合實際的辦法，正苦無對策時，他忽然聽見一艘進港輪船的汽笛聲，那聲音就像拋給他一個回答，啓發他產生了一個想法。他於是和衣躺在床上，胡思連翩直到天明。

他在將近九點時出門，打算去確認一下他的計畫是否可行。他跑了幾個地方，拜訪了一些人，之後便來到他父母的住所。他的母親正關在自己的房間裡等候他。

「如果你沒來，」她說，「我是絕不敢下樓去的。」

他們隨即聽到羅朗在樓梯間叫喊著：「今天大家都不吃飯啦，眞是見鬼了！」沒有人答話，他又大吼了一聲：「約瑟芬，他媽的，你在幹什麼？」

地下室裡傳來女僕的聲音：「我在這兒哪，先生。有什麼吩咐嗎？」

「太太在哪兒？」

「太太在樓上，和尚恩先生在一起。」

他於是抬頭朝上層樓叫嚷：「路易絲？」

羅朗太太把門微微打開，回答：「什麼事？我的朋友。」

「見鬼了，大家都不吃飯啦！」

「來了，我的朋友，我們就來了。」

她走下樓，尚恩跟在她背後。

羅朗瞧見那年輕人，便大聲說：「嘿，你在這兒呀。你，已經在你的新居裡待膩了嗎？」

「不是的，父親，只不過，我今天早上有話和媽媽說。」

尚恩張開手走上前，當他感覺自己的手指被老人慈愛地緊緊握住時，有股出乎意料的奇特情緒讓他的心揪緊了一下，那是一份再無重逢希望的分離、訣別時所會產生的激動感。

羅朗太太問：「皮耶爾還沒下樓嗎？」

他的丈夫聳聳肩說：「還沒呢，不管了，他總是遲到。我們先吃吧。」

她轉身對尚恩說：「你該去找找他，我的孩子；我們沒等他，他會不高興的。」

「好的，媽媽，我就去。」

年輕人走出了飯廳。他踏上樓梯，懷著一個膽怯之人去和別人打架時那種焦躁不安的決心。

他敲了門，皮耶爾回答：「請進。」

他進到房間裡。

另一位正俯身在桌上寫字。

「早安。」尚恩說。

皮耶爾站起來，說：「早安。」

他們互相伸出手，就像沒有發生過任何事一樣。

「你不下來用餐嗎？」

「可是……因爲……我有很多事情要做。」大兒子的聲音顫抖著，他焦慮不安的眼神在詢問弟弟他該怎麼辦。

「大家在等你。」

「啊，我們……我們的母親在樓下嗎？」

「是的，正是她要我來找你的。」

「啊，那麼……我下樓去。」

來到飯廳門口，他躊躇了一下，不知自己是否先進去；接著，他忽然一個生硬的動作把門打開，看見他的父親和母親面對面坐在餐桌兩邊。

他首先走到母親身邊，沒有抬頭，也沒有說一句話，便彎下腰，額頭往前，讓她親吻，就像他近來做的那樣，而不是像從前一樣擁吻她的雙頰。他猜出了她把嘴湊近，但並沒有感覺到她的嘴唇碰觸他的皮膚；這番佯裝的親熱過後，他又立起了身子，一顆心怦怦直跳。

他思忖著：「我離開以後，他們彼此之間說了些什麼呢？」

尙恩不斷親切地叫著「母親」和「親愛的媽媽」，關切她，照應她用餐，爲她倒飲料。皮耶爾於是明白他們曾經一起哭泣過，但他卻無法看透他們內心的思想——尙恩，他認爲他的母親有罪呢，還是覺得他的哥哥無恥？

皮耶爾曾經因爲自己說出了駭人聽聞的事而深感自責，如今所有這些自我責難又再度突襲他的心頭，掐住他的咽喉，封閉他的嘴巴，使他無法吃飯，也無法說話。現在，他心裡只有一個按捺不住的念頭——逃跑，離開這個不再是他家的房子，離開這些幾乎與他不再有任何關連的人。他眞想即刻就走，不論到什麼地方去，因爲他覺得事情已經完了，他再也無法和他們待在一起；只要他在，他就會不由自主地一直折磨他們，而他們也會不斷給他帶來難以承受的痛苦。

尙恩在說話，和羅朗交談著。皮耶爾並沒有聆聽，根本不知道他們講些什麼。然而，他似乎從弟弟的聲音裡感覺到某種意圖，便留意起他們的談話內容。

尙恩正在說：「看來，這會是他們船隊中最美的一艘輪船，聽說有六千五百噸，下個月就要進行首度航行。」

羅朗感到訝異，說：「已經要開航了！我以爲，它今年夏天還不能出海呢！」

「那倒不一定，爲了在秋天前開始橫渡大洋的航程，他們拚命地加快工程進度。今天早上我到過公司營業處，和一位董事聊了一下。」

「啊、啊，哪一位？」

「馬爾尚先生，董事長的好友。」

「嘿，你認識他呀？」

「是的，而且我有件小事想請他幫忙。」

「啊，那麼，將來『洛林號』一進港，你就安排我去仔仔細細參觀一趟，可以嗎？」

「當然了，這一點也不難。」

尚恩顯得有點猶豫，似乎在尋找適切的詞句，以便不著痕跡地轉換話題。他繼續說道：「總之，在這些橫渡大西洋的大型輪船上，生活可說是相當愜意的。一年有大半的時間在陸地上，在紐約和勒哈弗爾兩個漂亮的城市裡度過，其餘的日子在海上和可愛有趣的人們一塊相處。在船上，甚至可以結識一些非常可親、且對日後將頗有助益的人物，是啊，在乘客之中就有一些非常有用的人士。你想想，船長的薪資，加上節省下來的煤炭費用，年收入就會高達兩萬五千法郎，甚至更多……」

羅朗叫了一聲「天哪」，隨後又吹了一聲口哨，以表示他對這個數目和對船長的深深敬意。

尚恩接著說：「乘務長的待遇可以達到一萬，醫生有固定薪資五千，還提供住宿、伙食、照明、暖氣、幫傭服務等等。一切加總起來至少一萬，眞是個漂亮的數字。」

皮耶爾抬起頭，接觸到弟弟的目光，他懂得對方的意思了。他猶豫了一下，問：「要在橫渡大西洋的客輪上取得醫生的職位，很不容易吧？」

「是不容易，也可以算是容易。全看時機和後臺人事。」

語畢，有好一會兒時間，大家都無話可說。

之後，皮耶爾又問道：「『洛林號』，下個月啓航嗎？」

「是的，下個月七號。」

他們又沉默了。

皮耶爾思索著——如果能登上這艘客輪擔任醫生，這確實是一個解決的辦法。以後的事再看著辦吧，他或許會離開這艘船。在此之前，他可以乘船行醫，養活自己，絲毫不必求助於他的家庭。前天，他已經不得不賣掉他的錶了，因爲現在他早已不再向他母親伸手要錢；也就是說，他除了母親之外，沒有任何其他經濟來源，除了這個他住不下去的屋子裡的麵包以外，他沒有任何辦法吃到別的麵包，也沒有能力睡在另一個屋頂下的另一張床上。因此，他稍微猶豫了一下便說：「如果我能夠的話，我呢，我很樂意出發，在這艘船上工作。」

尚恩問：「爲什麼你不能呢？」

「因爲大西洋公司的人，我一個也不認識。」

羅朗相當吃驚，問道：「可是，你所有那些大展鴻圖的美好計畫呢？這些事要怎麼辦？」

皮耶爾聲音低低地說：「有時候必須懂得犧牲一切，放棄最美好的期望。何況，這只不過是初期一個攢積幾千法郎的方法，好爲日後安頓創業做準備。」

他的父親立刻被說服了，說：「這話倒是眞的。兩年內，你就可以存下六、七千法郎，這筆錢若好好運用，將能讓你有一番作爲。你覺得怎麼樣呢，路易絲？」

她用低到幾乎聽不清楚的聲音回答：「我認爲，皮耶爾的話有道理。」

羅朗高聲說道：「我這就去找普蘭先生談談，我跟他很熟哩！他是商業法庭的法官，負責審理大西洋公司的案件。我還認識船東勒尼昂先生，他和公司的一個副董事長交情很好。」

尚恩問他哥哥：「要不要我今天就去馬爾尚先生那裡試探一下口風？」

「好的，我正希望如此。」皮耶爾想了一會兒，又接著說：「最好的辦法可能還是寫信給我在醫學院的幾位老師，他們對我的印象很好。受雇去到這些船上工作的醫生能力大多是中等程度。馬斯胡塞爾、雷姆索、弗拉許、伯里凱勒幾位教授寫的熱情推薦信，能立刻使人眼睛一亮，比所有那些不可靠的介紹函有用多了。只要請你的朋友馬爾尚先生把這些信轉交給董事會就行了。」

尚恩表示完全贊同：「你這點子眞好，好極了！」說著，他露出了微笑，感到放心，幾乎快樂起來，很有把握事情會成功，因爲他的個性是無法長期忍受苦惱的。

「你今天就可以寫信給他們。」尚恩又接著說。

「待會兒，馬上著手。我這就去寫信。今天早上不喝咖啡了，我的神經太緊繃了。」皮耶爾站了起來，走出飯廳。

這時，尙恩轉身對他母親說：「你呢？媽媽，你有什麼事要忙嗎？」

「沒什麼事……我不知道。」

「你願意和我一起去羅塞米利太太家嗎？」

「嗯……好的……好的……」

「你知道……我今天務必要去一趟的。」

「是的……是的……沒錯。」

「爲什麼務必要去呢？」羅朗問，他對別人在他面前說的話總是摸不著頭緒，不過，他倒也習慣了。

「因爲我答應她要過去一趟。」

「啊，太好了。這樣又另當別論了。」

他開始裝塡他的菸斗，羅朗太太和尙恩則上樓拿帽子。

母子兩人到了街上時，尙恩問她：「要不要挽著我的手臂呢，媽媽？」

他之前從來沒有伸出過手臂讓母親挽，因爲他們向來習慣並肩行走。她接受了，並且倚靠著他走。

他們默默無語地走了一會兒後，尙恩對她說：「你看，皮耶爾完全同意離開。」

她喃喃道：「可憐的孩子。」

「為什麼說可憐的孩子呢？他在『洛林號』上生活一點也不會難過。」

「不會的……我知道，可是，我腦子裡想起太多事情了。」

她低下頭，久久地思索著，和兒子步伐一致地走著。然後，她以一種奇怪的聲音，是人們在總結出一件隱藏許久的祕密想法時會用的口氣，說：「人生眞是醜惡呀！有人一旦在其中找到了一點甜蜜美好，並且讓自己盡情陶醉一番，那麼他就有罪了，日後還得付出高昂的代價。」

尚恩用很低的聲音說：「別再談這件事了，媽媽。」

「可能嗎？我時時刻刻都在想著。」

「你會忘記的。」

她又緘默了一會兒，然後，帶著深深的遺憾說：「唉，如果我嫁給了另一個男人，該會多麼幸福啊！」

現在，她對羅朗充滿怨恨，她將自己的過錯和不幸的責任全都歸因於她丈夫的醜陋、愚蠢、笨拙，都怪他的頭腦遲鈍、外表粗俗。就是因為這些，因為這個男人俗不可耐，她才欺騙了他，使她的一個兒子傷心欲絕，也才讓她向另一個兒子做出足以令一個母親內心淌血、最最痛苦的自白。

她低聲埋怨著：「對一個年輕女孩來說，嫁給一個像我丈夫那樣的男人，實在太可怕了。」

尚恩沒有回答，他想著之前一直以為是自己父親的那個人。長久以來，他就隱約感覺到自己父親的平庸，他哥哥對此經常不斷地嘲諷，以及旁人輕蔑而冷淡的態度，乃至於女傭人對羅朗的輕忽怠慢，這一切或許都讓他的心靈對母親後來的那些坦白預做了準備；也因此，在得知自己是另一個人的兒子時，內心的衝擊便減輕了一些。在昨天晚上那場強烈的情感激動過後，他之所以沒有像羅朗太太所懼怕的那樣，爆發出種種叛逆、憤慨、發怒的反應，那是因爲很久以來他對於身爲這個呆笨憨厚老人的兒子，下意識裡已經感到痛苦了。

他們抵達了羅塞米利太太家門前。

她住在聖阿德雷斯大路上，一棟歸她自己所有的大房子三樓。從她家的窗戶望出去，可以看到一整片勒哈弗爾港的船隻停泊場。

看到羅朗太太首先走了進來，羅塞米利太太並不像往常那樣，伸出手來握手迎接，而是張開雙臂擁吻她，因爲她已經猜到了對方的來意。

客廳裡，壓花絲絨面的家具始終罩著保護套。牆上貼著花朵圖案的壁紙，掛有她的船長前夫購買的四幅版畫，畫裡呈現的都是和大海有關的感傷場景——第一幅描繪了一個漁夫的妻子在海岸上揮舞手帕，而載著她丈夫的帆船正逐漸消失在天際。第二幅畫上，還是同樣的那個女人跪在同一片海岸上，天空閃電交加，海面上波濤洶湧，她雙臂蜷曲，望著遠方她的夫婿那艘快要沉沒的小船。

其他兩幅版畫，刻畫的是發生在社會上層階級裡的類似情境——有位金髮少婦的手肘支在一艘大客輪的船舷板上，若有所思。客輪正在駛離。她望著已經遙遠的海岸，含淚的眼睛中流露出幾分悵惘。她把誰留在岸上了？另一幅，是同一位少婦坐在朝向大海敞開著的窗戶邊，而她已經暈倒在一張扶手椅裡了，一封信剛從她的膝蓋掉落到地毯上。所以，他是死了，多麼淒慘啊！

這些圖畫的主題明確又富於詩意，訪客們通常會被它所傳達出的普世性哀傷給感動、吸引。人們馬上就能明瞭其中的含意，無需旁人解釋或深入推敲；也都能同情憐憫這些可憐的女子，儘管並不確切知曉最巨大的痛苦本質為何。不過，這惑然不明之處反倒有助於遐思幻想——她大概是失去未婚夫了！

才進門，眼睛便像受蠱惑著了迷似的，不由自主地被這四幅畫吸引過去。目光即便稍微離開一下，之後始終會再移回畫面上，一再地凝視這兩個貌似姊妹的女子的四種神態。尤其是，畫中的圖案清晰、完美、精緻，像時下流行的版畫那樣高雅，還有閃閃發亮的畫框，都給予人一種潔淨而一絲不苟的感覺，其餘的家具布置更強化了這個印象。

室內座椅皆按照固定的秩序排列，有幾張靠牆擺放，另外幾張圍在獨腳小圓桌四周。白色窗簾沒有絲毫汙漬，褶子是那麼筆直又那麼勻整，讓人不禁想把它稍微弄皺一些。帝國時期風格的時鐘，是一個由跪著的阿特拉斯[17]扛在肩上的地球儀，球體形狀彷彿一顆成熟的室內栽培的甜瓜，而保護時鐘的半圓形玻璃罩上從來不曾沾染一粒塵埃。

17 阿特拉斯（Atlas），希臘神話中的巨神，因戰爭失敗，被懲罰永遠擎舉著球形的天空。

兩位女士坐下來，把椅子從平常的位置稍微挪動了一下。
「您今天沒有出門去嗎？」羅朗太太問。
「沒有，不瞞您說，我有點累。」
她像是爲了感謝尙恩和他的母親似的，又談起了前一次郊遊和捕蝦時所得到的一切樂趣。
「你們知道嗎，」她說，「我今天早上吃了我捕到的那些海蝦。眞是美味極了。如果你們願意的話，我們哪天再去玩一趟……」
年輕人打斷她的話，說：「在開始去玩第二次之前，我們是不是來好好結束一下第一次的事呢？」
「這話怎麼說？我以爲第一次已經結束了。」
「哦，女士，就我這方面而言，我在聖茹安的岩石裡倒是捕獲了一個我也想帶回家去的東西喔。」
她顯出一副天眞又狡黠的模樣說：「您嗎？什麼東西呀？您找到了什麼東西？」
「一個女人！我媽媽和我，我們就是來請問您，她今天早上有沒有改變主意。」
她微微一笑說：「沒有，先生，我呀，我從來不改變主意的。」
他於是向她伸出他那大大的手掌，她也熱情堅定地把自己的手放在他的大手上。他問道：「盡可能越早越好，是不是？」

「由您決定。」

「六個星期以後？」

「我沒意見。我未來的婆婆看法如何呢？」

羅朗太太帶著些微憂鬱的微笑回答道：「喔，我呢，我沒什麼意見。我只是感謝您答應了尙恩，因爲您將會使他非常幸福。」

「我們盡力而爲，媽媽。」

羅塞米利太太頭一回表現出了略顯激動的模樣，她站起來，將羅朗太太緊摟在懷裡，像小孩一樣久久地擁吻她；可憐的女人受到這未來媳婦的初次親熱撫慰，受傷的心頓時脹滿強烈的情緒。她無法說出內心的感受，那是哀傷和欣喜的交織。她失去了一個兒子，一個已長大成年的兒子，卻得到了一個女兒，來替代這個位子，一個長大成年了的女兒。當她們又面對面地坐在椅子上時，她們手拉手，就這樣彼此含笑地注視著對方，兩人似乎已經遺忘了一旁還有尙恩在。

之後，她們又談到種種有關即將舉行的婚禮必須考慮的大小事情。在一切都決定、商妥之後，羅塞米利太太彷彿突然想起了一個細節，問道：「你們已經徵求過羅朗先生的意見了，是嗎？」

母子兩人的臉突然一陣泛紅，母親開口回答：「喔，沒有，不需要的。」接著，她猶豫了一下，覺得有必要解釋一下，於是又繼續說道：「我們做任何事情都用不著對他說，只要把我們的決定告訴他就行了。」

羅塞米利太太一點也不感到驚訝，她面帶微笑，認爲這相當自然，因爲這個老頭兒在家裡根本無足輕重。

當羅朗太太和她的兒子又來到街上時，她對兒子說：「我們去你家，好嗎？我很想休息一下。」

他們走進了尙恩的家。

她因爲對自己的家心懷恐懼，覺得自己沒有了藏身避難之處。

一聽到大門在背後關上後，她便深深嘆了一口氣，彷彿這道門鎖是她的安全保障。之後，她並沒有像方才說的那樣去休息片刻，反而開始打開櫥櫃，檢查一疊疊衣物，確認手帕和襪子的數量。她變換物件的順序，試著讓排列組合更協調一些，更符合她那家庭主婦的眼光。她依照自己的意思把東西整理了一次，毛巾、短褲和襯衫都整齊地放在專屬隔板上，又將所有日常布製品分成了三大類，穿著用的、房間用的，以及餐桌用的，之後，她後退了幾步，欣賞著自己的工作成果，說：「尙恩，過來看看，這眞是漂亮。」

爲了使她高興，他站起來，稱讚了一番。

當他重新坐下以後，她突然腳步輕巧地從後方靠近他的扶手椅，用右臂摟著他的脖子，一面親吻他，一面把另一隻手拿著的包裹在白紙裡的小物品放在壁爐架上。

他問：「那是什麼？」

她沒有回答，他認出了畫框的形狀，心裡因此明白了。

「給我！」他說。

但是她假裝沒有聽見，又轉身走向櫥櫃。他起身，迅速拿起這件令人痛苦的遺物，穿越房間，把它放進書桌的抽屜裡，轉了兩圈鑰匙，上鎖。這時，她用指尖拭去眼眶上的一滴淚水，然後聲音微微顫抖地說：「現在，我去看看你那個新來的女僕有沒有把廚房整理好。她現在出門去了，我也就能全部檢查一遍，親自確認清楚。」

九

馬斯胡塞爾、雷姆索、弗拉許、伯里凱勒幾位教授都寫了推薦函，對他們的學生皮耶爾・羅朗醫生極度讚揚，這些信得到商業法庭的法官普蘭先生、大船主勒尼昂先生，以及和博西爾船長私交匪淺的勒哈弗爾市長助理馬里瓦勒等人的支持，已經由馬爾尚先生遞交給了大西洋航運公司的董事會。

恰好「洛林號」上的隨船醫生尚未選定，皮耶爾因此幸運地在幾天內獲得了任命。

有天早上，他剛梳洗完畢，女僕約瑟芬就把任命通知書送了上來。

他的第一個情緒反應，就好比死刑犯收到減刑的宣判一樣激動；一想到他可以離開這個家，可以在波浪蕩漾中過著平靜的生活，雲遊四方，不受羈絆，他立刻覺得內心的痛苦緩解了一些。

現在，他住在父母親的屋子裡，就像陌生人一樣，不發一語，小心謹愼地過生活。自從那天晚上，在他弟弟面前，他脫口揭露了被他發現的那個醜陋祕密之後，他便感覺自己與家人的關係已經徹底斷絕了。他對於告訴尙恩這件事懊悔不已，他認爲自己卑鄙、可憎、惡毒，然而卻也因爲能把這些話說出來而感到輕鬆不少。

那件事情過後，他再也沒有和他的母親和弟弟目光相遇過。爲了避免彼此視線接觸，他們的眼睛靈活得驚人，像害怕交鋒的敵人一樣狡猾。而他總是想著：「她對尙恩說了些什麼呢？她承認了嗎，還是否認了？我弟弟怎麼想呢？他怎麼看待她？怎麼看待我呢？」他猜不出來，對此感到非常氣惱。況且，他幾乎不再和他們說話了，不過，在羅朗面前除外，以免他父親察覺異狀、詢問原因。

收到任命通知書以後，他當天就把信拿給了家人看。羅朗老爹向來對任何事都興致勃勃，高興得拍起手來。

尙恩心裡充滿喜悅，卻帶著嚴肅的語氣回答：「我衷心祝賀你，因爲我知道，這個職位的競爭者很多。你能獲選，一定是得力於你那幾位教授的推薦信。」

他母親低下頭，輕聲說：「我很高興你成功了。」

吃完午飯，他隨即前往航運公司的營業處打聽所有相關事宜。他還詢問了翌日即將啓航的「畢卡第號」上的醫生姓名，以便到他那裡了解一下自己未來新生活的一切細節，以及可能會遇到的種種特殊狀況。

畢瑞特醫生正巧在船上，皮耶爾登上了船，有位外型和他弟弟相似、蓄著金黃色鬍子的年輕人，在客輪上的一個小房間裡接待他。他們交談了許久。

這艘客輪巨大無比，從回音隆隆的船艙深處，傳來一陣陣持續不斷的嘈雜喧囂聲，貨物堆進貨艙裡墜地的聲音、腳步聲、說話聲、機械裝載貨箱的操作聲、工頭的哨音，以及鐵鍊被拖曳或捲上絞盤的譁啦聲混成了一片；拖曳和繞捲鐵鍊的動力是水蒸氣，它正有如喘息一般地嘶叫著，使得整個龐大船體微微地震顫。

可是，當皮耶爾告別了他的同行，回到街上以後，卻突然感到一股從未有過的憂鬱湧上心頭，憂鬱情緒就像那些來自世界盡頭、在海上奔騰的迷霧一樣把他包圍起來；這一團團不可捉摸的濃霧帶有某種神祕不潔的東西，彷彿是從遙遠蠻荒地帶吹來的瘴癘之氣。

即使在他最痛苦的時刻，他也從未感覺像這樣陷在悲戚的泥沼裡。因為最後的決裂已經發生了，他再也沒什麼好依戀的了。而在把內心所有柔情根源拔除之後，他尚未感受到的那種喪家犬的淒慘之情，就在剛剛突然攫住了他的心。

這已經不再是折磨人的精神痛苦，而是一頭無處藏身的野獸的恐慌，是漂泊流浪者的實際焦慮，因為——他無家可歸了，從此將受風吹雨淋，遭暴風雨襲擊，面臨世界上各種暴力的摧殘。人類的肉體向來睡在安穩、固定不動的床上，在登上這艘客輪、進入這個在波濤上晃蕩的小船艙之後，勢必會對未來日復一日的不安全感產生抗拒。在這之前，因爲有著深入地底而被牢牢固定住的堅實牆壁，因爲確信可以在擋風屋簷下的相同地方休息，這副肉體因而覺得自己受到了保護。現在，處在封閉燠熱居室裡的人們，所樂於忽略、毫不在意的所有事情，對他而言都將變成煉獄一般的持久痛苦。

腳底下不再有土地，只有奔騰、咆哮而吞沒一切的大海。周遭不再有可以散步、奔跑、在迷途歧路的空間，只有幾塊數公尺長的船板，讓人像受刑人一樣在其他囚犯之間行走。不再有樹木、花園、街道、房屋，除了水和雲之外什麼也沒有。他將無休止地感覺這艘船在腳下搖晃。遇到暴風雨的時候，必須緊靠艙房壁板，抓住艙門，牢牢攀附在狹窄臥鋪的邊緣，才不至於跌在地上翻滾。風平浪靜的日子，就聽見螺旋推進器的轟轟震動聲，感覺他乘坐的這艘船疾駛著，持續不斷地、規律而惱人地向前奔馳。

他之所以被迫過這種苦役犯的流浪生活，原因無他，只因爲他的母親曾經放任自己接受了一個男人的溫存。

此時，他往前走著，頹喪乏力，像即將被放逐到國外的人一樣淒涼而感傷。他覺得自己的內心不再有高傲的輕蔑，對路過的陌生人不再懷著不屑一顧的憎惡，而帶有一股哀傷的願望想和他們交談，告訴他們，他就要離開法國了——他渴望有人聽他講話，渴望得到他人的安慰。在他心底有一種需求，是窮人要伸手乞討的那種不光彩的需求，是一種羞於啓齒的強烈需求，想要感覺有人因他離去而痛苦的需求。

他想起了馬洛斯科。只有這個老波蘭人關愛他，會對他的離開感到眞正揪心的難過；醫生於是立即決定去探望他。

當他走進店鋪時，藥師正忙著搗磨大理石研缽裡的粉末，見他到來，驚訝地略微一顫，便擱下了手邊的工作。

「這陣子都沒見到您，怎麼回事？」

年輕人解釋著，他有許多事情要奔走處理，但並沒有講明辦事的原因。他坐下來問道：「怎麼樣？生意還好嗎？」

生意不好。同業競爭激烈，在這個勞工區病人少又窮，在這裡只能賣出一些便宜的藥品。這裡的醫生從不開那種成分複雜、能賺得五倍利潤的罕見藥。老頭兒下了結論：「這樣的情況如果再持續三個月，就只能關掉店鋪了。我若不是還寄望於您，我的好醫生，我早就替人擦皮鞋去了。」

皮耶爾感到心裡一陣糾結，他突然下決心把事情原委說出來，就算會對他的朋友造成打擊，也是不得已的。「噢，我呀……我呀……我無法再幫你什麼忙了。我下個月初離開勒哈弗爾。」

馬洛斯科摘下眼鏡，顯得非常震驚：「您……您……您在說什麼？」

「我說，我要離開這裡了，我可憐的朋友。」

老人一時目瞪口呆，感覺自己最後的希望破滅了，他突然對這個自己曾經追隨且一直喜愛著、曾經全然信任而如今就這麼拋棄他的人，感到怨怒。他嘟嘟噥噥地說：「您，您不會也要欺騙我吧？」

皮耶爾十分不忍，幾乎想上前擁抱他，說道：「可是，我並沒有欺騙您。我在這裡找不到什麼工作，我離開，是到一艘橫渡大洋的客輪上當醫生。」

「哦，皮耶爾先生，您曾經說得那麼好，答應要幫忙我謀生的呀！」

「您要我怎麼辦呢！我自己也得過活。我連一分錢的財產也沒有。」

「您這麼做，不好、不好。我，我只能餓死了。到了我這個年紀，一切都完了。您這麼做很不好。您拋棄了一個前來追隨您的可憐老人。這樣做實在不好。」

皮耶爾想解釋、辯解、說明理由，證明自己不得不如此；可是波蘭人一點也不聽，對這種背離的行爲十分惱火，到後來竟說出幾句無疑是影射一些政治事件的話：「你們這些法國人，就是不守信用。」

這時，皮耶爾也不高興了，他站起來，態度有些傲慢地說：「您這樣說有失公允，老馬洛斯科。我會決定這麼做，一定有強烈的理由；您應該懂的。再見。希望下次見到您的時候，您會比較理智一些。」

說完後，他便走出了店鋪。

「算了，」他心想，「沒有人會爲我的離開眞正感傷不捨。」

他在腦海裡搜尋著，回想那些他認識、或者過去認識的人們，在所有從他記憶一一浮現的面容中，他看見了那個曾經使他懷疑起他母親的餐館女侍的臉。

他有點猶豫，內心對她還懷有本能的怨恨，接著，他忽然下了決定，心想：「不管怎樣，她的看法是對的。」他於是朝啤酒餐館的路走去。

餐館裡這時湊巧顧客滿座，煙霧繚繞。因爲是節日，喝酒的人，不論資產階級或工人都叫著、笑著、嚷著；老闆也親自招呼客人，從這個桌子跑到那個桌子，收回空酒杯，又端來一杯杯泛滿泡沫的啤酒。

皮耶爾在櫃臺附近找到了一個位子，便坐下來等待，盼望那個女侍者能看見他，認出他來。可是，女孩從他面前經過，走來走去，碎步奔跑著，穿著裙子的腰身可愛地一扭一擺，卻沒有看他一眼。

最後，他用一枚銀幣敲了敲桌子。

她跑了過來，說：「您要點什麼，先生？」

她並不看他，心思都在計算著顧客們消費了多少飲料。

「怎麼！」他說，「有人這樣跟朋友打招呼的嗎？」

她盯了他一眼，聲音急促地說：「啊，是您。您好嗎？不過，我今天沒有時間。您要來一杯啤酒嗎？」

「好，來一杯。」

她把啤酒送了過來，他接著說：「我是來跟你告別的。我要離開了。」

她漠不關心地回答：「噢，是嗎？您去哪兒？」

「去美國。」

「聽說那是個美麗的地方。」之後，就沒有再說什麼了。的確，挑這麼一天來和她說話實在時機不對。餐館裡的人太多了！

皮耶爾往海邊走去。來到海堤上時，他看見「珍珠號」正返回港口，船上載著他的父親和博西爾船長。水手巴巴格里划槳，那兩個男人坐在船尾抽著菸斗，一副幸福無比的模樣。醫生看著他們經過，心想：「頭腦簡單的人最快樂了。」他在防波堤邊的一張長椅上坐下，讓自己像昏昏欲睡的野獸般陷入遲鈍麻木的狀態中。

晚上，他回到家，他的母親不敢抬頭看他，只是對他說：「你出發前，必須準備很多東西，我有點漫無頭緒。我剛才替你訂了一些內衣褲，到裁縫師那裡商談量製外衣的事；你是不是還需要其他別的東西呢，也許是一些我沒有想到的東西？」

他張開了嘴，想說「不，什麼也不需要」，但繼而又想，他至少應該接受幾件得體的衣服，便用很平靜的語氣回答：「我，我還不知道；我會去船公司那裡打聽一下。」

他詢問了，公司裡的人交給他一張必要物品的清單。他母親從他手中接過單子的時候，望了望他，那是她好久以來第一次看他，她的眼睛深處流露出非常卑微、非常柔順、非常哀傷而充滿懇求的表情，就像那些不幸挨打的狗在乞憐求饒一般。

十月一日，「洛林號」從聖納澤爾駛來，進入了勒哈弗爾港，準備在當月七日要再出發，航向目的地紐約；皮耶爾・羅朗因此取得了那個浮動的小艙房，今後，他將要在那裡度過囚禁他的生活。

翌日，正要出門時，他在樓梯上遇見了等候著他的母親，她用一種幾乎聽不清楚的、低低的聲音說：「你不要我幫忙把你船上的房間整理一下嗎？」

「不用，謝謝，一切都打理好了。」

她喃喃地說：「我很想看看你的小房間。」

「不必勞煩。房間很醜又很小。」

他走過了她的面前，留下臉色慘白的她失魂落魄地倚在牆上。

不過，羅朗當天就參觀了「洛林號」，晚餐時間一古腦兒地談論著這艘豪華客輪，而對於他的妻子一點也不想去看看它感到非常訝異，因爲他們的兒子就要登船入住了呀。

接下來幾天，皮耶爾幾乎沒待在家中。他精神煩躁，動不動就發脾氣，態度嚴厲，粗暴的話語似乎殃及了家裡所有人。但是，到了出發的前一天，他突然大幅轉變，變得非常溫和。當晚，他將第一次前往船上過夜，在臨走前，擁吻雙親時，他問道：「明天，你們會來船上和我告別嗎？」

羅朗高聲說：「當然、當然，那還用說。對吧，路易絲？」

「一定會去的。」她很小聲地回答。

皮耶爾接著說：「我們十一點整啓航。最遲，得在九點半到那裡。」

「嘿！」他父親叫了一聲，「我倒是有一個主意。我們離開你、下了船之後，就快速直奔『珍珠號』，乘我們的小船出港，這樣，就可以在海堤外面等你，再看見你一次。是不是，路易絲？」

「是的，當然是的。」

羅朗又繼續說：「橫渡大洋的客輪每次開航時，碼頭上總是擠得水洩不通，用這種方式，你就不會把我們和人群混淆、分辨不清了。因爲在一大堆人裡，是無論如何也認不出自己的親人的。這麼做，你覺得好嗎？」

「當然好，我覺得很好。就這麼說定。」

一個小時以後，他已經躺在他那張狹長有如一口棺材的水手小床鋪上了。他在床上躺了很久，雙眼睜著，想著兩個月以來，在他的生活裡，特別是在他的心靈裡所發生的一切。由於他曾經受痛苦的折磨，而且也讓別人受苦，他內心那種深具攻擊和報復性的痛苦早已疲乏了，就像一把用鈍了的刀刃。他幾乎不再有勇氣爲任何事怨恨任何人，他讓他的憤怒像他的生活一樣，隨波漂流。他感覺自己已經厭倦鬥爭、厭倦攻擊、厭倦憎恨、厭倦一切，他再也無法如此繼續下去了，他只想在遺忘中麻痺自己的心，如同遁入睡眠一般。他模模糊糊聽見周遭有一陣陣在輪船上未曾聽過的聲音，那些細微的聲響，在這平靜的港口夜晚，輕得幾乎覺察不到。對於他至今仍認爲嚴酷難忍的那個創傷，如今他只感覺到了傷口癒合時皮膚被微微拉扯的疼痛感。

當水手們的活動把他吵醒時，他已經沉沉熟睡了一夜。天色已亮，運海產往來大都會的火車正抵達碼頭，也載來了一批巴黎的遊客。

他於是在船上遊蕩，漫步在忙碌不安的人群之間，這些人正處於旅行開始時的驚慌失措中，他們有的尋找自己的艙房，有的相互呼叫，有的彼此詢問，又隨口回答問題。他和船長打招呼，又與他的夥伴乘務長握手，之後，便走進一個大廳，裡面已經有幾個英國人在打瞌睡。這大房間的四面牆全是白色大理石，壁板周邊鑲著金線，室內還擺著幾張長桌，桌子兩側各放置長長一列醬紅色絲絨的旋轉椅，這些桌椅映在鏡子裡，看起來彷彿接續不斷、無限延伸似的。這裡正是寬敞而浮動的國際大廳，來自各大洲的有錢人都在此一起用餐。這富麗堂皇的大廳和世界上的大飯店、大劇院及諸多公共場所毫無兩樣，是那種令百萬富翁們感到賞心悅目的庸俗氣派式的豪華。醫生正要去二等艙區走走，他忽然想起前一天傍晚曾經有一大批移民上了船，便往下層的統艙走去。

走進統艙時，撲鼻而來的是一股令人作嘔的、不愛乾淨的窮人身上的氣味，那種赤身裸體的酸臭比動物皮毛的腥臊更噁心。這時，皮耶爾看到，在有如地下礦坑通道一樣又低又暗的空間裡，有數百個男人、女人和小孩，或躺在層層搭疊的木板上，或一堆堆在地上蠢蠢蠕動著。他根本分辨不清他們的臉，只隱約看見一群骯髒不堪、衣衫襤褸的人。這群在生活中敗下陣來、被壓垮且精疲力竭的不幸之人，將帶著他們瘦巴巴的妻子和疲憊的孩子，出發前往陌生的土地，期盼在那裡或許不至於餓死。

想到這些像乞丐一樣窮困的人，他們過去的工作，白費力氣的勞動，一無所獲的努力，日復一日拚命卻又徒然的奮鬥；想到他們耗費的精力，而如今他們即將前往自己也不知要在何處落腳的地方，重新開始這悲慘艱苦的生活時，醫生眞想朝他們大喊：「你們還不如和妻小一起跳到水裡去吧！」他的心一下子湧起一股憐憫之情，讓他再也承受不住眼前的景象，便快步離開了。

他的父親、母親、他的弟弟和羅塞米利太太，已經在他的艙房裡等著他了。

「這麼早就來了。」他說。

「是呀，」羅朗太太回答，她的聲音顫抖著，「我們想要有多一點時間來看看你。」

他望一望他的母親。她全身黑色裝束，彷彿正在服喪；他突然發現，她的頭髮上個月還是灰色的，現在已經全部變白了。

他花了好一番工夫才讓四個家人在他的小居處裡坐下來，自己則一躍坐到了床上。從開著的艙門望出去，可以看見許多人來來往往，像節日大街上川流的人潮一樣，因爲所有乘客們的朋友和純粹好奇湊熱鬧的群眾，早已蜂擁到這艘巨型客輪上了。他們在走廊、在各個廳室裡到處亂走，有些人還把頭伸進艙房裡東張西望，此時，外頭便會傳來竊竊私語聲，說：「這是醫生的住處哩。」皮耶爾因此推一下，闔上了艙門，可是當他感覺自己和家人們關在一起時，卻又想把艙門重新打開，因爲船上的熙攘嘈雜可以稍稍消解他們沉默不語的尷尬。

後來，羅塞米利太太想講話了：「這些小窗戶不太通風。」

「那是舷窗。」皮耶爾回答。

他向大家指出窗子的厚度，因爲玻璃厚，才抵擋得住最猛烈的撞擊，接著他又耐心地解釋舷窗的開關系統。

羅朗亦開口問道：「你這裡也有配藥處嗎？」

醫生打開一個櫥櫃，讓他們看到了一排藥瓶存放架，上面的瓶瓶罐罐全都貼著寫有拉丁文藥名的方形白紙。

他拿起一個瓶子，逐行解說瓶中所裝藥物的特性，然後是第二瓶，接著是第三瓶，簡直就像在教授藥物治療學似的，而大家好像也都全神貫注地聆聽著。

羅朗一面搖晃著腦袋，一面不斷地說：「這眞有趣！」

有人輕輕敲門。

「請進！」皮耶爾高聲說。

博西爾船長走了進來。

他伸出手準備握手，一邊說：「我來晚了，因爲我不想打擾你們家人離情依依的場面。」

他也不得不坐到床上。大家一時又無話可說了。

可是，船長忽然側耳傾聽，準備開船的命令聲正透過船艙夾板傳進了他的耳裡，他於是宣布：「如果我們想乘坐『珍珠號』到出港口再看見您，到大海上向您告別，是該離開的時候了。」

羅朗老爹對這件事十分堅持，此舉無疑是爲了引起「洛林號」上旅客們的注意，他急忙站起來說：「好吧，再見了，我的孩子。」

他擁抱皮耶爾，在兒子的頰鬍上親了親，然後打開艙門。

羅朗太太一動也沒動，始終低垂著雙眼，臉色十分蒼白。

她丈夫碰了一下她的手臂，說：「喂，快點，我們一分鐘也不能耽擱了。」

她於是起身，朝他兒子走出一步，把她白蠟似的左右兩頰先後向他湊過去，他不發一語，分別親吻了一下。然後，他和羅塞米利太太握手，又握了握尙恩的手，一面對他說：「婚禮是哪一天？」

「還沒有確定日期。我們會根據你的航程，安排在你回來的時候。」

終於，所有的人都走出艙房、登上甲板，那兒已經擠滿了群眾、行李搬運工和水手。

蒸氣在客輪的巨大腹腔裡轟轟作響，大船船身微微顫抖，彷彿等得不耐煩了。

「再見。」羅朗匆忙地說。

「再見。」皮耶爾回答。他站在一座連接著「洛林號」和碼頭的小木橋邊上。

他再次和大家一一握手後，他的家人便走遠了。

「快、快，上車！」父親叫道。

一輛等候著他們的出租馬車把眾人載到了外港，在那裡，巴巴格里已經備妥「珍珠號」，隨時可以出海了。

沒有一絲的風；這是秋日裡乾爽寧靜的一天，平滑的海面似乎像鋼鐵一樣，冰冷而堅實。

尚恩抓起一支槳，水手巴巴格里拿起另一支，兩人開始往前划。防波堤上、兩邊的海堤上，一直到花崗岩護牆上，萬頭攢動，無以數計的群眾喧喧嚷嚷地等待著「洛林號」經過。

「珍珠號」從兩岸人潮中間通過，很快就駛到了碼頭堤防外。

博西爾船長坐在兩位太太之間，手持舵柄，說：「你們就要看到了，我們會恰恰在它的航道上，就在那兒，不偏不倚。」

兩個划槳的人使出全力划，盡可能讓船駛得遠一點。

羅朗突然大叫：「來了，我看見它的桅杆和兩根煙囪了，它正從錨地裡開了出來。」

「加油，孩子們！」博西爾連聲喊著。

羅朗太太掏出口袋裡的手帕，搗在自己的雙眼上。

羅朗緊抓桅杆站著，他在報告狀況：「現在它正轉向外港……它不動了……它又開始前進……它大概在銜接拖輪……它開動了……好哇！它駛進兩條堤岸之間了。……你們聽，群眾正在呼喊……好哇！……拖曳它的是『海神號』……現在我看見它的船首了……來了，它來了……天啊，多美的一艘船呀！天啊，你們瞧啊！……」

羅塞米利太太和博西爾都轉過身去，兩位划船的男士也停下槳來，只有羅朗太太一動也不動。

巨大的客輪正由拖輪拖曳著，緩緩而氣勢非凡地駛出港口，那馬力強勁的拖船在它面前，看起來就像一條毛毛蟲。聚集在碼頭堤防上、沙灘上和窗口上的勒哈弗爾市民，突然受到了一股強烈愛國情緒的驅使，紛紛開始呼喊：「『洛林號』萬歲！」他們在為這壯麗的啓航鼓掌喝采，一座海濱大城市正把它產下的這個最美麗的女兒交付給大海。可是，這艘大輪船，才剛駛出夾在兩道花崗岩護牆之間的狹窄水道，感覺自己終於自由了，便拋下它的拖船，像一頭在水面上奔馳的巨大怪物似地獨自駛離。

「它來了……它來了！……」羅朗不斷高呼，「它朝我們直駛過來了。」

博西爾興高采烈地重複著：「我之前怎麼告訴你們的，我曉得它的航道的，是不是？」

尚恩低聲對他的母親說：「看，媽媽，它開過來了。」

羅朗太太放下手帕，張開了淚水矇矓的雙眼。

「洛林號」在這清朗平靜的好天氣裡，才出港口就加足馬力疾速行駛，正逐漸到來。

博西爾用望遠鏡對準大船看去，高聲對眾人說：「注意！皮耶爾先生一個人在船尾，很醒目的位置，注意！」

現在，高得像座山、快得像火車的客輪，幾乎要和「珍珠號」擦身而過了。羅朗太太惶亂失措地朝它伸長了雙臂；她看見她的兒子，他的兒子皮耶爾，頭戴鑲著飾帶的大蓋帽，用兩手向她拋來離別的飛吻。可是，他走了，逃離了，逐漸消失了，已經變得非常小，像龐大巨輪上一個難以看見的斑點一樣被抹去了。她還竭力地想辨認出他，卻再也看不清了。

尙恩握住她的手，問：「你看見了嗎？」

「是的，我看見了，他眞是好。」

一行人於是乘船往城市返航。

「該死呀，走得可眞快！」羅朗又熱情又一派認眞地說。

客輪的身影的確一秒一秒地縮小，彷彿要消融到大西洋裡了。羅朗太太朝它轉身，望著它沒入天際，駛向世界另一端的陌生之地。在這艘什麼也阻擋不了的大船上，在這艘她即刻就要看不見的船上，有她的兒子，她可憐的兒子。她覺得自己的半顆心已經隨他而去，她覺得她的生命已經完了，她還覺得自己將永遠不會再見到她的孩子了。

「你爲什麼哭呢？」她丈夫問，「他不到一個月就會回來了。」

她含糊不清地說：「我不知道。我哭，因爲我心裡難受。」

他們上岸之後，博西爾隨即和眾人告別，去一位朋友家吃午餐。尙恩和羅塞米利太太走在前面也先行離開了，這時，羅朗對她的妻子說：「再怎麼說，我們的尙恩都算是一表人才。」

「是啊。」做母親的回答。

她的心正一團混亂，根本無暇思索說出什麼話，又隨口加了一句：「我眞高興他娶羅塞米利太太。」

老頭子吃驚地一愣：「啊，怎麼？他要娶羅塞米利太太？」

「對呀。我們原本就打算今天徵詢你的意見。」

「嘿、嘿，這件事，已經進行很久了嗎？」

「喔，沒有，不過幾天前而已。尙恩想先確認女方接受以後，再來和你商量。」

羅朗搓著雙手，說：「很好、很好，十全十美了。我呀，我百分之百同意。」

當他們即將離開碼頭、走上馮索瓦一世林蔭大道時，他的妻子又再次回頭朝外海投出了最後一瞥；可是她只看見小小一縷灰煙，如此遙遠、如此淡薄，看上去就好像些微霧氣一般。

——〈皮耶爾與尙恩〉（Pierre et Jean），完成於一八八七年九月

論小說

我無意在此爲接續於本文之後的中篇小說〈皮耶爾與尚恩〉[1]辯護。相反地，我要試著闡明的想法，倒可能使我在這篇小說中採用的心理研究做法受到批評。

我想談談一般而言的小說。

每次有新書出版，相同的批評家總會提出同樣的責難，而我並非唯一遭受責難的人。在一些頌讚的話語間，我經常會讀到出於相同人之筆的這樣一個句子：「這部作品的最大缺點在於，嚴格而言，它並不算是一部小說。」

我們可以用同樣的理由來回應：「承蒙那位對我惠賜評論的寫作者所言，他最大的缺點就在

1 編按：本文原為〈皮耶爾與尚恩〉這部中篇小說的「前言」，但為了不影響這部小說選集故事閱讀的流暢性，特意改將〈皮耶爾與尚恩〉先行鋪排，再將本較為論述性的文章安排於其後，以做為作者莫泊桑對於〈皮耶爾與尚恩〉這部中篇小說、乃至於他本身對「小說」這個文體體裁的看法闡述。

於，他不是一個批評家。」

究竟，什麼是批評家不可或缺的特質呢？

他必須沒有偏見，沒有先入爲主的看法，沒有學派之見，不偏愛任何藝文流派，他要能理解、辨別和解釋所有激烈對立的傾向、迥然互異的氣質，並且容許各式各樣最多元的藝術探索。

自從《瑪儂·雷斯可》[2]、《保羅和薇吉妮》[3]、《唐吉訶德》、《危險關係》[4]、《少年維特的煩惱》、《親和力》[5]、《克萊莉莎·哈洛》[6]、《愛彌兒》[7]、《憨第德》[8]、《桑克—馬爾斯》[9]、《勒內》[10]、《三劍客》、《莫普拉》[11]、《高老頭》、《貝姨》[12]、《科西嘉的復仇》[13]、《紅與

2《瑪儂·雷斯可》（Manon Lescaud），法國十八世紀小說家普列沃斯神父（Antoine Prévost，一六九七～一七六三）的代表作。曾多次被改編成歌劇，其中又以普契尼的作品最為人熟知。

3《保羅和薇吉妮》（Paul et Virginie），法國作家聖皮埃爾（Bernardin de Saint-Pierre，一七三七～一八一四）聞名一時的短篇小說。

4《危險關係》（Les Liaisons dangereuses）是著名的書信體小說，十九世紀時曾是禁書。作者為法國小說家德拉克洛（Choderlos de Laclos，一七四一～一八〇三）。

5《少年維特的煩惱》和《親和力》（Les Affinités électives），皆是德國文豪歌德（Johann Wolfgang von Goethe，一七四九～一八三二）的重要作品。

6《克萊莉莎・哈洛》（Clarissa Harlowe），十八世紀英國作家理查森（Samuel Richardson，一六八九～一七六一）的長篇巨著。

7《愛彌兒》（Émile），法國啓蒙時期哲學家盧梭（Jean-Jacques Rousseau，一七一二～一七七八）的小說作品。

8《憨第德》（Candide），啓蒙運動時期法國哲學家伏爾泰（Voltaire，一六九四～一七七八）所著的一部諷刺小說。

9《桑克—馬爾斯》（Cinq-Mars），法國早期浪漫主義作家維尼（Alfred de Vigny，一七九七～一八六三）的重要小說。

10《勒內》（René），法國浪漫主義代表作家夏多布里昂（Francois-Rene de Chateaubriand，一七六八～一八四八）的重要作品。

11《莫普拉》（Mauprat），法國女作家喬治・桑（Georges Sand，一八〇四～一八七六）所寫的歷史小說。

12《高老頭》（Le Père Goriot）和《貝姨》（La Cousine Bette），皆是法國現實主義作家巴爾札克（Honoré Balzac，一七九九～一八五〇）的作品，屬於著名小說系列《人間喜劇》（la Comédie Humaine）的一部分。

13《科西嘉的復仇》（Colomba），法國現實主義作家梅里美（Prosper Mérimée，一八〇三～一八七〇）的重要作品。

黑》[14]、《繆班小姐》[15]、《鐘樓怪人》、《薩朗波》，《包法利夫人》[16]、《阿道爾夫》[17]、《卡莫斯先生》[18]、《小酒店》[19]、《莎芙》[20]等作品問世以後，還敢寫道「這本是小說，那本不是小說」的批評家，在我看來，他所具備的洞察力，實在無法勝任批評家的工作。

這類批評家通常認為，小說，是一段多少與眞實相似的故事，它可像一齣戲劇一樣被安排成三幕——第一幕是鋪展，第二幕是情節，第三幕是結局。

這種組構方式是絕對可以接受的，只要不排斥任何其他的方式就行。

寫小說有規則嗎？不按照這些規則寫成的故事，是不是就該被冠上另外一個名稱呢？

如果《唐吉訶德》是一部小說，那麼《紅與黑》是另外一部嗎？如果《基督山恩仇記》是一部小說，那麼《小酒店》也是一部小說嗎？歌德的《親和力》、大仲馬的《三劍客》、福樓拜的《包法利夫人》、弗耶先生的《卡莫斯先生》和左拉先生的《萌芽》之間能加以比較嗎？這些作品之中，哪一部是小說？那些了不起的規則究竟是什麼？它們從何而來？由誰制定？根據什麼原則、什麼權威和哪些論據？

而這些批評家似乎懷著無可置疑的確信，相信自己知道一部小說的構成方式，以及小說與非小說作品之間的差別。這清楚意味著，他們雖然不是作品的產出者，卻是屬於一個派別的，而且，就像小說家自身一樣，凡是不遵循他們的美學觀點去構思寫出的作品，他們一概排拒。

一個有才智的批評家則恰恰相反，他應該去尋找一切與現成小說最不相似的作品，竭盡所能地激勵年輕人去探索新的創作之路。

無論是維克多・雨果先生或左拉先生，所有的作家都曾一再堅決要求絕對而不容爭論的創作權，意即，按照他們個人對藝術的見解去進行想像或觀察的權利。才華，源自於獨創性，而獨創性是一種特殊的思考、觀看、理解和判斷的方式。可是，那些根據自己喜愛的小說作品來爲小說下定義，並且制定某些一成不變創作規則的批評家，卻始終反對帶來新方法的藝術家氣質。一個眞正名

14《紅與黑》（Le Rouge et le Noir），法國早期現實主義最重要的作家斯湯達爾（Stendhal，一七八三～一八四二）的代表作。

15《繆班小姐》（Mademoiselle de Maupin），法國唯美主義詩人戈蒂耶（Théophile Gautier，一八一一～一八七二）的重要小說。

16《薩朗波》（Salammbô）這部十九世紀的歷史小說，和《包法利夫人》（Madame Bovary）同是法國作家福樓拜（Gustave Flaubert，一八二一～一八八〇）的重要作品。

17《阿道爾夫》（Adolphe），著名的心理分析小說，是法國浪漫主義作家班傑明・康斯坦（Henri-Benjamin Constant de Rebecque，一七六七～一八三〇）的代表作。

18《卡莫斯先生》（M. de Camors），法國作家弗耶（Octave Feuillet，一八二一～一八九〇）的代表作。

19《小酒店》（L'Assommoir），法國文學自然主義代表作家埃米爾・左拉（Émile Zola，一八四〇～一九〇二）的重要長篇小說。

20《莎芙》（Sapho），法國寫實主義小說家都德（Alphonse Daudet，一八四〇～一八九七）的重要作品。

符其實的批評家只應該是一個沒有傾向、沒有偏好、沒有激情的分析者；就像一名繪畫鑑定專家那樣，只評斷交付給他品鑑的作品的藝術價值。對一切都保持開放態度的那份理解力，應該足以消融他的個性，這樣，他才能發現並讚賞，那些身爲普通人時他並不喜歡、但作爲評論者時應該要理解的書。

但一般來說，大部分的批評家都只不過是普通讀者，因此他們幾乎總是偏頗無理地嚴責我們，要不然就是無保留、無節制地誇讚我們。

這樣的讀者只是想要一本滿足他精神上自然傾向的書，他要求作家迎合他的首要愛好，他自始至終都把能滿足他理想的、歡愉的、放縱的、憂傷的、虛幻的和據實的想像作品或片段，一概形容爲出色或寫得好。

綜觀之，讀者大眾是由許許多多群體組成的，這些不同的集團無不在向我們呼喊：「安慰我。」「逗我高興。」「讓我悲傷。」「讓我感動。」「讓我做夢幻想。」「讓我開懷大笑。」「讓我顫慄。」「讓我哭泣。」「讓我思索。」

唯獨一些智識傑出的人士會要求藝術家：「請根據您的性情，用您覺得最適切的表現形式，爲我們創作一些美的東西吧。」

藝術家做出了嘗試，有的成功，有的失敗。

批評家只應該依據努力的性質來評論創作結果，無權批判藝術傾向。

這些話已經寫過千百次了，而且必須永遠一直重複下去。

所以，繼種種提供了我們扭曲的、超凡的、富詩意的、動人的、優美或壯麗的生活視角文學流派之後，出現了寫實或自然主義學派，它聲稱向我們顯現眞實，只有眞實，全部的眞實。

我們必須對這些形形色色、截然不同的藝術理論一視同仁，在評判根據這些理論所寫出的作品時，必須一開始就接受孕育這些作品的整體思想，完全從藝術價值的角度來考量。

對於讓一個作家寫一部富有想像力或者寫實主義作品的權利有異議，那就是想強迫作家改變他的氣質、否認他的獨創性，不允許作家運用自然所賦予他的眼光和聰明才智。指責他把事物看得美或醜、渺小或偉大、優雅或陰森，就是指責他遵從某種方法創作，指責他不符合我們的看法。

只要他是個藝術家，我們就讓他依照自己的喜好去理解、觀察、構思吧。在評論一個理想主義者時，我們首先要使自己的胸臆充滿詩一般的熱情，並向他證明他的夢想是泛泛之見、平庸無奇，不夠狂烈或者恢弘。但是如果我們評論的是一個自然主義者，就該向他指出生活裡的眞實和他著作裡的眞實有何不同。

顯然，完全互異的派別，所採用的創作方法也勢必南轅北轍。

對日復一日、粗糙乏味的現實進行改造，以便從中提取出不同尋常、引人入勝故事的小說家，一定不會過度在乎逼眞性，他必定會隨心所欲地操縱、調配及安排各項事件，來取悅讀者，使其心緒翻騰，爲之動情。他的小說計畫只是一系列以巧妙手法導向結局的精心組合。一段段插曲經過妥善的布局，漸次推展向最高潮，為結局這個具決定性的主要事件製造效果，以便滿足所有在小說一開始時被激起的好奇心、挑戰讀者閱讀趣味、並且完整地結束所講的故事，使讀者們不再想追問最令他們迷戀的幾位人物往後的命運。

而聲稱要給予我們生活確切樣貌的小說家則相反。他一定會小心避免使用看起來非比尋常的方式，來把各種事件串連在一起。他的目的絕不是對我們敘述一個故事，以供我們娛樂或者讓我們感動，而是要強迫我們思考，理解蘊藏在諸多事件中的深刻意義。由於見識廣泛、多方考慮，他總是以自己多次觀察、細思後而得的某種特有方法，來觀看宇宙、萬物、事件和人類。他寫在書中、極力想向我們傳達的，正是這種極為個人的世界觀。為了使我們像他本人一樣受到生活情景感動，他必須把這些景象維妙維肖地重現在我們眼前。是以，他必得用一種非常靈巧、非常隱蔽、表面上非常單純的方式來撰寫他的作品，讓讀者無法察覺，並且指出該作品有何規劃，以及他有何意圖。

他不是私自構想一樁出人意料的事件，從頭到尾把情節都推展得扣人心弦，而是擷取了他的一個或數個小說人物生命裡的某段時期，經由自然的過渡，把他們導向下一段時期。他用這種方法，時而呈現精神如何在周遭環境的影響下發生轉變，時而呈現感情和情慾如何發展，人們如何相愛、如何相互仇恨，社會各界裡的人如何爭鬥，種種資產階級的利益、金錢利益、家庭利益、政治利益如何交相對抗。

因此，他小說計畫的巧妙之處，不在於故事激動人心或情節深具魅力，也不在於有令人著迷的開端或驚心動魄的結局，而是在於他機智靈活地集中了一些足可彰顯作品主旨的恆常小事。如果小說家要用三百頁的篇幅記述一個人十年的生活，好能在和這段生活有關的所有人當中，展現它獨具的特殊意義，那麼，他必定懂得從無數的日常瑣事裡，去除那些對他無用的東西，然後以有別於一般的方法明白呈現出他所賦予的全書意義和一切的價值，儘管見識短淺的觀察者通常是看不見的。

我們了解，這樣一種與眾所周知的舊方法全然不同的創作方式，經常使批評家們不知所措，他們找不到所有那些非常細微、非常隱密、幾乎看不出來的線索，只因這些線索早已被某些現代藝術家用來取代成唯一的創作手法——情節。

總之，如果說，過去的小說家選擇敘述生活的危機和靈魂內心的激烈狀態，今日的作家則描寫，在平常普通狀態下，心靈和才智的轉變過程。而爲了產生他所追求的效果（也就是處在平凡現實裡的情緒波動），爲了展現他想從這種現實裡提取的藝術教訓（意即，揭露他所見的當代人眞實樣貌），他肯定只能使用一些始終存在且不容否認的眞實事情。

但是，即便處於這些現實主義藝術家的視角，我們還是應該對他們的理論提出異議，這個理論似乎可以歸結成這樣的話——「只有眞實，而且是全部眞實」。

既然他們的意圖是突顯出某些平日經常可見之事當中的哲理，他們就得經常修改各類事件，使他們更逼眞，也因此必得損及其眞實性，因爲，眞實有時可能並不像眞的。

寫實主義者，如果是藝術家，那麼他竭力尋求的，不會是向我們展示平淡無奇的現實生活寫照，而會是把一個比現實本身更完整、更震懾人心、更令人信服的人生景象呈現給我們。

鉅細靡遺地敘述一切是不可能的，因爲這樣得至少要一天一冊，才能把充斥在我們生活中大量無意義的枝微末節一一列舉出來。所以，必須有所選擇，這是對「全部眞實」這個理論的第一記打擊。

而且，生活是由一些天差地別、最出人意料、最充滿分歧對立、最雜沓多樣的事物所組成；它相當粗糙，斷斷續續的，毫無連貫性，充滿著應該歸類在「社會新聞」一類篇章裡，許許多多難以解釋、不合邏輯、相互矛盾的偶發事件。

這就是爲什麼，藝術家在選定主題之後，只從充滿偶然瑣事的生活中，汲取對他的題材有用的、特徵明顯的細節，把所有其他無關緊要的種種扔在一旁。例子成百上千，且擇一來說——世界上每天意外死亡的人，爲數可觀。但是我們不正好可以藉口小說裡必須安插一段意外事故，因而在故事中讓一塊瓦片掉到一個主要人物的頭上，或者把他拋到車輪下嗎？

生活，也會將一切置於同一個水平，毫無差別待遇，或讓事態急速發展，或任由它無限期地拖延下去。藝術卻不同，總是步步小心，準備周詳，精心安排一些巧妙又隱蔽的轉變，以獨一無二的巧妙結構來展現主要事件，對於所有其他事件則依照其重要性予以適當程度的描繪，好讓人深刻感受到作者想要呈現的特殊眞實。

所以，寫實，就是根據事件的一般邏輯，製造出對眞實的完整幻象，而不是把雜亂無章的事物照本宣科地謄錄下來。我由此得出一個結論——具才華的寫實主義者，更應該被稱作幻術師。

再說，既然在我們每個人的思想和器官裡都有著我們各自的實情，那麼還相信「眞實」這回事，就實在太幼稚了。我們的眼睛、耳朵、嗅覺、味覺各不相同，世界上有多少人，就會產生多少種眞實。這些器官以多樣的方式去感知外界，而後發出指令，待我們的頭腦接收到之後，就彷彿我們各自分屬於別的族類似的，加以進行理解、分析和判斷。

因此，我們每個人都只是在建構一個對世界的幻象。這幻象隨著個人的天性而不同，或富於詩意，或情感充沛，或歡愉，或憂鬱，或骯髒，或淒慘。作家的使命無他，唯有運用他曾經學過、且能掌握的所有藝術手法，忠實地再現這個幻象。

對美的幻象，是眾人公認的嚮往；對醜的幻象，看法變化多端。對眞實的幻象，從來不會始終不變——對卑鄙下流的幻象，吸引著那麼多的人。偉大的藝術家就是，那些把他們獨特的幻象強加給全人類的人。

因此，我們不必對任何理論生氣惱火，因爲每種理論都不過是自我剖析的個別氣質概括化的表現。

特別是，有兩種理論，已然經常引起爭議，人們不是兼容兩者，而是使其相互對立，它們就是——純分析小說的理論和客觀小說的理論。分析派的擁護者要求，作家應致力於指出一個人精神層面上最細微的變化，以及決定我們行爲的所有最隱密的動機，只給事實本身非常次要的地位。事實是終點，一個單純的界線，一個創作小說的藉口。因此，根據他們的看法，小說必須像哲學家撰寫心理學書籍一樣，將想像和觀察融合爲一，寫出精準又帶有夢幻色彩的著作，要逐本溯源地一一陳述原因，講明所有意向的全部理由，並且辨別心靈在種種利益、愛慾或本能驅使下的一切反應。

相反地，客觀主義（多麼詭異的字眼）的信徒則聲稱，要將生活中發生的大小事絲毫不差地呈現給讀者，他們小心翼翼，避免對動機緣由做出任何複雜的解釋和論述，只要把人物和事件展演在我們眼前就行了。對他們而言，心理分析不應該明白地顯露在書本裡，就如同心理活動實際上總隱藏在生活中的各個事件裡一樣。以這種方式構思出來的小說，故事情節才會跌宕起伏、色彩豐富，生活千變萬化，讀起來趣味橫生。

因此，客觀派作家們不會長篇大論地說明人物的精神狀態，而是會去尋求處於這種心靈狀態的人，在某一特定情境裡必然會做出的行爲或擺出的態度。他們是這樣去形塑人物在整部小說裡從頭到尾的言行舉止，使該人物的一切行爲和動作全都是人物本性、思想、意志或猶豫的反映。他們不陳述心理活動，而是把它隱藏起來，讓心理活動做爲作品的骨骼，就像看不見的骨架是人體的骨骼一樣——爲我們繪製肖像的畫家絕不會把我們的骨架畫出來的。

我也覺得用這種方法寫成的小說較爲眞誠。首先，小說中描寫的事比較像是眞的，因爲我們所看到的、在我們周遭活動的人們，並不會把他們的行爲動機告訴我們。

其次，必須考慮的是，即使充分觀察了人類，我們可以相當準確地斷定他們的性格，進而幾乎能夠預測出他們在任何環境下的應對方式；又即使，我們能精準地說「具有某種性格的某種人，在某種情況下會做某種事」，我們也絕不會因此就能一一去斷定他所有任何隱微的思想變化——既然他的思想不是我們的思想，我們也不能確認他所有那些神祕的本能欲求；既然他的本能與我們的不同，既然他天生的器官、神經、血肉都迥異於我們，同樣地，我們也無法確認他天性裡所有那些模模糊糊的撩動。

一個羸弱、溫和、沒有激情、只愛好科學和工作的人，無論多麼有才華，也絕不可能能夠設身處地，把自己完全融入進一個熱情洋溢、耽於聲色、脾氣火爆，受一切慾望、甚至一切惡念支配的健壯漢子的心靈和身體裡，即便他能非常周全地預測並敘述出這個小夥子生活裡的所有行為，他也不可能能夠理解並展現出，這個與自己如此截然不同的人內心那些最私密的衝動和感受。

總之，做純粹心理分析的人，只能在他為筆下所有人物安排的各種不同處境中，去代替這些人物，因為他不可能改變得了他自身的器官——這些器官正是我們和外界生活之間的唯一媒介，它們強迫我們接受其感知，它們決定我們的感覺，在我們身上創造出一個與我們周圍所有靈魂迥然不同的靈魂。我們的看法、我們借助於感官所獲得的對世界的認識、我們對生活的種種想法，都只能把它們部分地移植到那些我們聲稱要揭露其不為人知內在本質的所有人物身上。因此，我們在一個國王、一個殺人犯、一個竊盜或一個正派人士身上，在一名娼妓、一位修女、一個少女或一個市場女商販身上所呈現的，始終是我們自己，因為我們不得不問自己：「如果我是國王、殺人犯、盜匪、娼妓、修女、少女或市場女販，我會做些什麼，會想些什麼，會怎麼行動？」所以，我們在設計各式各樣的人物時，只是在變化我們自我的年齡、性別、社會地位和所有的生活狀況，因爲大自然已經用一道無法逾越的器官屏障把我們的自我包圍起來了。

小說創作的巧妙就在於，把這個自我，隱藏在我們爲它準備的、所有形形色色的面具之下，不讓讀者認出來。

不過，從全然精確的觀點來看，純粹心理分析雖然有可爭議之處，仍能提供我們，一些如同運用所有其他方法寫出的、同樣美好的藝術作品。

當今的象徵主義者也是如此。爲什麼不是呢？他們那些藝術家的夢想是值得尊敬的。還有一點特別有趣，那就是，他們知道、並且宣告什麼是藝術極端困難的地方。

的確，在今天還會想寫作的人，一定是瘋癲痴狂、大膽莽撞、高傲自負或者愚昧無知的。在出現過這麼多性格殊異、才華多樣的大師之後，還剩下什麼事情是沒寫而該寫，還剩下什麼話是沒說而該說的呢？我們之間有誰能誇口，曾經寫下的一頁、一句，不是早已和某篇章的內容差不多類似呢？我們終日浸淫在法國文字裡，被塡塞得又飽又脹，以致感覺自己整個身體好像是一塊用文字揉成的麵團，當我們看書的時候，可曾發現一行字、一個思想，是我們不熟悉、或至少不是我們隱約預感得到的呢？

只用一些早已眾所皆知的方法來娛樂讀者的人，天眞地面對自己的平庸，信心十足地寫下了，一些供無知又思想懶散的群眾閱讀的作品。但是，那些肩負起所有幾世紀以來積澱的文學的重任者，他們有更高的嚮往，因此他們對什麼都感到乏味，什麼都無法使他們滿足，對他們而言，一切似乎都已經了無新意，他們始終覺得自己的作品陳腔濫調、廢話連篇，終至認爲文學藝術是神祕又難以掌握的東西，僅能在最偉大作家著作的幾頁裡窺見一二。

二十行詩、二十個句子，乍讀，就像一道出乎意外的神蹟啓示一樣，讓我們連心靈都震顫不已，但是接下來的詩句卻和所有的詩句大同小異，後續的散文卻與任何散文如出一轍。

具天才的人，因爲擁有不可抗拒的創造力，無疑不會產生這類焦慮和苦惱。而他們也不去評價自己。其餘的人，我們其他這些人，都不過是有所自覺而頑強的寫作者，只能藉著堅持不懈的努力，來對抗難以克服的灰心氣餒。

有兩個人，以他們簡明清晰的教誨給了我這種不斷嘗試的力量，他們是路易・布耶[21]和居斯塔夫・福樓拜。

我之所以在這裡談到他們和我自己，是因爲，他們能歸結成少許幾行的那些忠告，對於一些較缺乏自信的年輕人或許會有所助益，這樣的年輕人並不像一般在文壇剛起步的人那樣自信滿滿。

我首先是以一種比較熱絡的方式認識了布耶，那是在我贏得福樓拜友誼的前兩年左右。布耶

21 路易・布耶（Louis Bouilhet，一八二一～一八六九），法國詩人，也是作家福樓拜的好友。

經常一再對我說，一百行詩，或者更少，就足以讓一個藝術家聲譽斐然，只要這些詩句是無可指謫的，並且蘊含了一個人的獨創性和才華的精髓，即便這個人是二流人物。他的這番話讓我明白了，只要持之以恆地工作，加上對作家職業有深刻認知，就可能在一個頭腦清晰、精力旺盛、靈感火花四濺的日子裡，由於適巧遇上一個與我們所有心思傾向十分契合的題材，進而創作出一部簡潔且獨一無二、在我們能力之內所能寫出的最完美作品。

接著，我還理解到，那些最知名的作家幾乎從來不曾留下過第二部這樣的作品；我了解到，首要之事就是，必須能在眾多供我們選擇的素材當中，發現並分辨出足可吸納我們所有才能、所有價值、所有藝術天賦的材料。

不久之後，和我見過幾次面的福樓拜對我產生了好感。我壯起膽子把自己的幾篇習作拿給他看。他善意地讀過，並回覆我：「我不知道您是否有才華。您給我帶來的這些文章裡確實顯現出了某種聰慧，不過，年輕人，千萬別忘記，根據蒲豐[22]的說法，才華是持久的耐心。努力工作吧！」

我努力工作，並經常到他家去，我知道他喜歡我，因為他已經開始笑稱我是他的門生了。

在七年之中，我寫詩，寫短篇小說、中篇小說，甚至還寫了一齣拙劣的戲劇。這些作品，如今一篇也沒有留下來。大師全部都讀過，然後，在接下來的那個星期日午餐時間，他闡述他的評語，逐漸把兩、三個原則灌輸到我的頭腦中，這些原則是他長期耐心教導的梗概。「如果一個人有獨創性，」他說，「必須首先把它發揮出來；如果沒有，就一定要去獲得它。」「才華是持久的耐心。」也就是，對於所有我們想要表達的東西，要花足夠的時間，相當專注地去觀察，以便從中發現一個還沒有人看過和說過的面向。我們使用眼睛的時候，不免習慣去回憶前人對我們所注視物件的想法，因此，在一切事物裡，都有著尚未被探究出來的部分。最微小的事物裡，也包含著一些還不為人知的東西。我們應該把它找出來。為了描寫一團燃燒中的火和一棵原野上的樹木，我們應該待在這團火和這棵樹面前，直到在我們眼中，這團火和這棵樹與其他任何火、其他任何樹不再相同為止。

正是藉由這種方法，我們才能成為有獨創性的人。

此外，他還說，世界上沒有兩粒沙、兩隻蒼蠅、兩隻手或兩個鼻子是絕對相同的，既提出了這個眞理，他便強迫我用幾句話去表達一個人或一件物體，務必要清楚明示其獨特點，使這個人或物件有別於同種的所有其他人、或同類的所有其他物件。

「當您從一個坐在自家門口的雜貨店老闆面前經過時，」他告訴我，「當您從一個抽菸斗的守門人面前，或從一處公共馬車驛站前經過時，請向我描述這個雜貨店老闆和這個守門人的姿態，也請用形象化的手法，向我描寫他們那含括了所有精神特質的整個形體外貌，使我不會將他們和其他雜貨商或守門人混淆在一起。請用一句話，讓我看見一匹拉公共馬車的馬，和在牠前後的其他五十

22 蒲豐（Buffon，一七〇七～一七八八），法國博物學家，啓蒙時期的哲學家及作家。

匹馬有何不同。」

我曾經在別的地方闡論過他對文體風格的看法，那些見解和我剛才陳述的觀察理論有十分密切的關係。

無論我們想講述的是什麼事物，都只有一個名詞可以表達它，只有一個動詞可以表示它的行動，只有一個形容詞可以形容它的性質。所以，我們必須尋找、探求，直到發現那個名詞、那個動詞和那個形容詞；永遠不要滿足於「差不多」，永遠不要爲了避開困難而求助於弄虛作假，即使這種矇騙的手法十分高明，也決不要因此求助於俏皮的語言花招。

我們在表達和呈現最微妙的事物時，可以援用布洛瓦[23]的這句詩——「讓人知道，一個使用得當的字所產生的力量」。

要把思想中各種細微的差異寫下來，一點也不需要人們今日借藝術寫作之名，強迫我們接受的那些奇怪而複雜、數量多又難以理解的詞彙；而是要極爲清楚地分辨出，一個字隨其所處位置的不同而產生的所有語意變化。我們應該少用意義含糊不清、幾乎模稜兩可的名詞、動詞和形容詞，盡量多用結構多樣、分割巧妙、音韻鏗鏘且節奏明快的各類不同句子。讓我們努力成爲優秀的文體風格專家，而不要當冷僻字詞的收藏者。

事實上，相較於發明新詞語，或者鑽研無人知曉的老舊書籍，從中尋找一些用法和意義都早已佚失、對我們而言又已是死語言的字句，更困難的其實是，得心應手地駕馭文字，使它什麼都能敘述，甚至把它沒表達的東西也說出來，使它充滿弦外之音，蘊含許多未表明的內在意圖。

況且，法語是一泓清水，矯揉造作的作家們過去從來不能、將來也永遠無法攪混它。每一個世紀都在這道清澈的水流裡，丟入一些流行習慣用詞、一些浮誇做作的古語和附庸風雅的珍奇詞藻，但是這些徒勞的企圖和無效的努力沒有一件浮上了水面。這個語言的本質是清晰明確、合乎邏輯，而且剛勁有力的。它不會任由自己變得軟弱、晦澀或腐化。

今日那些描寫人物景象，卻不戒慎使用抽象詞語的人們，那些讓冰雹或雨水落在潔淨玻璃窗上的人們，當然也可能朝他們同行的簡樸風格丟擲石塊！這些石塊或許會擊中具有血肉之軀的同行，卻永遠損傷不了那不具形體的簡樸性。

——〈論小說〉（Le roman），完成於一八八七年九月

23 布洛瓦（Nicolas Boileau，一六三六～一七一一），法國詩人，推崇古典主義的文學理論家。

國家圖書館出版品預行編目資料

莫泊桑短篇小說選集 2 / 莫泊桑（Guy de Maupassant）著；呂佩謙譯
——初版——臺中市：好讀，2023.07
面；　公分——（典藏經典；142）

ISBN 978-986-178-665-0（平裝）

876.57　112006522

填寫線上讀者回函
請掃描 QRCODE

好讀出版

典藏經典 142
莫泊桑短篇小說選集 2

作　者／莫泊桑 Guy de Maupassant
譯　者／呂佩謙
總 編 輯／鄧茵茵
文字編輯／簡綺淇
美術編輯／王廷芬
行銷企劃／劉恩綺

發行所／好讀出版有限公司
407 台中市西屯區工業區 30 路 1 號
407 台中市西屯區大有街 13 號（編輯部）
TEL:04-23157795　FAX:04-23144188　http://howdo.morningstar.com.tw
（如對本書編輯或內容有意見，請來電或上網告訴我們）
法律顧問／陳思成律師

總經銷／知己圖書股份有限公司
106 台北市大安區辛亥路一段 30 號 9 樓
TEL：02-23672044　02-23672047　FAX：02-23635741
407 台中市西屯區工業 30 路 1 號
TEL：04-23595819 FAX：04-23595493

電子信箱／ service@morningstar.com.tw
網路書店／ http://www.morningstar.com.tw
讀者專線／ 04-23595819 # 212
郵政劃撥／ 15060393（戶名：知己圖書股份有限公司）

印刷／上好印刷股份有限公司
初版／西元 2023 年 7 月 15 日
定價／ 390 元
如有破損或裝訂錯誤，請寄回 407 台中市西屯區工業區 30 路 1 號更換（好讀倉儲部收）

Published by How Do Publishing Co., Ltd.
2023 Printed in Taiwan

ISBN 978-986-178-665-0